U0117352

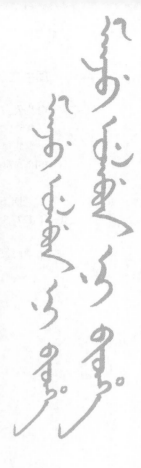

满族口头遗产传统说部丛书

白花公主

赵东升

整理

吉林人民出版社

图书在版编目（CIP）数据

白花公主/赵东升整理 . —— 长春：吉林人民出版社，2019.5

（满族口头遗产传统说部丛书）

ISBN 978-7-206-16932-8

Ⅰ.①白… Ⅱ.①赵… Ⅲ.①满族—民间故事—中国 Ⅳ.① I277.3

中国版本图书馆 CIP 数据核字（2019）第 293795 号

出 品 人：常　宏
产品总监：赵　岩
统　　筹：陆　雨　李相梅
责任编辑：孙跃辉　王　斌　门雄甲
装帧设计：赵　谦

白花公主
BAIHUA GONGZHU

整　　理：赵东升
出版发行：吉林人民出版社（长春市人民大街 7548 号　邮政编码：130022）
咨询电话：0431-85378007
印　　刷：吉林省优视印务有限公司
开　　本：720mm×1000mm　　1/16
印　　张：17.5　　　　字　　数：280 千字
标准书号：ISBN 978-7-206-16932-8
版　　次：2019 年 5 月第 1 版　　印　　次：2019 年 5 月第 1 次印刷
定　　价：65.00 元
如发现印装质量问题，影响阅读，请与出版社联系调换。

出版说明

满族口头遗产传统说部是具有较高社会价值和文化价值的满族文化的百科全书。整理发掘满族说部的项目工作被文化部列为中国民族民间文化保护工作试点项目，并被国务院批准列入第一批国家级非物质文化遗产名录。

"满族口头遗产传统说部丛书"是千百年来满族各氏族对祖先英雄事迹和生存经验的传述，一代一代口耳相传，保留下来的珍贵的满族遗存资料。经过近三十年抢救整理，从二〇〇七年到二〇一七年的十年间，根据整理文本的先后，我社分四次陆续出版了五十部说部和三本研究专著。此套丛书无论从社会价值和文化价值来看，都是一套极具资料性、科研性和阅读性融为一体的满族文化的百科全书。

此次出版对以下两个方面做了调整：

一、在听取各方专家建议的基础上，对原丛书进行了筛选，选取最有价值、最有代表性的四十三部说部，删去原版本中与文本关系不紧密的彩插，对文本做了大幅的编辑校订，统一采用章回体表述方式，并按照内容分为讲述萨满史诗的"窝车库乌勒本"、讲述家族内英雄人物的"包衣乌勒本"、讲述英雄和历史人物的"巴图鲁乌勒本"、讲述说唱故事的"给孙乌春乌勒本"等，突出了说部的版本特色。

二、保留研究专著《满族说部乌勒本概论》，作为本丛书的引领，新增考古发掘的图片和口述整理的手稿彩色影印件。

特此说明。

吉林人民出版社

编　委　会

主　　编：谷长春

副 主 编：杨安娣　富育光　吴景春
　　　　　荆文礼　常　宏

编　　委：（以姓氏笔画为序）
　　　　　于　敏　王少君　王宏刚
　　　　　王松林　朱立春　刘国伟
　　　　　孙桂林　陈守君　苑　利
　　　　　金旭东　赵东升　赵　岩
　　　　　曹保明　傅英仁

冯骥才

　　任何民族的文学都包括两大部分。一是个人用文字创作的、以书面传播的文学，一是民间集体口头创作的、口口相传的文学。后一部分文学是前一部分文学的源头，是根性的文学。中国作为东方文明的古国，口头文学的历史去之遥远。就像西方文学始于古希腊罗马的神话故事，我国文学史上第一部作品是《诗经》，即民间口头文学集，这表明口头文学是一个民族文学的源头。在漫长的历史中，这两部分文学一直同根并存，相互滋育，各自发展，共同构成一个民族文化与精神的极为重要的支撑。

　　中华民族有着巨大文学想象力和原创力。数千年间，各族人民以口头文学作为自己精神理想和生活情感最喜爱和最擅长的表达方式，创作出海量和样式纷繁的民间文学。口头文学包括史诗、神话、故事、传说、歌谣、谚语、谜语、笑话、俗语等。数千年来，像缤纷灿烂的花覆盖山河大地；如同一种神奇的文化的空气在我们的生活中无所不在；且代代相传，口口相传，直到今天。

　　我们的一代代先人就用这种文学方式来传承精神，表达爱憎，教育后代，传播知识，娱悦生活，抚慰心灵；农谚指导我们生产，故事教给我们做人，神话传说是节日的精神核心，史诗记录文字诞生前民族史的源头。它最鲜明和最直接地表现中华民族的精神向往、人间追求、道德准则和价值取向。中国人的气质、智慧、审美、灵气、想象力和创造力，充分彰显在这种口头的文学创造中。

　　这种无形地流动在民众口头间的口头文学，本来就是生生灭灭的。在社会转型期间，很容易被忽略，从而流失。

特别是在这个现代化、城市化飞速推进的信息时代，前一个历史阶段的文明必定要瓦解。口头文学是最脆弱、最易消亡。一个传说不管多么美丽，只要没人再说，转瞬即逝，而且消失得不知不觉和无影无踪，所以联合国教科文组织把口头传统和表现形式，包括作为非物质文化遗产媒介的语言列为非物质文化遗产之一。

在中国，有史诗留存的民族并不很多，此前发现的有藏族史诗《格萨尔王传》、蒙古族史诗《江格尔》、柯尔克孜族史诗《玛纳斯》、苗族史诗《亚鲁王》。作为满族民族历史和文化传统的重要载体——"说部"，是满族及其先民世代相传的极其宝贵的精神财富。它最初用"乌勒本"（满语 ulabun，为传或传记之意）指称，后受汉文化影响，改称为"说部"或"满族书""英雄传"。说部最初用满语讲述，至清末满语渐废，改用汉语并夹杂一些满语讲述。在漫长的历史进程中，满族各氏族都凝结和积累了精彩的"乌勒本"传本，如数家珍，口耳相传，代代承袭，保有民族的、地域的、传统的、原生的形态，从未形成完整的文本，是民间的口碑文学。"满族说部迥异于其他文类，不仅涵盖了口头传统，也吸纳了民俗学中多种民间文艺样式，包容性极强。"

我以为，对于无形地保留在人们记忆与口口相传中的口头文学，抢救比研究更重要。它是当下"非遗"工作的重中之重，要清醒地认识到文化和文明于人类的意义。当社会过于功利的时候，文化良知就要成为强音，专家学者要在抢救非物质文化遗产中勇于承担责任，走进民间帮助艺人传承与弘扬民间艺术，这也是知识分子的时代担当。

让人感到欣喜的是，经过吉林省的专家学者近三十年的抢救、发掘和整理，在保持满族传统说部的原创性、科学性、真实性，保持讲述人的讲述风格、特点，保持口述史的原汁原味的基础上，将巨量的无形的动态的口头存在，转化为确定的文本。作为"人类表达文化之根"的满族说部，受东北地域与多族群文化的影响，内容庞杂，传承至今已逾千万字。此次出版的《满族口头遗产传统说部丛书》为四十三部说部和一本概论。"说部"分为讲述萨满史诗的"窝车库乌勒本"、讲述家族内英雄人物的"包衣乌勒本"、讲述英雄和历史人物的"巴图鲁乌勒本"、讲述说唱故事的"给孙乌春乌勒本"四大部分。概论作为全套丛书的引领，从学术研究的角度对乌勒本产生的历史渊源、民族文化融合对其的影响、发展和抢救历程等多方面深入思考。

多年来"非遗"的抢救、保护、研究和弘扬，已取得卓越的成就。但未来的路途依然艰辛漫长，要做的事情无穷无尽。像口头文学这样的文化遗产的整理和出版，无法立即带来什么经济利益，反而需要巨大的投资和默默无闻的付出，能在这个物质时代坚守下来，格外困难。

文化传统和传统文化不是一个概念，我们的终极目的不是保护传统文化，而是传承文化传统。传统文化是固定的、已有既定形态的东西。我们所以要保护它，是因为这些文化里的精神在新时代应以传承，让我们的文化身份不会在国际资本背景下慢慢失落。

现在常把文化自觉与文化自信并提，这两个概念密切相关同时又有各自的内涵。文化自觉是真正认识到文化的重要性和自觉地承担；文化自信的关键是确实懂得中华文化所具有的高度和在人类文明中的价值。否则自信由何而来？

对传统文化的抢救与整理，不仅是为了传承，更为了弘扬。我们的民族渴望复兴，复兴的重要精神支撑在我们的传统和文化里，让我们担负起历史使命，让传统与文化为民族的伟大复兴发挥它无穷的力量。

冯骥才
二〇一九年五月

满族口头遗产传统说部丛书　序

总目录

白花公主

赵东升　搜集整理

目 录

关于《白花公主》故事的流传
搜集与整理概述

赵东升

据说，我出生在吉林市北山下一所公寓里，可是我却印象模糊。在我五岁时，才回到祖父母身边。

我母亲是佛满洲（老满洲）瓜尔佳氏，汉姓关，今九台区莽卡乡石屯村人。外公哥四个，他是长兄。我三外公毕业于陆军讲武堂，民国时当了一名中下级军官，"九一八"事变后，他没有跟冯占海抗日，而是随熙洽投降，并受到"大清复辟、皇上归位"的煽惑，表示效忠清室。"满洲国"成立后，被任命为"吉林省模范监狱"典狱长。我三姥不生育，就把我母亲过继给他们，我也就生在三外公家。

在我五岁那年，已是伪满洲国中后期。三外公调任海拉尔，举家随迁，外公坚决反对我父母同去，便留了下来，回归祖父家。几年后噩耗传来，"八一五"光复，苏联军队进入东北，三外公被俘，并被苏军处决，我们幸免一劫。

故乡罗古屯，是九台区胡家乡一个山村，村子不大，却居住几户"名门望族"，清代出过官员，中过举人秀才，远近驰名。祖父崇禄先生，清代是个小官吏，清亡改学中医，师承其岳父刘太医，同吉林省城"育生远"①合作，在家乡开设"崇兴堂"医药铺，后期由于伪满经济紧张、物资匮乏，又加我父亲赵继文（字焕章，留有遗著《竹泉集》）有"反满抗日"嫌疑，因此家道中衰，勉强糊口。祖父家虽也深宅大院，明窗亮几，但比起省城我三外公的豪华公寓，差得远了，开始我尚不适应。

但在祖父的屋里贴着一张画引起我的兴趣，画上一员女将，骑着白马，非常突出，周围好像还有几个男女（记不清），我好奇，问祖父，她是谁。祖父告诉这画叫"白花点将"，又说这是咱家祖先的故事，他讲了

---

① 育生远医药公司是民国时期吉林省城最大的药商之一。

几句，我一句也听不懂，这是我第一次有了"白花"这点印象。据说，此画已贴了多年，平时用报纸盖上，年节亮出来，后来此画不见了，怎么消失的，我不清楚，以后再也没见过这张画。

那时农村寂寞，没有文娱活动。只是在春秋两季所谓"挂锄"和"秋后"季节唱"双玩意儿"，也叫"唱蹦子"，就是今天的"二人转"。小孩子看不见、听不懂，我不感兴趣。可是有一种活动我非常着迷，那就是每当过年（春节）之后，农村都唱大鼓书。从十岁起，我就喜欢上这一行。有人组织，找间大屋，两面炕上坐满了人，有的在屋地坐板凳，或者站着听。小孩有优势，往炕上角落一钻，听得更真切。

从十岁起到二十岁这十年间，是我听大鼓书最多的十年，年节过完，说书收场，祖父就向我传讲祖先的故事，传讲"满洲书"（又称"乌勒本"，现在叫"说部"），"满洲书"的内容都是家族历史和祖先事迹，不许讲别的。白花公主的故事，据先辈们说，也是发生在我们祖先身上的历史传说，正史虽无记载，却流传很久、影响很大，我祖父崇禄和我八爷德禄，经常传讲和传唱这个故事，给我留下深刻记忆。除了他们传讲之外，我也多次听到屯里人和江湖中一些知情者和艺人讲唱这个故事，也令我耳目一新，加深了理解。

记得，这十年，我听过不下二十位著名鼓书艺人和家乡耆老讲唱的评书和鼓书，有的穿插讲白花公主的故事，这更增加了我的好奇。最先听到的，是一位民间号称"朱大棒子"的艺人说的书，因他用的鼓鞭特别长，鼓敲震天响，站在街道都能听见。还有一位绰号"张大嘴儿"的艺人，说唱《马潜龙走国》，大嘴一咧，把听书人都唱哭了，他夸下海口，自称"苦书之王"，不唱哭，不要钱，可见演唱造诣之深。

我接触最多的，对我启示最大的是这几位：

李青云，永吉县人，不知族属，听他唱过小段①《白花女》，可能是与我小时看到的那幅画有关，所以我注意听，又认真记（心记）；

关义，不知籍贯，后来落户到我们邻村，满族，瓜尔佳氏、盲人，外人戏称"瞎关义"，是一位唱功、道白俱佳的民间艺人。他唱的长篇大鼓《白花点将》没有本子，全凭口授秘传，故事、人物都跟别人说的不一样。据说这个故事是他的师傅、师爷从民间听来经过不断加工而成的。听了他的书，我才有用文字记录的念头。

---

① 开正书前，先唱一则与正书无关的故事，叫"打小段"，一般不超过四十分钟。

杨殿全，今舒兰市人，满族大姓尼马察氏，他有一套民间口传的《安良会》，据说共四十八部，我听唱了五个春正月，才唱到三十六部，还不到四分之三。故事是满族历史传说，开头的故事我记得非常清楚。说的是早先一户皇亲国戚被抄家灭族，几百人的尸体埋在皇城里，坟墓高大，但无人祭扫。逃出来的子孙长大成人，年关祭奠祖墓，拉了一大车纸，烧纸的时候引燃墓地荒草，马受惊，拉着满车火星纸灰向街上奔驰而去，火势殃及沿街小贩摊床，闯下大祸。从故事起源来看，好像讲的是我们祖先的故事，但是到后来，故事完全脱离了本源，变成十分荒诞的神话传说，所出场的人物和故事情节，没有一点与满族历史文化有关。我与他接触几年，并没向他透露他书中故事与我祖上有关。也想了解一下他这部书的来源，他只说民间秘传，没有本子，全凭心记。当时我想，这书你才说了一多半，看你结尾时如何收场，也许那时会有个水落石出。我再跟你三年五载，总会有头绪。不料，后来杨先生就不来了，多方探听获悉，他去世了，那时大概不到六十岁，所谓的《安良会》是否传承下来，就不得而知了。

在我同杨先生打交道的几年中，我学到了很多东西，懂得了大鼓书这门艺术，我又购买这方面的理论书籍，看了一些大鼓书的资料，也试学创作大鼓书，在地方报刊上也发表了少量"鼓词"，居然有一篇还被地方文艺团体演唱过（我当时在场，可演唱者并不知道，我们也不认识）。

同杨先生打交道还有一项收获，他在我家留宿，向我讲的"发生在乌拉街的故事——白花公主龙凤剑"跟我从前听到的几种说法不一样，使我大开眼界。

看来，《白花公主》异文也和《红罗女》一样，反差较大，传说不一，那就各说各有理吧。

在故乡，还有几位老人也讲白花公主的故事。除我祖父之外，还有我八爷德禄①，他有文化，懂满语，能讲会唱，是家族的"小穆昆"。在地方算得上是个头面人物。

我整理的《白花公主》说唱，主要是依据我祖父和我八爷讲唱原始记录经过充实而成。特别是八爷讲述的"白花点将"，与别人讲的都不同，可以说又是一种版本。

同村老人赵兴武，当过两年多国民党的保长，为人很温和，没有民

---

① 以前写文章误为"云禄"，不确，云禄是我七爷，核对家谱，才知有误，予以纠正。

愤，新中国成立按政策宽大处理，八九十岁善终。他是满族伊尔根觉罗氏，祖上为长白山讷音部落家族，父亲是清代秀才，本人也知道不少典故，他经常讲白花点将台的故事和我们家史，他对我常说的一句话就是"你们祖先是驸马"，"你们本姓纳喇"。

赵子封，出身于官僚地主家庭，本人也被定为"地主分子"，但解放时已无多少财产，基本挥霍一空。本人无子女，常住吉林市，后因无钱支付生活开销，返乡隐居，所以定为"破产地主"，因其无民愤、无罪恶，也没对其"专政"，任其自由。乡亲称其为"老八爷"（在家庭中排行老八）。

"老八爷"见多识广，古今中外，知道很多典故，善讲白花公主的传说。

"老八爷"和"老保长"（对赵兴武的尊称）同宗，是长白山讷音部一支被派到乌拉街，出任打牲总管衙门首任翼领，卜居罗古屯后，成为这里的首富。传到"老八爷"已第十代了。

"老八爷"在三年困难时期，老两口子双双饿死。

另一位值得记忆的老人名叫韩宝轩，汉军旗人，农民，幼时出过天花，麻脸、一目瞽。家庭极度贫困，而本人乐观，家里一没米下锅，他就唱大鼓书，被村民讥为"穷欢乐"。他聪明好学，记忆力强，虽没经过师传，可他唱的大鼓书，字正腔圆，非常到位。特别唱《百花亭》，也是白花公主的故事，同别人讲的有很大差异。此人于上世纪七十年代中期死于急性心梗，不到七十岁。

上述所说这些传承人都生活在吉林市乌拉街附近，都会讲白花公主的故事，各有所长，各有不同之处，但他们都认为白花公主实有其人，实有其事，只不过故事发生的年代说法不同，有的说金末元初，有的说元末明初，至今已无法考证。而且，每个人唱的也不一样，很难说谁的正宗，哪个标准。我想，那些艺人们，他们演唱的时候，自己所唱前后肯定不会一致，因为他们没有本子，唱书时随意性是很大的。

我祖父和我八爷既然认为这是"祖先的历史传说"，当然肯定他们讲唱的是正宗，是从祖上传承下来的。为便于广泛传播，他们采用了讲唱的形式。我为了继承他们的遗愿，为了整理好他们讲唱的本子，也确实下了一番功夫。在整理这部说唱时，给画了一个范围，那就是以"十字句"为框，演唱可以根据需要，自己加衬字，这样比较灵活些。至于有的开头部分用了"七字句"，那是类似"站堂诗"或"开场白"的形式，一般这种"七字句"要放在开头的话，很少有加衬字的空间，而且也不需要。

全书整理成十五回，唱词共一千零七十八句，兼及"十三道辙"，没有用两道"小辙"，即"人辰""言前"两辙后边加"儿"音，变成小字眼，因此书整篇情调低沉，老人们说"这是祖先的传说"，用调侃语句不合适。再说，"小字眼"会使原本的文字变音、变意，也不严肃。

白花公主的故事基本上是继承的，几个不同的版本没有统一捏合，保留它的原貌吧。族外（民间上）传讲的"白花公主"的故事，搜集到的一并附于书后，如不抢救下来，更有消亡的危险，作为异文仅供参考。

这也是我整理《白花公主》的本意。

第一章 | 王爷行围收孤女
敌兵扩地犯边关

枯梅放蕊腊月天，
白雪茫茫地铺毡。
松花江水结了冻，
冰封千里放光寒。
江边有个敌都国，
海郡王爷姓完颜。
王爷所生人四个，
三位公主一个男；
大女红花嫁外国，
二女黄花镇边关；
三女白花年岁小，
打过新春才十三；
太子金花刚十六，
将来继位续香烟。
这一日城门大开旌旗展，
几百人牵狗驾鹰进了山。
原来是王爷行围去打猎，
带领着一双儿女跑马玩。
沟塘里雪深没膝全不怕，
一心要射捕獐狍加美餐。

  海郡王带着儿子金花太子和三女儿白花公主，率领三百兵丁狩猎，来到离城三十里的山区，雪深没膝，人马行动不便。海郡王凭着以往打猎的经验，令军士专找雪地上的野兽足迹，顺着足迹就能找到动物藏身的洞穴。军士分散去找，海郡王也带着一双儿女，骑在马上，睁大眼睛盯住雪地。这时忽有一只白兔被惊出，跑了不远陷在雪瓮里。海郡王要试验一下小女儿的胆量、武功是否长进，他箭在弦上不射，回头叫女儿："白花，这只兔子跑不动了，你来射吧，我看你箭法准不准。"不想十三岁的白花公主听了，却翻身下马，跑到雪瓮里抱起这只跑不动的兔子，爱抚地贴在脸上，一边摇摆一边说："小白兔，你别怕，我把你抱回家，你跟我做伴儿好吗？"海郡王知道女儿从小就喜爱白色，白兔、白猫、白狗、白鸡白鸽白鹦鹉，树上开的白花，天上下的白雪她都喜欢。她爱穿白衣服，骑白马，所以给她取名叫白花。

当下白花公主抱着小白兔刚要上马，忽听有人喊道："留下小白兔，那是我的，你不能要！"白花公主循声望去，只见山梁上跑过来一个女孩：

> 小公主忙抬头仔细观看，
> 打量着山坡上下来的人。
> 只见她年不过十三四岁，
> 穿一件破棉袄很不合身；
> 耍单的灯笼裤子①难遮体，
> 遏邋②双破草鞋露脚后跟。
> 乱蓬蓬头不梳来脸不洗，
> 乌黑的眼皮底下有泪痕。
> 看不清模样长得俊与丑，
> 一张口露出银牙薄嘴唇。
> 海郡王看在眼里心中怒，
> 喊了声站住你是何处人！

众军士也齐声呐喊："大胆！别往前来，惊了王爷和公主，你可吃罪得起？"小女孩吓得扑地跪在雪上，不住哀求道："你把小白兔还给我吧，没有它，我可怎么活啊！"侍卫喝道："走开！兔子明明是公主捉的，怎么会是你的？"说着举起马鞭就要打，白花公主大怒："不得无礼，退下！"公主喝退了侍卫，往前走了几步，来到小女孩跟前："不要怕。你说，这小白兔怎么会是你的？你家在哪里？说对了，我就还给你。"

---

① 冬天不穿棉叫耍单，带窟窿的单裤叫灯笼裤子。
② 穿无跟鞋的叫遏邋（或趿拉），均是女真土语。

小姑娘未从开言泪纷纷，
口尊声公主在上可听真；
小奴才家住岭后活络地，
我姓江一十四岁叫海云，
只因为父母双亡无依靠，
全仗这白兔伴我度光阴。

公主插话："你家还有什么人？"

有一个同胞哥哥叫海俊，
会读书会射箭能武能文。
我家是三代猎户弓马好，
只可叹天灾人祸灭了门。
自从打父母双亡家道败，
哥哥他离家出走永无音。
抛下我孤苦伶仃人一个，
寒冬里煎熬度日盼来春。

　　白花公主听她讲述身世，觉得可怜，立即把小白兔还给她。不想江海云没有接住，小白兔挣脱，惊慌地向山林密处跑去。侍卫举弓就要射，被公主制止："让它跑吧，不要伤害它。"江海云绝望地瞅了公主一看，转身离去。白花公主追上说："好姐姐别生气，我叫军士们再给你抓一只。""不用了。"公主说："那你回去不是没伴儿了吗？"江海云并不答言，只是低头走着。公主心头一热，又叫了声："你站住，我有话跟你说。"江海云迟疑地转过身来，怔怔地望着公主。
　　"我跟你做伴儿好吗？"
　　"你？"江海云不知公主此话何意，苦笑道，"奴才不敢，公主你走吧，小白兔跑了我不怪你，是我没接住。再说啦，它跑了也自由自在了。"
　　"我说的是真的。"公主认真地说，"不是我跟你去做伴儿，是让你跟我去做伴儿。"江海云一时还没有反应过来，只是睁着疑惑的眼睛。只听公主又说："你跟我回王宫去吧，反正你也没有家。"江海云还是不相信自己的耳朵，更不知公主说的是真是假，她不敢答言。只见公主顽皮地跑到海郡王马前，不知嘀咕了几句什么话，便兴高采烈地回来，对江海云说："跟我去王宫吧，父王同意你跟我做伴儿，咱们以后就是一家人了。"江海云一股暖流暖遍全身，真是天上掉下来的奇遇，她含着感激的热泪，跪地给公主叩头道："公主大恩，奴才永生难报，愿意一辈子侍候公主。"

白花公主拉了她一把："起来吧！什么奴才奴才的，你比我大一岁，你就是我的姐姐。"

海郡王这次行围虽然所获不多，但女儿白花收了江海云，也很高兴。回到王宫以后，给江海云沐浴更衣，梳洗打扮，江海云原来是个端庄美貌的女孩子。常言人靠衣帽马靠鞍，江海云不但美貌，又非常懂事、聪明，海郡王父女都很喜欢，认为这是阿布卡恩都力所赐。

白花公主自收下了江海云以后，性情变得更加开朗。两人年岁相当，十分投缘，整日使刀弄枪、跑马射箭，有时还一同念书识字，江海云聪明好学，又出身猎户，习艺多有长进。

严冬刚过，春光又回。

天有不测风云，人有旦夕祸福。本来是风调雨顺，国泰民安的敖都国，转过年来，新春伊始出了麻烦，西方的单祁国兵犯边关，派人来下战书，让海郡王割地二百里，城池十座，否则要长驱直入，马踏洪尼！

海郡王闻报军情慌了神，
单祁国兴兵犯界为何因？
他远在陶温水上称王霸，
我仅处粟末江边统万民。
从来是你国大来我国小，
是怎么平白无故起贪心。
我祖爷灭辽破宋非容易，
历尽了千辛万苦建大金。
上京城太祖登基坐了殿，
传到了太宗熙宗几十春。
海陵王逼宫篡位开杀戒，
可叹我完颜贵胄灭满门。
无奈何举家逃到洪尼地，
但愿着与世无争度光阴。
海陵王迁都燕京争天下，

他却把上京城池一火焚。
眼睁睁祖宗基业要废弃，
我只能守故土重整乾坤。
敖都国仅仅存在三五载，
叹只叹一切政令未更新。
突然间横祸飞来刀兵动，
怕只怕这点基业难保存。
海郡王忧心忡忡神志乱，
猛抬头右边上来一个人；
尊一声我主上请勿忧虑，
这件事不用愁交给老臣。

海郡王一见此人，心下稍安，原来是祖父时代留下的三朝老臣，敖都国有名的女真巴图鲁，叫作巴里，因其武勇难敌，依敖都国习俗，呼英勇之人为"铁头"，故军中上下皆称之为巴里铁头。海郡王因他是先王旧臣，十分礼遇，特赐公爵，国内臣民又称之为巴拉公。

当下巴里铁头说道："单祁国不过是大草原上一个游牧部落，没有什么了不起，对付它，老臣有办法。"

海郡王说："它在草原，我在江边，我跟它并无过节，它无故兴兵来犯，是何道理？"巴拉公说："依老臣看，它不过是虚张声势，先发制人，怕我国强盛了，威胁它的安全。它这么做，是为扰乱我国军心。"海郡王点点头，认为巴拉公的话，有一定道理。他又问道："这单祁国是个怎样的国家？它和我大金完颜氏有什么渊源？"巴里铁头笑道："主上不要忘了，单祁国是大辽朝的后代，与我有灭国亡家之恨呐！"

"是吗？"海郡王大惊道，"竟有这等事！"

巴里铁头说："主上有所不知，请听我慢慢地道来。"

单祁王姓耶律出身大辽，
几代来谋复国仇恨金朝。
聚雄兵十万人草原游牧，
等机会时候到要动戈矛。
天德王迁都燕京图南宋，
留下了金源故地一团糟。

降服的各部落蠢蠢欲动，
你扯旗他造反地动山摇。
契丹人耶律元规揭竿起，
他自称单祁王重建辽朝；
这真是螳臂当车不量力，
老臣我去征讨他往哪逃！
海郡王听到这里哈哈笑，
巴公爷为国分忧智谋高。

　　正如巴里铁头所言，这单祁国确是大辽的后裔。单祁王耶律元规是辽太祖阿保机的嫡传子孙，世居陶温水。到金代后期，已有数众十万，号称雄兵十万，战将百员。耶律元规联合散在草原上的游牧部落，建立个契丹人的国家。他不敢公开打出辽朝旗号，又忌讳契丹旧称，别出心裁，改称单祁，即契丹音的倒念。单祁国人多势众，里边有汉人、蒙兀儿人，还有少量女真人。单祁王耶律元规以恢复大辽为目标，这自然同女真完颜氏的敖都国产生矛盾。单祁王手下有三员大将，头一个是领兵元帅耶律留彦，契丹人，也是辽朝远支皇族。第二名前部先锋唐古丘贝，女真人，原是大金驸马唐括辩的家族。金熙宗皇统九年，唐括辩勾结海陵王完颜亮，弑君篡位，唐括氏家族以此上了逆党的名单，丘贝也被关进死牢。那时他还年纪小，又无辜受牵连，可是金朝法律严酷，灭族是很普遍的事。金世宗完颜雍追查海陵王余党，丘贝侥幸留得一条性命，只判了个终身监禁，因到冷山牢城服苦役。丘贝已到二十岁了，觉得永无出头之日，他买通狱吏，夜间逃脱，跑到大草原上的契丹人部落里，为单祁王效力。因他武艺高强，又身怀轻功绝技，而且又是大金国的囚犯，受到单祁王耶律元规的赏识，提拔重用，封为先锋官。唐古丘贝也就忘掉故国，死心塌地地效忠单祁王，竭诚尽力。第三位行军司马江海俊是个汉人，祖籍中原，被金兵掳到北方，流落到松花江岸边，打鱼狩猎，从此变成了猎户。那还是在他的父祖时代。江海俊长大时，父母双亡。他生得一表人才，又学会一身好武艺，不甘心当一辈子猎户，想要出人头地。他有一个妹妹还小，名叫海云。江海俊抛下妹妹，把她托付给一个老猎人抚养，只身一人西去草原，正赶上单祁国招兵买马，要造金朝的反，他就投到元帅耶律留彦的帐下，当了一名小郎君①。留彦元帅看他武艺好，极力向单祁王推荐。单祁王耶律元规心高志大，有恢复大辽的雄心，多方网罗人才，他不论贵贱，不分民族，唯才是用。也是江海俊时来运转，被单祁王看中，封他为行军司马，又把一个王女许配他，招为驸马。江海俊娶了单祁王的公主，身价倍增。虽然没有捞到实权，但在单祁国也算得上数一数二的人物，军中称为江驸马。

几年过去了，如今的江海俊可不是当年穷途潦倒，靠射猎打鱼为生的江海俊。他锦衣玉食，前呼后拥，贵为皇亲，军民崇敬，一人之下，万人之上。常言人心不足蛇吞象，人是会变的。江海俊并不满足于当驸马，他这行军司马的官职并不大，权力也很小。他想到要夺取兵权，自己干一番大事业，于是就鼓动单祁王出兵侵犯敖都国。

本来单祁王就有兴兵东犯，夺取敖都国的打算，只有夺取了敖都国的地盘，才能占领金源故地，控制关东三千里山河，灭金兴辽。

> 单祁王调兵遣将要兴辽，
> 一心想敖都国里把兵交。
> 首先令耶律留彦为元帅，
> 派驸马海俊监军做参谋。
> 先锋官唐古丘贝前开路，
> 率领着大军一万架浮桥。
> 果然是兵强将勇军威壮，
> 号炮响惊天动地彩旗飘。
> 江海俊自有他的心腹事，
> 一心要建功立业把权捞。
> 到时候灭了洪尼敖都国，
> 我也要坐殿称尊披龙袍。
> 管他那国王招赘恩情重，
> 管他那公主贤妻美多娇。
> 常言道自古英雄出草莽，
> 逢乱世出人头地把名标。
> 江海俊思前想后心暗喜，

---

① 契丹低级军官。

转眼间分界边壕来到了。

单祁人马来到界壕边扎了大营。界壕里边有一座城堡，城堡土筑围墙，建在一条山岗上。山名飞狐岭，城随山名，叫作飞狐寨，是敖都国的边关。单祁王受了江海俊的蛊惑，低估了敖都国的实力，轻敌出兵，不想巴里铁头早已有了准备，以逸待劳，不等单祁兵喘过气来，一阵冲杀，留彦元帅抵挡不住，大败而逃。单祁王损兵折将，才知敖都国不可小看。单祁出兵没能得胜，又得罪了邻国，知道以后会遭到报复，心里埋怨江海俊，这都是他错误地估计了形势。江海俊也觉得兵败受挫，无法向单祁王交代，便提出了暂时讲和，待以后有了机会，再出兵吞灭敖都国。单祁王也只有按兵不动，遣使去见海郡王。巴里铁头虽然打了胜仗，未敢麻痹大意，他知道单祁国的实力比敖都国大多了。现在单祁王提出讲和，是个最好的机遇，他劝说海郡王跟单祁国和好，同过太平日子。巴里铁头还提议为了永远和好，彼此互不侵犯，双方各派一名王子住在对方都城，叫作互换人质，表示诚意。海郡王开始有些犹豫，因为他只有一个儿子，人称金花太子，只有十八岁，派往他邦，还有点不放心。经过巴里铁头说明利害，认为不这样不能表示诚意。单祁国兵多将勇，我们虽然胜了一仗，那只能算是侥幸，真要叫起真儿来，我们绝不是对手。况且，单祁王子也来为质，只要以礼相待，肯定万无一失。海郡王也就放心了。

谋事在人，成事在天。双方求和，交换人质本来是件好事，谁想由此而引出一场大祸，终于使敖都国大难当头，濒临灭亡，才发生了"白花点将"这一流传千古的故事。

正是：

本为保境求安定，

不料灾祸此中来！

要知敖都国发生了什么大事，且待下回再叙。

第二章 | 公主登台挂帅印
郡王出榜招贤才

书接前文。

人有当日之灾，马有转缰之祸。单祁王和敖都国交换人质仅仅过了一年，单祁王太子在洪尼患了一场大病。洪尼城内外所有名医都请到了，就是治不好单祁王太子的病。海郡王怕单祁王子死在洪尼，不好交代，即遣使去单祁国通报王子病情。单祁王得知儿子病重，心下着慌，即派人去洪尼，准备接回治疗。巴里铁头阻止道："单祁王要接太子可以，但同时把金花太子送回来。万一单祁王翻脸，他的人质回去了，我们的人质还留在那里，恐有不测。"海郡王就怕单祁王子死在洪尼，说不清楚。他不听劝阻，让单祁国使者接走王子。不想一路颠簸，病势加重，没等到单祁国的都城黑土寨就断气了，大车拉回的是单祁王子的尸体。单祁王伤心之余，暴跳如雷，觉得儿子病得突然，死得蹊跷，怀疑海郡王有意加害。他想把海郡王的儿子杀死，用敖都国人质抵命。元帅耶律留彦慌忙谏阻，认为不可。单祁王生气地问道："他害死我的儿子，我杀了他的儿子，一命抵一命，有什么不可！"留彦元帅深施一礼，说道："主上，请听我说。"

> 好一个单祁帅耶律留彦，
> 又有勇又有谋文武双全。
> 尊一声主公你暂且消火，
> 请听我成破利害说一番：
> 太子他洪尼城身患重病，
> 也可能思乡心切染黄泉。
> 主上你疑心被害没证据，
> 且不要杀害人质结新冤。
> 海郡王得知儿子废了命，

他怎肯善罢甘休放过咱。
倘若是出动兵马来征讨，
单祁国准备不足抵挡难。
想当年飞狐岭下一场战，
杀得我单祁兵人仰马翻。
因此才双方和好换人质，
谁承想天灾人祸降临凡。
首先要弄清死因为上策，
然后再派遣密探去边关。
摸清了敖都国军情机密，
到那时兵伐洪尼凯歌还。

　　单祁王听了元帅留彦的劝告，对敖都国的人质既不能杀，也不能放，暂时拘禁起来，用他来要挟海郡王，让他割让土地，贡献珍宝。海郡王投鼠忌器，又加上单祁王子死于归途中，自感理亏。所以对单祁王的要求，除了土地不能割让，其他如珍珠、貂皮、人参、海东青等土特产送了不老少，两家暂时和解，算是没有酿成刀兵之祸。

　　单祁王丧子之恨难消，命元帅耶律留彦加紧战备，训练士卒，准备随时进攻敖都国，实现其占据金源故地，一统关东，恢复大辽国的夙愿。但他也有他的顾虑，敖都国也不是那么容易对付的。往年出兵就吃了一次亏，留彦元帅败于飞狐岭，敖都国的虚实还摸不清楚，必须有人打入他的内部。这时候驸马江海俊上前自请道："父王，这个差使就交给我吧，儿臣自幼生长在敖都国，熟悉那里一切。再说，儿臣离开家乡也十来年了，顺便回家找一找我那孤苦伶仃的小妹，趁机混入洪尼城中，摸一摸海郡王的老底儿。"单祁王应允道："你去很合适，可你要多加小心。单祁国能不能打败敖都国，这回全看你的了。"

　　"遵令！"江海俊领命而出。单祁王哪里晓得他这位驸马怀有更大的野心，打的是另外一种主意呢！

　　江海俊离开单祁国的王城黑土寨，换上猎人打扮，恢复了他本来面目，急急赶回老家。老家是个距离洪尼城三十多里的小山村。十几年的光阴，山村依然如昔，无多大变化，居民还是渔猎生活，农耕者仅有少数。他的旧宅长期无人居住，几乎倒塌，唯妹妹海云不知去向。听乡亲们说，两年前的一个冬天，来了一伙打猎的，从此，海云就不见了，可能被猎户掳去。江海俊找不到妹妹，只好整理一下住宅，安顿下来。他隐瞒了身份，只说这十多年来在外游猎为生，更不提单祁国招亲的事，一意留心洪尼城方面的动向，有时也以捕鱼为名，乘船摇到洪尼城边，寻找进城的机会。

回头再说洪尼城里的海郡王，自单祁王子死于归国途中，单祁王拘留金花太子不放，时时派人来索要财物。为了儿子的生命，海郡王不敢不给，两年多来，土特产品金银珠宝送了不少，可单祁王就是不放儿子回来，也不再向敖都国派遣人质。边关不断报警，单祁国操练人马，大修战备，随时准备入侵。海郡王忧虑儿子，着急上火，以致卧病不起。

> 海郡王思儿心切病在床，
> 叫来了巴里铁头细商量。
> 你是我祖父孙三朝元老，
> 又保我开疆土建国称王。
> 现如今太子他身在外国，
> 做人质换和平送到异邦。
> 没想到好事变坏出差错，
> 突然间单祁王子把命殇。
> 单祁国扣住太子不肯放，
> 怕只怕我儿性命难久长。
> 金花儿要是有个好和歹，
> 敖都国何人续烧一炷香？
> 眼睁睁大好河山要断送，
> 我着急又上火病入膏肓。
> 请你来帮我参谋定后事，
> 何人能执掌乾坤做国王。

巴里铁头道："主上何出此言！太子不得回国，是老臣的罪过。当初交换人质，也是老臣的主意。事到如今，老臣只有竭尽全力，辅佐主上，富国强兵，迫使单祁王送还太子殿下，为主上解忧。"

海郡王叹了口气说："可我如今病体沉重，不能处理军国大事，人心难安呐。"

"主上之病实为忧虑太子所致。望主上宽心疗养，不会有什么事儿。"巴里铁头说，"依老臣之见，主上养病期间，可将军国大事托付给三公主，以安军心。"

"你是说白花？"

"是的。"巴里铁头说，"白花公主能文能武，是最合适不过了。"

海郡王叹道："我也有此意，可她年纪还小，只有十六岁，怕她难当大任啊！"

巴里铁头笑道："主上多虑了。三公主年纪虽小，可敖都国完颜氏的宫中也只有白花公主为主上亲骨肉。在太子没有回来之前，主上别无选择。"

海郡王从炕上爬起来，欣喜地说："看来，也只有如此了。她哥日后能回便回，万一要是回不来，就让她继承敖都国主，你看此事可行吗？"

巴里铁头双拳一抱："主上英明，老臣也是这个意思。"

"那以后就全靠你的教诲了。"

"不敢。"巴里铁头一躬倒地，"老臣敢不竭力，辅佐公主，以报主上三代知遇之恩。"

说到这里，再把巴里铁头的身世简单交代几句。

早在金朝建国之初，土门水温迪痕部酋长联高丽拒金兵于东京龙原府，太祖阿骨打御驾亲征，破高丽兵于江左。尽俘温迪痕部人，欲尽坑之。时有一童子大胆呼叫"无罪"，太祖甚惊异。随军的四太子金兀术（完颜宗弼）为之请免。太祖诛杀所有被俘之人，唯留下此童，令与兀术为奴。此童感兀术活命之恩，誓死图报，终生不渝。后来长大成人，随兀术南征北战，配婚生子，这个儿子取名巴里，巴里意为报恩。他也是一员勇将，保着兀术子孙海西郡王创业建功，并于洪尼立国。按女真俗，称勇士为铁头或巴图鲁，巴里铁头之名由此传开。

巴里铁头的父亲的身份是战俘，被赐予贵族称"户下人"，功劳再大也不能封官，只能给梁王兀术当一名家将。他儿子的身份是"家生子"，也就是奴仆所生之子，仍然没有地位。巴里随兀术子孙来到洪尼之后形势有变，金朝迁都燕京，本土失控，敖都部改建敖都国，海郡王也进入贵族的行列。巴里铁头辅佐海郡王祖孙三代，可称得上是三朝元老。他已经五十多岁了，依然体格健壮，精力充沛，武功高强，技艺不减当年，更兼足智多谋，虑事周详，为海郡王所依赖。可这个人有一个最大的毛病就是贪杯，喝起酒来，不醉不休。为此，曾受到海郡王多次训诫，他也有所收敛，发誓永不饮酒。

闲言叙过。

今天海郡王要向巴里铁头托付大事。他瞅瞅这位须发斑白，比自己还大十余岁的老臣，感激地说："你为我完颜氏效力多年了，难为你年老还如此忠心。"

"此乃老臣分内之事。"

海郡王又说："我还是担心，咱们的兵马不多，难抵单祁国的进攻，三女白花又年少，怕她到时候也手忙脚乱啊。"

巴里铁头笑道："主上勿虑，老臣倒有个好主意，定保我敖都国万无一失。"

"你快说说看。"

> 巴拉公未从开口笑呵呵，
> 尊一声主上坐稳听我说：
> 单祁国兵强马壮咱不怕，
> 洪尼城依山带水靠江河。
> 不光是物华天宝民殷富，
> 更有那人杰地灵英才多。
> 请主上出榜招贤选良将，
> 有专长皆录用不拘一格。
> 只要是身怀技艺能文武，
> 不管他相貌丑俊矮与矬。
> 哪怕他出身蕃汉非我类，
> 凡是有一技之长皆网罗。
> 常言说重赏之下必有勇，
> 主上要量才使用赐赏多。
> 受惠者感恩图报能出力，
> 上战场冲锋陷阵不退缩。
> 海郡王听到这里心高兴，
> 吩咐声快叫公主来见我。

别看白花公主年岁不大，志气可不小。自打哥哥被囚单祁，她就日夜加紧练功习武，准备随军出征，杀奔单祁国，救出哥哥。

这天正在外边练武，闻听父王传唤，赶忙跳下战马，弃了兵刃，带着贴身侍女江海云，来到海郡王的寝室。她一眼望见巴里铁头坐在那里，就知道有不寻常的事情。她把海云留在门外等候，忙上前拜见了父王，又参见了巴拉公。转过身来说："父王召女儿前来，不知有何吩咐？"

海郡王未及答言，巴里铁头离座笑道："恭喜公主。"

白花公主突然一怔，冲着巴里铁头道："父王忧虑患病，阿哥吉凶不保，敌兵进犯边关，国内人心惶惶，喜从何来？"

巴里铁头对着海郡王爽朗地一笑："公主出言果然不凡，忧国忧民，孝悌两全，并胸怀大志，日后必成大器，这是国家之福。"

白花公主一听巴里铁头恭维她，立时柳眉倒竖、杏眼圆睁，质问道："巴公爷，现在国难当头，你还说这些不痛不痒的话，什么意思？"

巴里铁头倒吸一口凉气。他见这位小公主虽然气魄很足，却是单纯幼稚得很，还有点任性儿，心中犹豫起来："毕竟是个孩子，是一个不谙事的女孩子。"此时的巴里铁头，真是进也不是，退也不是，恐怕这位小公主误了大事。

海郡王见巴拉公沉吟不语，知道是女儿出言冒犯，伤了他的自尊，他开言了："花儿，你额娘去世得早，留下你们兄妹二人。你阿哥被囚单祁国，至今生死不明。单祁王误认我有意害他的儿子，反目成仇，兴兵犯境，苦苦相逼。为父我体弱多病，巴拉公又年迈，当此生死存亡关头，何人能领兵抗敌？女儿你看怎么办？"

白花公主听了，果断地说："兵来将挡，水来土培。孩儿去出战抗敌，父王不必烦恼。"

海郡王和巴拉公交换一下眼色，微微点头说："好。巴拉公保你代父王主管军务，统领三军，保国抗敌，你可有这个胆量？"

白花公主明白巴拉公方才那番话的意思了，慌忙跪下："孩儿遵命。但孩儿年轻，恐怕难以胜任，有负重托。"

"你放心好了。"海郡王一指巴拉公，语重心长地说，"巴拉玛发是先王旧臣，对我完颜氏忠心耿耿。以后遇事要多和巴拉玛发商量，多听他的指教。"

白花公主又对着巴拉公行了一礼："刚才多有冒犯，请老人家包涵。"

巴拉公赶紧伸手拉起，微微一笑："公主有胆有识，老臣佩服。"

白花公主又说："咱们兵不多，将也少，力量弱，孩儿我再有本事，又顶何用？好铁能捻几个钉！"

巴拉公欣喜道："公主虑事周详，定是大将之才，老臣没有错荐。"

海郡王接着就把巴拉公提出的招贤扩军的打算，一一当公主讲了，白花公主心里才有了底。

君臣父女老少三人，又商量了扩军招贤的具体办法，权力交接的具体程序，如何能使全国军民人等听从年轻的白花公主指挥。他们商量了大半天，军国机密，外人不得其详。

过了一天，一道诏令传出，国王因病需要医治调养，由三女白花公主代管军国大事，全国军民一律遵行。

紧接着，动员军民数千人，在南门内修筑一座土台，用江底石拌黄土混筑。台高两丈四尺，南北宽八丈五尺，东西长十七丈一尺。四角陡峭，正面铺石阶三十六级。前后施工三个多月，又在台上建造一栋宫殿式的房屋，回廊环绕，门禁森严，命名百花厅，作为公主处理军国大事，发号施令之所。这一切忙乱完了，已经到了九月。按照女真旧俗，九月初九这天是"重阳节"，为全年中最好的黄道吉日。国中每有大事，多在这一天进行。海郡王赐印授权，自然要选择这一天举行仪式。这么大的一件事，在敫都国来讲，也是第一次，当然仪式要十分隆重。海郡王这天心情特别好，亲自登台，晓谕全国军民，授权赐印，敬天祭祖。

　　海郡王九月初九上高台，
　　他把那满城军民都招来。
　　命察玛祠堂跳神祭先祖，
　　由国王敬酒焚香拜灵牌。
　　先拜那神通广大恩都力，
　　保我国风调雨顺不遭灾。
　　再拜我列祖列宗英灵在，
　　请把咱子子孙孙多关怀。
　　都因为单祁兴兵来犯境，
　　送人质金花太子不应该。
　　现如今在敌国吉凶难保，
　　有些事我一时说不明白。
　　因此才筑台拜印交权柄，
　　军国事授予白花小女孩。
　　从今后养命安身不问政，
　　大小事全凭公主自己裁。

众三军不要欺公主年少，
她能文又能武是个将才。
有老臣巴里铁头来辅佐，
不怕他敌兵入境战衅开。
海郡王赐印授权传将令，
众三军雀跃欢呼齐喝彩。

　　海郡王在点将台上，把一颗新铸的黄金大印，授给了白花公主。白花公主在女察玛（萨满）的引导下，叩拜天地神祇，敬祭祖宗牌位，在场的宗族贵戚，军民人等，欢声雷动，整个洪尼城都沸腾起来了。巴里铁头亲率手下八员战将，参拜公主，公主命贴身女侍江海云扶起巴里。白花公主忙说："巴公爷免礼，你是长辈，以后还望老人家多多教诲。"

　　"老臣愿竭尽全力，辅佐公主，保我敖都国国泰民安，百世昌隆。"

　　正在这时，海郡王突然取出镇国传家之宝，授予公主。巴里铁头一看此物，惊得目瞪口呆。

　　正是：

　　登台授印本良策，

　　谁料节外又生枝。

　　要知海郡王拿出什么镇国传家之宝，请听下回再叙。

第三章 | 少女提携江海俊
老臣效忠海郡王

宇宙苍茫天地分，
万物播生主造人。
山高水长幅员阔，
日月精华满星辰。
白头峰下秋色壮，
粟末江边景物新。
英雄坐殿会宁府，
灭辽破宋国号金。
海陵王提兵百万入燕地，
抛弃了祖宗故土乱纷纷。
敖都部完颜家族重创业，
单祁王耶律兴起科尔沁。
常言说一山难容两只虎，
两部族一直争斗到如今。
想当年飞狐岭下一场战，
单祁国兵败将亡吓掉魂。
无奈何交换人质求和好，
谁想到单祁王子命归阴。
敖都国金花太子被囚禁，
海郡王着急上火气攻心。
他这才筑台授印传公主，
白花女年轻挂帅统三军。
上回书说到这里告一段，
请听我接头碰碴表原因。

上回书说到海郡王在授印仪式之后，又拿出了完颜氏传家镇国之宝，龙凤剑授予白花公主。授剑也就是赋予公主生杀之权，有了这口剑，就可以先斩后奏，处置部下，自行决断，不用报国王批准。海郡王的用意很明白，怕女儿年轻，部下不服，不这样也不能提高公主在军中的威信，以免将士抗命胡来。巴里铁头看在眼里，心中很觉不安，他觉得白花公主不过是个十五六岁的孩子，虽然聪明过人，未免有些任性。她要使起性子，独断专行，不分青红皂白，动辄杀人，岂不把军中搞乱，误了大事。可是王命已出，不能收回，他也不能在这种场合多说什么，只好留心观察，随时提醒公主，免得闹出乱子就是了。

这天风和日丽，秋高气爽，海郡王心情特别好，病势也减轻了许多。白花公主更是雄姿英发，庄重妩媚，顶盔贯甲，全身披挂，贴身侍女江海云紧随其后，卫护公主。台前的教军场上，旌旗蔽日，鼓角喧天，士兵排成方队，将士身披铠甲，个个威武雄壮。远近城乡应召的各路英雄好汉，投军挂号的青壮男子，也都在四周等着。

当白花公主从父王手中接过印和剑这两件象征着权力的东西之后，这时教军场上，千头攒动，万目睽睽，人人屏息，个个叹服。坐在海郡王旁边的巴里铁头站起来开言了："全体军民听真：海郡王今日将军国大事交给公主，从此尔等军民，同心同德，抵抗外敌，保护国家，保护海郡王，保护公主。文者出谋，武者献艺，不分贵贱，量才录用。"

巴里铁头话音刚落，霎时号角齐鸣，金鼓大作，三声炮响，一面帅字大旗升上高竿。接着，比武选士就要开始了，这不仅是海郡王和公主的希望，也是身怀技艺的各路好汉的希望。因为只有这样，他们才有大显身手、出头露日的机会。不料就在这令人兴奋的时候，忽然惊起一只乌鸦，从点将台的后边飞过来，"呱——呱"地叫着在空中盘桓，围着点将台转个不停。乌鸦又叫大嘴老鸹，它要一叫被认为是不祥之兆。海郡王心里好生不乐，一团高兴被打消。白花公主见父王不乐，恨乌鸦偏偏在这个时候飞出来，忙取出随身带的特制的小铜弓。这种弓是熟铜打造，仅有一尺多长，箭镞也一尺长，为平时练习，游戏用的。因为小巧玲珑，便于随身携带，同时也是应急用的。白花公主虽然爱护鸟类，因乌鸦是黑色，她很讨厌。加上喜庆之时它又飞来捣乱，扫了父王的兴致，她弯弓搭箭对准乌鸦嗖地就是一箭，那箭不偏不倚，正中乌鸦。只见那乌鸦在空中翻一下，向地面堕下来，掉到教军场的草丛里。围观的军民人等齐声喝彩。早有军士拣起乌鸦，送给公主。白花公主顺石阶走下将台，要取乌鸦献给父王，只听有人高声叫道："给我留下！那是我射的。"白花公主心中不满，真是岂有此理！这是什么人，如此大胆，怎么会是你射的！可是她从军士手中接过乌鸦仔细看时，不由吃了一惊。

> 小公主接过乌鸦看的急，
> 膀根下果然穿着箭两只。
> 两只箭大小尺寸都相近，
> 这个人箭法高强艺不低。
> 人丛中钻出一位英雄汉，
> 论年纪不过二十五六七。
> 拿一把小小铁弓忙施礼，
> 请公主不要生气把怒息。
> 小子我姓江名叫江海俊，
> 家住在分水岭后大山西。
> 我祖上辈辈吃山为猎户，
> 年年给王爷纳贡进毛皮。
> 现听说单祁兴兵来打仗，
> 我特来投军效力去杀敌。
> 见公主射雕翎暗助一臂，
> 怕公主射不准气短心虚。
> 白花女厉声喝道好大胆！
> 你竟敢如此放肆把我欺。
> 江海俊嬉皮笑脸跪在地，
> 公主你这么做可不仗义。
> 说什么量才录用是假话，
> 原来你轻看这身猎人衣。
> 别看我出身猎户多卑贱，
> 我可是弓马纯熟怀绝技。

白花公主一听此人口出狂言，反倒怔住了。她仔细打量一下，只见地下跪着这个人，是个眉目清秀的青年壮士，虽然是猎人打扮，却也显出一种豪气。其声音洪亮，话语流利，只是行为有些轻浮。看到这里，公主问道："你可有真本事？你愿意投军效力？"

"方才箭射乌鸦，公主已经看到。我听海郡王招贤，特来投营报效，小子句句都是实话。"

"你起来吧。"公主转身奔向将台，"能不能收留你，等我禀明父王再说。"

点将台上的海郡王和巴里铁头看得真切，立命内侍，把他们都叫上来。白花公主如实禀报方才的一切，海郡王验看了被箭射死的乌鸦之后，心中大喜，暗道：好箭法，国内有此能人，何愁不能破敌？即问道："你除了箭法之外，还会什么武艺？"

江海俊跪禀道："海郡王，小子江海俊自幼熟读兵书，又遇仙人传授武艺，十八般兵器样样皆通，可以当场比试。"

海郡王点点头，瞅了一眼白花公主说："花儿，你可敢跟江壮士比试武功？"

白花公主说道："比什么？"巴里铁头忙站起对海郡王说："王爷，公主乃千金之尊，怎能同一个山野村夫比试。江壮士要真有本事，量才录用就是了。"

海郡王点点头，认为说得有理。

"那就算啦！"海郡王又问江海俊，"你既然有那么好的武艺，怎么今儿个才来应召？你来投军，家里还有什么人？你父母何人照顾？"江海俊一听，忙叩了几个响头，尊一声王爷听小子细禀：

> 江海俊未从开言泪花流，
> 口尊声王爷在上听根由。
> 小子我原来不住西山外，
> 我祖上老家山东高唐州。
> 那一年水旱蝗灾全遭遍，
> 河南北八百里颗粒无收。
> 我爷爷举家逃荒到关外，
> 有一位好心人将他收留。
> 从此就扎根此地成猎户，
> 好歹也饥餐渴饮混口粥。
> 叹只叹小子父母下世早，
> 我唯有自己谋生在外头。
> 还有个小妹今年十五六，

只可惜七岁那咎她走丢。
现如今我来投军身无挂,
一定要为国出力把功求。
江海俊真真假假说个够,
白花女听得心中酸溜溜。

江海俊的话,有真有假。他祖上逃荒来到关东是真,说他妹妹七岁走丢是假。其实是他抛弃了妹妹投奔了单祁国。至于在单祁招亲当了驸马,又做了官,他更不肯透露出半个字。可是白花公主听他说的可怜,产生了同情之心,不知不觉地替他难过起来。她对海郡王说:"父王,江壮士箭法高超,请父王收下吧。拨到孩儿帐下,待以后立功升赏。"海郡王说:"那就收下,你就给他派个差使吧。"江海俊叩头站起,随公主下台。

接着比武献艺,挂号报名的各路英雄好汉,人人争先,个个逞能,经过考核,从其中挑选了百余名出类拔萃者,充当护卫。未选中者一律编在各营帐为士卒,有战功时再提拔。总计招募了一千多人,又规定随时录用,有来必收。

忙乱了三天,洪尼城彩旗飞扬,金鼓震天,白花公主每日在将台上指挥、操练三军。江海俊非常卖力,又很听话,白花公主慢慢对他有了好印象,就想提拔他,使他成为自己的帮手。洪尼城的中央有一片青砖灰瓦的房舍,四周圈了一道墙,这就是海郡王的王宫。本来在东城外建了烧制釉瓦的砖窑,也烧制了几窑绿釉瓦,准备修筑宫殿。因单祁兵犯边关,修宫殿的计划只好先放一放。点将台建成,上边修了一个大厅,就把釉瓦用上了。这个大厅取名叫作百花厅,是白花公主处理军国大事、发号施令的地方。同时也是公主起居的寝宫。因白花公主长住百花厅,军中不呼其名,往往称之为白花公主。百花厅军机重地,戒备森严,不经传唤,有擅入百花厅一步者,定斩不饶。除了公主贴身侍女、戈什哈(武弁)、担水庖厨的用人外,任何人也不准踏上点将台的石阶。

城里城外,扎了几十座营帐,城墙也修葺加固,形势大有改观。

江海俊看敖都国一天天在强大,心里很是着急。他特别小心,不敢有半点疏忽,怕露出马脚来。为了取得敖都国的信任,他竭力讨好白花公主。公主毕竟年轻,被他花言巧语,假装殷勤所蒙蔽。白花公主看中他武功、箭法,又有智谋,极力向海郡王推荐,让她父王提拔重用,说他是个难得的人才。海郡王听了女儿的话,让她把江海俊叫来,要亲自给他派差使。白花公主把江海俊领到海郡王的跟前，这时的海郡王正和巴里铁头议论单祁国的事，同时也提到了对江海俊的任用问题。

巴里铁头说："主上打算怎样任用此人？"

"听有人推荐他武艺超群，我想让他做禁军都尉，统领王城侍卫，给我看守宫门。"

巴里铁头一惊："这是公主推荐的？"

海郡王点点头："这也是我的意思。"

"主上，使不得！"巴里铁头说道，"江壮士武艺虽好，但此人来历不明，王宫重地，关系主上安危，不可轻易信人。老将军多尔吉忠心耿耿，统领禁宫，不可撤换。"

"是啊。"海郡王咳了一声，说，"多尔吉跟我多年，忠实可靠。可是他年老体衰，难以胜任啊！"

正说到这，白花公主领着江海俊进来了。

"父王，江壮士来叩见您了。"

海郡王瞅瞅爱女，又瞧瞧陌生的江海俊，他耳边响着巴里铁头的话，沉吟一会儿说："江壮士随军听调，以后立下功劳，一定重用，你领他下去吧。"

白花公主愕然。明明说好的事，现在怎么就变了？她一看巴里铁头在座，心里就明白了。

> 小公主柳眉倒竖咬银牙，
> 一定是巴里铁头阻拦他。
> 我父王向来都听他的话，
> 别人说千言万语都白搭。
> 江海俊武艺高强才堪用，
> 让父王封官赐爵多提拔。
> 看起来一切打算成泡影，
> 巴拉公从中作梗为的啥！
> 白花女骑虎难下心焦躁，
> 江海俊站在一旁更尴尬。
> 好比是冷水浇头凉到底，
> 这一来几时能把兵权抓。
> 他二人各揣心事刚要走，

巴拉公微微一笑把话发：
公主你举贤荐能这没错，
江壮士武艺高强真可夸。
待以后疆场杀敌把功立，
王爷可论功行赏奖励他。
常言说无功受禄难服众，
且记住不可钻营往上爬。
小公主越听越恼越生气，
江海俊两眼发直手扎撒。
心里说以后我要把权掌，
一定把巴里铁头脑袋杀。
为将来韬光养晦方为上，
干大事做人先把尾巴夹。
想到这跪倒在地把头叩，
蒙教诲感谢巴公老人家。
江海俊叩头已毕忙站起，
抬望眼看着公主女白花。

　　江海俊还是希望白花公主再替他说几句好话，白花公主知道她父王的脾气，现在说什么也没用。他们不情愿地离开，回到军中。白花公主一想，既然保举了江海俊，虽不被父王重用，也不能亏了他，就命他为行军校尉，随营听调。行军校尉本来是闲职，既不管兵，又不参政，是个听从指派哪用哪到的低级武职人员。这对江海俊来说已是很满足了，他毕竟在白花公主帐下有个差使，在敖都国有了站脚之处。他年轻英俊，又能说会道，善于逢迎，很受白花公主赏识。

　　白花公主年少，一颗晶莹的心白璧无瑕，她哪里能识别一个很有心计，暗藏阴谋的人。没过多久，她对江海俊的印象也就越来越深，江海俊也十分出力，处处投公主所好，讨公主欢心，很快成为公主操练军兵的助手。江海俊也暗中网罗自己的亲信，时时派人偷着去单祁国，传送情报，洪尼城无人知晓。

　　白花公主重用江海俊的事被巴里铁头知道了。他想，对这样一个来历不明的人，公主年轻，恐怕不是什么好事。若要被他窃取了军事机密，早晚非出乱子不可。他找到海郡王，说公主年幼，身边无人辅佐，自己愿意效劳，助公主建功立业，保国抗敌。海郡王说："也好，有你扶助，我更放心，你就做监军吧。"

巴里铁头在白花公主帐下做监军，她本来不同意，但父王的旨意，她不敢违拗。江海俊得知巴里铁头来做监军，心中十分惊慌。怕引起对他的怀疑，从此他处处多加小心，表面上对巴里铁头俯首帖耳、毕恭毕敬，内心里既怕且恨。寻找时机，以便除之。

这一天白花公主操练完军士回到百花厅，侍女江海云过来陪她说话唠嗑，调解公主的心情，减轻公主的疲劳。海云说："人为什么要打仗，要争斗，天下要没有争战，刀枪入库、马放南山，老百姓过太平日子，该有多好！"白花公主笑了，"你当我愿意打仗吗？外敌要打咱们，咱们不准备行吗？"

"也倒是。"海云若有所思，自王爷赐印授剑，修筑将台，招募将士以来，她心里想着一件事，那个青年壮士，似乎在哪里见过，怎么这样眼熟。宫中禁忌，仆人宫女一律不准打听军中的事情，违者要严惩。公主虽然同自己亲如姊妹，可终归主是主仆是仆，海云不敢有半点越轨。

百花厅的后堂，就是公主的寝室，分里外两间，公主住里间，海云住外间。仆役使女各有住所，不经传唤，不准入内。守台侍卫，昼夜巡查，他人插翅难入。

海云惦念着这些天心事，见公主今晚情绪特别好，她一边剪着蜡烛，顺便问了句："公主收下射乌鸦那个壮士，他是哪里人啊？"这要是往常，公主定会说她多嘴不该问的不要问。可今日她高兴，江海俊帮她出了不少力，行操布阵井井有条，军容整肃，士气高昂。不知出于什么心理反应，她倒愿意有人提到江海俊。公主说道："是咱敖都国一个猎户，你看他多有本事。"

"当然是有本事啦！没本事，公主能看重他吗？"江海云也笑了，"公主你还没告诉我他是哪地方人呢！听说姓江，是吗？"

白花公主正在兴头上，也忘记了不该告诉侍女仆人军事上事的宫中规矩，遂说："他是岭后人，叫江海俊，说不定和你还是一家子呢！"

谁知白花公主一句戏言，江海云却"啊"的一声："这个人八成就是他！"

正是：

踏破铁鞋无觅处，

得来全不费工夫。

要知江海云怎样同哥哥相认，且待下回再叙。

第四章 海云邂逅认兄长
丘贝命丧洪尼城

松花江水清又清，
今日犹传公主名，
少年挂帅心志大，
不愧巾帼女英雄。
白花女操练三军到日暮，
拖倦体信步登上百花亭。
有侍女海云迎接不怠慢，
急忙忙取过蜡烛掌上灯。
帮公主脱掉外衣卸盔甲，
厨房里送来晚餐热气腾。
江海云陪着公主用完膳，
她二人情如姊妹乐融融。
公主说今日练兵多省力，
有一人带头演阵好武功。
海云问射鸦壮士何名姓，
为什么公主时时挂心中？
公主说此人名叫江海俊，
说不定和你同姓又同宗。
海云问他的家乡在何处，
公主说分水岭上有门庭。
白花女有意无意闲说话，
江海云听到这里暗吃惊。

江海云听公主说他姓江，又家住分水岭，心中吃惊，道："这么巧，莫非此人真是我失散多年的亲哥哥？"公主笑道："怎么见得此人会是你的哥哥？"海云忽然眼圈一热，说："公主听了。"

> 江海云眼圈一热泪交流，
> 尊了声公主在上听根由：
> 我六岁父母双亡齐下世，
> 抛下了兄妹二人日子愁。
> 哥哥他离家出走无音信，
> 我自己一人流落在村头。
> 多亏了好心大娘将我养，
> 又遇见公主情深把我收。
> 这几年做梦都把哥哥盼，
> 盼早日兄妹团聚乐悠悠。

公主笑道："世上真有这么巧的事，你敢肯定？"海云说："我是胡猜乱想的，同名同姓的人有的是，那倒不一定。"

公主又问道："几个月来，你也见过他多次，难道你就没认出来？"

"见是见过，可都离得远，看不清楚。"

"那么，我把他找来，到跟前，你可认得你哥哥？"

江海云摇摇头："失散的时候，我才六岁，如今已有十多年了。哥哥的模样早已记不清了，见了面儿，恐怕也是认不准。"

"难道你一点印象也没有？比如说，五官上有什么特殊记号，哪一点与众不同？"

江海云想了想说："真的什么也不记得。好像哥哥脖子下面有一小块黑痣，上面还长了几根毛，挺长的。别的什么也不记得。"

白花公主笑道："这可不好办。一个大男人，怎好看人家的脖子？如果不是，成何体统！传出去岂不让人笑掉大牙。"

江海云也笑了："谁让你验看人家脖子了！不过是闲说话。"

白花公主最后说："那好吧，我给你留点心，如果不是，再派人四处访察，准会打听到下落的。"

江海云拜谢。

白花公主忽然又想起自己的哥哥来。海郡王世子送到单祁国交换人质，不想单祁王子染病洪尼，死于返国途中，单祁王一怒囚了敖都王子金花，兴兵入侵，为儿报仇。两三年来，哥哥被囚异国，生死不明。父王忧虑成疾，才筑台选将，把军国大事交给我一个女孩子，是福是祸，前途未卜。想到这里，她命海云在百花亭外的宫院内摆上香火蜡烛，铺上拜垫，忙跪到香案前，看到木香碗里点燃的拈子香①升起一缕白烟，公主对着当空的皓月，祷告道："凡女白花，祈求过往神灵，一愿父王健康长寿，风调雨顺，国泰民安；二愿额娘在天之灵，早日超度；三愿哥哥平安回来，两国永息急端，共享太平盛世；四愿……"她刚要说出自己终身大事，忽而省悟，这是无法说出口的事，只能在心里默念。不知怎么，教军场上的情景又在脑海里浮现出来，一个青年壮士手执令旗，帮助她指挥练兵。她不知不觉地脸红了。

这一切都被江海云看在眼里，见公主欲言又止，吞吞吐吐，开玩笑似的问了一句："公主，四愿什么？你倒说呀！"

白花公主心灵嘴巧，忙说："四愿早日寻到你哥哥。"说完叩头站起来。江海云笑道："公主，这回你可说走嘴啦，这'你'指的是谁？神佛能懂得吗？"

公主认真地说："神仙佛祖明察秋毫，凡夫俗子心里想的事他都知道，这就叫上天有眼。"

海云又笑道："公主，你可不是凡夫俗子，你是金枝玉叶。"

白花公主"哼"了一声道："王爷、皇上也是凡夫俗子，在神佛眼里，跟阿哈、跟诸申（历史上满族内部的一个阶层）一样。"

江海云走近香案，跪在白花公主跪过的地方，祷告起来：

> 江海云跪在尘埃望星空，
> 口尊声过往神祇在上听：
> 公主她忧国忧民心情重，
> 十六岁代王爷挂帅领兵。
> 每日里操练三军到半夜，
> 为的是卫国抗敌保安宁，
> 公主她三项祝愿铭肺腑，
> 为国家为百姓心地虔诚。
> 她还有一桩心事难开口，
> 奴婢我替主人对天言明：

---

① 又作年息香，拈祈香，东北山区一种野生草本植物，燃烧有香味，女真人用来祭神。

保佑她将来招个好驸马，
他二人白头偕老度一生。
到那时马放南山刀入库，
普天下黎民百姓享太平。
江海云祝罢叩头忙站起，
小公主拉她一把脸绯红。

　　白花公主用力拉了海云一下，脸红了："胡说些什么，上边有神灵，听了会怪罪的。"

　　"奴婢说的是实话，是公主想说又不好意思说的话。"

　　"胡闹！"公主嘴上说着，脑海里却不知不觉地浮现出江海俊的影子。

　　从那以后，白花公主经常在父王面前替江海俊说了不少好话，保举他是难得的人才，又武艺高强，忠心耿耿。海郡王信了女儿的话，格外器重江海俊。

　　海郡王筑台招贤以后，得了一批英雄豪杰，军兵又增加了很多，力量比以前壮大了，他的心情也好了，病势也减轻了许多。他特命江海俊统率护军，巡视王宫，负责保护国王一家的安全。

　　这个任命一传出，巴里铁头大吃一惊，急忙去见海郡王，向海郡王提出，江海俊虽然武艺高强，但来历不明，暂时不可以重用，更何况，把宫禁重地交给一个不知底细的人，实在是令人放心不下，请海郡王三思。

　　海郡王连连摇头，他现在听不进这类话了，对他说道："几个月来，据我观察，江海俊忠于职守，品貌端正，不似奸诈之人，巴里将军不必多疑。"

　　巴里铁头又说："主上，单祁国元帅留彦来到边关，按兵不动，我想其中必有阴谋。再说，我已派人去分水岭界山访察，那里没有人认识江海俊，主上不可不防。"

　　海郡王听了先是一怔，转而笑道："单祁国看我力量强大，不敢轻举妄动，所以屯兵边关，不足为怪。"

　　巴里铁头见海郡王执迷不悟，再说也没用，遂辞别出宫。海郡王也回转寝宫休息，刚转过城墙角，突然一条黑影从城墙跳下，一个人穿着一身夜行衣，手擎一把明晃晃的钢刀，直奔海郡王而来。海郡王大声惊叫："来人！有刺客！"

　　巴里铁头刚出宫门没走多远，听到喊声，急忙返回，连问："怎么回事？王爷在哪？"

这时，守卫王宫的禁卫已把宫院围住，巴里铁头进来的时候，刺客已被江海俊踢倒在地：

"你是谁？"

刺客一听："原来是你！我奉元帅之令来找你。"

江海俊一把从刺客手里夺下刀来，低声吼了一句："你坏了我的大事！"说着，一咬牙，恶狠狠地举起刀。

巴里铁头借着星光看见了江海俊举刀要杀刺客，忙喊道："且慢！刀下留人！"

江海俊怔了一下，手中刀还是砍下去了。刺客只"你，你"两声便身首异处，血染尘埃。

刺客是谁？怎么进来的？为什么要行刺海郡王？听我慢慢地道来：

> 说的是草原君主单祁王，
> 一心要东扩领土到松江。
> 先派去海俊驸马为奸细，
> 到洪尼刺探军情走一遭。
> 谁承想一去数月无音信，
> 也不知驸马吉凶在何方。
> 命元帅留彦进兵飞狐岭，
> 定把那界上守军一扫光。
> 单祁兵来到边关扎营寨，
> 知道了敖都招兵国力强。
> 无奈何屯兵界外再打探，
> 传将令狩猎放牧实在忙。
> 这一天他把先锋叫进帐，
> 命丘贝洪尼城里看端详。

单祁国先锋官唐古丘贝奉了元帅耶律留彦的将令，深入敖都国，夜探洪尼城。他一来要找江海俊，二来行刺海郡王。丘贝有飞檐走壁、上树爬城的功夫，趁着天黑摸到城边，从怀中解下爬城的工具，是一根绳子，一端拴着三齿钩，抛到城上，纵身一跃，跳上墙头，幸喜没人发觉。他摸到王宫后花园的假山下，正赶上巴里铁头从宫里出来，海郡王也走向别室。丘贝虽然不能肯定就是海郡王，估计也是个王室贵族，他举刀刚要动手，冷不防被人踢倒在地。他看这个人就是要找的驸马江海俊，可是没容他说话，他糊里糊涂地送了命，至死也不明白这是怎么回事。

巴里铁头转回时已来不及制止，刺客被杀死。

"误事！误事！也没问明白他是什么人，为何夜闯宫廷行刺就杀了。"

江海俊理直气壮地说："明明是刺客，要害海郡王，还留他做什么！"

海郡王惊魂稍定，令将尸体拖出城外埋掉，首级号令城门。江海俊护驾有功，特封为护军校尉，统领王宫卫军。巴里铁头虽有满腹狐疑，但看到海郡王如此器重江海俊，却也无话可说。

再说白花公主当天晚上也得知宫内来了刺客，立即带着江海云一班侍女赶来。这时刺客已被杀死，是江海俊救了父王，心中十分感激，极力在海郡王面前保荐，海郡王又特授江海俊参军之职，在公主帐下听用。这样，江海俊一步登天，有了宫廷护军校尉头衔，就可以自由出入宫廷；授了参军之职，又可以在白花公主帐下参与军机要事。真是左右逢源，成了敖都国的红人，地位仅次于三朝元老巴里铁头。

这江海俊凭着协助白花公主操练三军，又杀死刺客救了驾，深得海郡王父女信任，特别令白花公主倾心，把他看作自己可依赖的心腹。可是敖都国纪律严明，尽管海郡王父女器重江海俊超过任何人，但是江海俊想要登上点将台进入百花厅却比登天还难，这一点令江海俊伤透了脑筋，要达到刺探军情盗取机密的目的，那只有听天由命，等待时机了。

可是，他杀了唐古丘贝，也怕真相被透漏出去，引起单祁王的怀疑，那样怕暴露自己身份，两边不讨好。他又想到，敖都国拿住刺客，救了国王，这是一件大事，想瞒也怕瞒不住，这可怎么办是好？

　　江海俊前思后想心里慌，
　　怕只怕事情传到单祁王。
　　我本是前来卧底探机密，
　　现如今假戏真做太荒唐。
　　老铁头见我杀人心疑虑，
　　他若是识破机关更遭殃。
　　到那时身败名裂命难保，
　　落了个两头嫌疑臭名扬。

想办法躲过一劫建功业，
我还是虚与周旋假风光。
公主她丝毫不疑信任我，
那只有极力讨好海郡王。
单等到风云聚会时机到，
江海俊出人头地震八方。

江海俊这时的内心煎熬，真是有苦难言。表面上，海郡王信任，公主器重，对杀死刺客，救了海郡王，深信不疑。可是那个巴里铁头，老谋深算，对我不问情由，突杀刺客，已经看出破绽。是啊，刺客已经拿住了，也该审问一下，何方人氏，姓字名谁，为什么行刺，受谁的指使，这一切一切，都没能弄清楚，刺客稀里糊涂地被杀死，这是不合常理的，难免令人生疑。怕就怕海郡王父女一旦被巴拉公点拨醒悟过来，追问此事，该当如何应付？

不说心中忐忑的江海俊思虑着应对未来一切考验的办法，回头再说当时在场的巴拉公，他从对江海俊急杀刺客的怀疑，到对江海俊身世的怀疑，这个年轻人伶牙俐齿，能言善辩，见风使舵，极力钻营，来到洪尼城不久，就很快得到了海郡王父女的信任，现在又杀刺客救主有功，更是锦上添花，不可一世。照这样下去，前途是福是祸，无可预料，敖都国堪忧啊！

如何能使海郡王父女戒备，这确是个难题，现在正是他们相互依靠时期，容不得人说三道四，那就找个适当时机，来一点一点地摸清底细。

巴拉公暗下决心，一定要把江海俊的来龙去脉搞清楚，他派出心腹家将，到界山一带访察，不查清楚，誓不罢休。

同时，巴拉公还想出一条妙计，准备正面和他较量一番，对江海俊来一番"当面锣、对面鼓"的考验。

巴公爷心疑海俊已多天，
这个人行为诡秘不简单。
哪承想王爷父女多倚重，
在这时已难容他人进言。
只能在府邸内摆酒设筵，
派手下去邀请饮酒言欢。

江海俊心中有鬼不敢去，
架不住三番两次推辞难。
无奈何硬着头皮强欢笑，
巴公府门前下了马雕鞍。
老铁头亲自出门迎贵客，
他二人高堂落座吃喝谈。
铁头说将军救驾功劳大，
郡王爷加官晋爵理当然；
海俊说都是主上洪福广，
才使得刺客被擒保平安。
铁头说刺客来历谁知晓？
是怎么稀里糊涂染黄泉。
海俊说救主心急无空问，
反正他行凶该死并不冤。

听到这里，巴拉公眼珠一转，冷笑一声说道："救驾之功，可以书竹帛，载史册，传千古。但老夫有一事至今不明。刺客明明已被将军拿住，为何不问明白就杀了！"

江海俊早已准备了应对之辞，倒也不慌不忙地解释道："出于一时激愤，没有想得那么多。"

"那么，当时老夫高叫刀下留人，将军为何还不住手？"

"没听见。"

"是没听见吗？"巴拉公冷笑一声道，"那为什么你瞅我怔了一下，才赶紧把刀砍下。"

江海俊倒抽一口凉气，强作笑颜道："这么说，巴公爷对我有怀疑，怀疑我跟刺客沟通，是杀人灭口不成？"

"参军误会了，老夫并不是这个意思，我们不谈这个了。"巴拉公端起酒杯，"请。"

几杯酒下肚，江海俊略有醉意，但心里明白，他怕巴里铁头再提此事，便装作似醉非醉的样子，歪在太师椅上。巴拉公看在眼里，觉得是时候了，便又侧击了一句：

"江参军到底是哪里人呀？"

江海俊睁一睁醉迷惺忪的眼睛："分水岭上，界山。"

"是吗？"巴拉公又说，"老夫可是派人去分水岭一带打听过，怎么没有一个人认识参军？"

江海俊见巴里铁头公然派人去打听他的底细，心中十分气恼，不觉脱口而出："打猎之人，行踪不定，岂能人人认识本宫！"

"本宫？"

巴拉公一听江海俊的口中响出"本宫"二字，简直惊得呆了。

正是：

尽管平时多谨慎，

酒后难保不失言。

要知江海俊如何掩饰因失言造成的纰漏，下回再讲。

第五章 | 铁头设宴总管府
海俊夜闯点将台

江海俊"本宫"二字刚一出口，自知失言，仗着他平时乖巧能言善辩，立刻掩饰道："那些山野之民，不可能人人都认识本宫廷侍卫，何况我幼年离家，从没回乡，人多不识，这也难怪。"

这真叫作欲盖弥彰，无意中又把他幼年离家的事露了出来。幼年离家，这些年都在哪里，干了什么，何人知晓？巴拉公更增加了疑虑，怎奈他现在是敖都国的红人，海郡王父女器重，自己也不好过分难为他，只有暗中留心就是了。

江海俊两次失言，也便无话可说，索性装成真醉的样子，心里想的是如何应付可能突然出现的变化，他相信自己的一身功夫，并没有把小小的巴公府放在眼里。他想，即使弄不好闹翻了，也大不了闯出洪尼城，回归单祁国。

巴拉公并没有难为他，吩咐家将备马，护送江海俊回归下处。①

> 江海俊侥幸躲过这一遭，
> 巴拉公并没纠缠把他饶。
> 都因为酒后无德露破绽，
> 险些儿暴出身份命难逃。
> 从今后加倍小心勤办事，
> 一定要公主信任不动摇。
> 等到我时来运转显身手，
> 且忍耐建功立业在明朝。
> 常言说好汉不怕出身贱，
> 大英雄惊天动地领风骚。

---

① 下处：临时暂住的屋子叫"下处"，指无家官兵的宿营地。

学一学斩蛇起义汉高祖，
学一学赵宋兵变在陈桥，
学一学女真英雄阿骨打，
学一学契丹皇帝建大辽。
人都说王侯将相无有种，
是好汉总有一天试牛刀。
我海俊原本出身一猎户，
命薄如纸难掩心比天高。
踞洪尼灭单祁遂吾心愿，
破女真逐蒙古开创新朝。
四海称臣归附八方纳贡，
坐九五面南称尊着黄袍。
打下了江氏王朝传百代，
口有碑书有载青史名标。
江海俊胡思乱想野心大，
见眼前一座高台耸云霄。

江海俊半醉半醒，迷迷糊糊，浮想联翩，幻想着未来出人头地的美梦，不知不觉来到了点将台下。点将台是个长方形的土台，台四周圈有木栅，台上就是白花公主居住的百花厅，那是军机重地，任何人不得私自进入，亦不准在木栅外逗留。木栅南开一门，与洪尼城门相对，土台的东南角有石阶。海郡王的王宫就在土台的后侧。

江海俊知道点将台是军机重地，他也不敢轻易冒犯。

提起这个点将台，它的来历不同寻常，可以说，它和海郡王家族荣辱与共，成败攸关。

还是在第三代海郡王的时候，也就是白花公主的爷爷当政时，敖都部突然遭到外族的侵犯，数万大军进攻洪尼，老海郡王抵挡不住，下令放弃洪尼，全部臣民退守江西。临行前，他命令军民人等每人带一包家乡土，表示不忘家乡，将来还有回归之日。大军渡江而去，洪尼城被敌人占领。老海郡王经此一番折腾，加上年老多病，不久去世。临终前，嘱咐继承者，洪尼城一定要收复，家乡土也一定带回去。

现在的海郡王励精图治，靠着手下大将巴里铁头带兵冲杀，终于把敌军赶出洪尼城，收复失地，重振国威。海郡王命军民人等，把从家乡带出来的黄土还带回去，物归原主。数千军民也不管是不是当年带出来的土，每人随便包了一包土，回归江东，把土统统倒在了洪尼城的空场上，堆积成一座小土山，后来经过平整、填补、夯实，就筑成了一座长方形的高台。从台内土质来看，里边掺杂沙粒，同洪尼城中的土质不一样，可见筑台的土并不都是取自当地。

这还是十几年以前的事情。

如今的敖都部变成了敖都国，名字更响亮了。树大招风，敖都国自然也就成了外族攻击的目标。草原游牧民族单祁国就把敖都国看作是一口肉，总想吃掉它。

> 单祁王一心要恢复大辽，
> 统雄兵占关东再灭金朝。
> 女真人经百年由强变弱，
> 外面强里边干风雨飘摇。
> 粟末水敖都部同我作对，
> 好比那螳螂斧在劫难逃。
> 那一年飞狐岭上打一仗，
> 未料到巴里铁头武艺高。
> 无奈何换人质双方罢战，
> 叹只叹吾爱子命归阴曹。
> 我怀疑海郡王成心加害，
> 元帅说凭怀疑证据不牢。
> 这才让江驸马身入虎穴，
> 进洪尼探机密走上一遭。
> 谁承想一去半年无音信，
> 孤王我食无味心里发毛。
> 万一他江驸马出了意外，
> 岂不是弄巧成拙罪难饶。
> 我这才派先锋前去打探，
> 到现在音信全无心更焦。

单祁王派先锋官唐古丘贝夜探洪尼，不料事泄被杀，如今还没有人知道内情，可此事却引起了巴拉公的怀疑。为了摸清江海俊的底细，他多方试探，所以才有邀请到府饮酒赴宴之举。

且说江海俊在巴公府家将的护送下，来到点将台边，说道："参军大人，前边就是将台，台上是百花厅，海郡王有令，晚上任何人不准从台下经过，小的只好送到这里为止了。"

江海俊的醉意全消，一听百花厅三个字，心中一动，忙说："你们回去吧，替我向巴公爷问候，感谢他盛情款待，前边不远就是我的军营了。"

"参军大人小心，末将告辞了！"

家将转回身，一个牵马回府，一个藏在暗处，观察着江海俊的一举一动。

江海俊心想，今晚在巴里铁头面前失言，日后恐怕麻烦不断，凶多吉少，我何不趁此时潜入百花厅，得到一点机密，赶紧出城，免遭大祸。可是又一想，不妥，巴拉公老奸巨猾，已经对我产生怀疑，能无戒心？现在把我送到这里，分明是有意安排的。他抬头望一望台上，灯火辉煌的百花厅，这确是一个难得的机会。不入虎穴，焉得虎子，干大事没有冒险精神是不行的。要是被人发现怎么办？也好掩饰，就说酒醉迷路，误入禁地，又有巴里铁头作证，我是从他家出来，被送到这里的，谅你也不会把我怎么样，我不是还救过海郡王吗？

想到这里，江海俊拿着明白装糊涂，拉出一酒醉的样子，迷迷糊糊摸上了点将台，直向百花厅撞去。

厅堂外面，空无一人。他就向内室奔去。刚一进门，不想从旁边飞起一只脚，将他踢倒，一个侍女抽出宝剑就要砍他。他自知私闯重地，罪该斩首，但他不甘心就这么完了，慌忙叩头求饶道："公主饶命，小子有下情禀告。"

侍女剑虽举起，可并没往下落，听他这么一说，声音很熟，借着灯光一看，"哎呀"一声："还是你？"

> 好一个贴身侍女江海云，
> 昼夜里赤胆忠心为主人。
> 百花厅军机重地非儿戏，
> 细巡察里里外外多留神。
> 今日里公主练兵多辛苦，
> 从早起直到现在没回身。

空荡荡百尺高台人稀少，
我奉命守卫厅堂更认真。
向远望黑咕隆咚多幽暗，
看近处高大威严是城门。
鸡不叫狗不咬一片寂静，
风不吹树不摇野鸟归林。
公主她统率三军为保国，
为防备敌人进犯倍艰辛。
每天到鼓打三更才回转，
有时候吃过晚饭就清晨。
想当年遇见公主多幸运，
没公主哪里会有我海云。
我只有陪伴终生将恩报，
公主她优礼相待胜亲人。
今晚我饭菜床帐准备妥，
单等着公主收兵再洗尘。
小海云武艺高强心更细，
猛然间一条黑影撞开门。
江海云踢倒奸细刚要斩，
猛听得几声饶命熟悉音。
小海云借着灯光仔细看，
只吓得头脑发涨腿转筋。

　　江海云举剑没有落下，她听明白看清楚了，这不是深受海郡王和公主器重的参军吗？他既然是海郡王和公主的红人，那他更应该知道王爷和公主的规矩，这百花厅是公主掌兵发号施令和寝食休息的地方，绝对机密的重地，任何人不经召唤，不准踏进半步，违者立杀无赦。

　　"你怎么闯到这里来了？"江海云手里的宝剑还在举着，心却是跳个不停。她十分为难，这杀又杀不得，不杀又不是，因为公主早有令在先，她不在的时候，无论什么人，上台闯厅立杀无赦。可这是江参军啊！他现在是公主离不开的人了，今晚要是死在我的剑下，公主能答应吗？不然，又违了公主的将令，公主怪罪怎么办？

　　就在江海云左右为难之时，平时乖巧善于随机应变的江海俊看到一线生机，忙跪下哀求道："小子一时醉酒，糊里糊涂地撞到这里来了，我自己也不知道是怎么回事儿，就被巴公爷的家将送到这里，他们就回去了，我也就误闯重地。该死！该死！"

"这么说，你在巴公爷家喝酒啦？"

"是他请我饮酒。"江海俊辩解说，"巴公爷酒量大，我难胜过，才醉了。"

"啊，原来是这样。"江海云知道他救过海郡王，拿住刺客，有功之臣。而且，公主对他似有好感，也就把提起来的心，慢慢放下，她平稳一下情绪，换了一副态度说："百花厅不准任何人进入，这你是知道的。既然你酒后误闯，也是不允许的，那你赶紧走吧，就当今晚什么事也没有发生，公主回来，我替你说清楚就是了。"

"谢姑娘成全。"

江海俊像被赦免的囚犯，转身就要下点将台，这时就听江海云叫道："你先别走，我有话问你。"

江海俊回转身来，疑惑地盯着海云，不知何意。

原来这些日又勾起了她一块心病，她父母双亡，只有一个哥哥，在她六岁那年哥哥出走，把她抛给邻居一对老夫妇。没几年，这对老夫妇也双双下世，剩下她一个小女孩子，孤苦伶仃，在好心乡亲的周济下，勉强活了下来。后来遇见公主狩猎，才被领到王宫。一晃四五年过去，江海云学会了武艺，成了公主的心腹。环境变了，今日的海云可不是几年前穿着灯笼裤踏着夹鞋片的那个山村野孩子，她成了百花厅里的重要成员。多年来，她心里一直惦记着哥哥，十多年了，音信全无。自从教场比武，公主收下一个叫江海俊的青年壮士，公主在她的面前时有赞美之声。有一次公然说，那个姓江的壮士，跟你同姓同宗，不会是你哥哥吧？

公主说的本来是玩笑话，不想说者无心，听者有意，海云居然认真地关注起来。今晚是个好机会，我何不趁无人之际，探一探他的身世，即便不是，今后也就死心了。海云记得，哥哥比她大十几岁，长得什么样已经不记得了，但她只记住哥哥耳后有一块黑疙瘩，听人说那叫瘊子[1]，她装作漫不经心的，却注意看了他耳后脖子上果然有一颗黑瘊子，这让她心里又惊又喜。可是又一转念，不妥，万一认错了人，可不

---

[1] 瘊子：痣的俗称。

是小事。

江海俊见海云不言不语，略显惊慌，即问道："姑娘叫小子回来不知有何吩咐？"

江海云勉强一笑："其实也没什么大事，壮士姓江，我也姓江，说不定咱们还是一家子①呢。请问江壮士是哪里人氏？家中还有什么人，因何来到海郡王帐下投军效力？"

江海俊"哦"了一声："你问这个吗，那我就跟你说说。"

> 江海俊未曾开言好心焦，
> 倒叫我不堪回首忆前朝。
> 江占山是我爹爹算猎户，
> 俺老娘家住山东本姓姚。
> 也是俺生来命苦该受罪，
> 二老他双双染病归阴曹。
> 在家乡没有我出头之日，
> 无奈何远走高飞往外蹽。②
> 一口气跑到西方单祁国，
> ……

江海俊突然打住，不往下说了。他知道，自己是为了刺探敖都国的军情，隐瞒身份来的，这要露出破绽，不仅前功尽弃，还有杀身之祸，不能实说，绝对不能说实话……

海云见他突然支吾打住不往下说，急问道："你到单祁国以后呢？"

江海俊假装叹了一口气：

> 谁料想我到那里更糟糕。
> 单祁国争权夺地纷纷乱，
> 终日里喊杀连天动枪刀。
> 外来人根本没有容身地，
> （海云：那你咋办？）

---

① 一家子：同宗。
② 蹽：北方土语，快走的意思。

我只能雇给牧主放羊羔。
只图希混口衣食不挨饿，
凌云志功名念头脑后抛。
常言说好汉不怕出身矮，
没想到洪尼城里把名标。
看起来老天赐福从人愿，
得了个参军职位不算高。
要感谢王爷公主恩情重，
为国家肝脑涂地多勤劳。

海云听他啰唆了半天，还是没听明白，她急切地又问道："你离家这么多年，家里还有什么人没有？比如说，兄弟、姐妹，你不挂念他们吗？"

江海俊见问，心里忽然一动，他下意识地打量一下海云，这回说了真话："我上无兄下无弟，也没有姐姐，记得只有一个小妹，大概比我小十来岁，我走时她才六岁，放在乡亲家帮着照看，现在有没有也不知道，我自走出去，十多年了，没有回过一次家乡。"

"你小妹叫什么名字？"

"叫小花，爹爹在世时给她起个大名，叫海云，我叫海俊。"

海云扔了手中的宝剑，惊喜地叫道："你是哥哥！我是小花，我是海云！"

江海俊只知道这个侍女是公主的贴身护卫，姓什么叫什么他却一无所知。海郡王的家规就是臣民人等不准打听宫廷里的事，宫女、女奴的名字也不准外传。江海云来到洪尼城已经好几年了，可她的名字，除了宫中人，很少有人知道，再加上不准打听宫里事的规定，别人也不敢过问。

听了海云的自报家门，江海俊几乎不相信自己的耳朵，他惊疑地望着眼前这位侍女，一时百感交集，自愧当年抛下六岁的小妹，今日如果真的是她，我该如何面对？她现在居然成了公主的心腹，她是怎样进宫的，她那一身功夫，身手不凡的拳脚又是在哪里学的，一切一切，都是难解之谜。忽然，他灵机一动，有了，来机会了，如果她是我的亲妹，随侍公主左右，不愁没有接触机密的机会，大事可成。他还不敢贸然相认，遂说道："怎么能证明你是我妹小花？"

海云说："我注意到你耳后那颗黑痦子了，记得你背我上山的时候，我还抠你耳后的黑疙瘩玩，把你抠疼了，你生气把我放在山上不管了。我害怕，吓哭了，你又把我哄好，背我回家，教训我，以后不准再碰。打那以后，我再也不敢碰那小黑疙瘩了。这事我记得最牢。后来听人说，耳后长痦子是贵相，以后能当大官。"

海云印象这么深刻，连江海俊都没有想到，小时候的事情，他也依稀记得，这确是小妹小花了。失散多年，邂逅重逢，又是这么突然。这意外的奇迹，令江海俊壮起胆来兄妹相认，一时悲喜交集。海云告诉哥哥，早年流落，乞讨为生，多亏了乡邻照顾。十四岁那年冬天雪大，王爷和公主打猎来到山后，公主弄丢了我那小白兔，她同时也把我带进王宫，待如亲姊妹，又念了书，识了字，还学会了武艺，管理百花厅，参与军国大事。江海俊还是重复他方才讲述的那一套谎言，只字不提他在单祁国入赘招亲的事。至于此行来洪尼城的目的，当然更是守口如瓶了。海云又告诉他，近几年来，她也多方打听，就是得不到一点消息，公主最近还派人去山后访察呢。对海云的话，江海俊没有理由不相信，可是对江海俊的谎言，一个心地善良又天真单纯的女孩子，如何能识破呢！

江海云忽然说道："公主快回来了，你赶快走吧。哥哥，你私闯百花厅，已是死罪，以后千万注意，不可再来。公主那边，我慢慢去说，说不定公主会谅解咱们。"

江海俊应下，刚要转身下台，忽然人喊马嘶，从城门进来一队人马。一个女侍高声叫道："公主回厅！"兄妹二人往下一看，一派灯笼火把向点将台走来，白花公主回来了。

正是：

离别兄妹才相认，

岂知狭路又惊魂。

要知白花公主回来怎样，且听下回交代。

第六章 痴情女六神无主
奸险徒低三下四

上回书说到江海俊夜闯点将台，被留守的侍女江海云拿下，彼此沟通的结果，还是失散多年的亲兄妹。二人各叙别后遭遇，不觉延误了时间，忘掉了白花公主每晚三更前必回百花厅这一重要事情。当海云想起来，赶紧催哥哥离开这里，可是已经晚了，一片灯笼火把进入城内，直奔点将台而来。

白花公主回来了。

公主在城外操练军兵，三更以前必定回来休息，已经形成惯例。这时候，海云便把饭菜准备好，晚餐之后，公主就要上床睡觉了。海云陪伴公主就寝，二人有时还说几句闲话。

今晚还是按原来时间，公主并没提前，可是海云却疏忽大意了。纵然主仆二人关系融洽，情同手足，这三更半夜一个男将士出现在台上也不是好事，何况还是禁止人们攀登的军机重地。现在想下去也来不及了，公主把护军打发回营，她带着贴身侍女四名，顺点将台的石阶上来了。海云大惊失色，她急中生智，忙拉开百花厅帷幕，让哥哥藏在百花厅议事堂的屏风后面，小声吩咐他："千万不要动，公主一会儿就走的。"

这时，白花公主在侍女的伴护下，已经来到厅前。

厅上烛光照耀，灯火辉煌，灯火下的白花公主拖着疲倦的身子，显得有点憔悴，然而，更显露出一种妩媚、英俊的气质。

公主一见江海云情绪有些反常，又出迎较晚，心中狐疑，便问道："你干什么去了？怎么才出来。"

江海云惊魂未定，支支吾吾地回答道："打扫一下厅堂。"公主一听，分明是假话，晚间打扫厅堂，是从来没有过的。再说，打扫厅堂也不用海云亲自动手，吩咐一声就可以了。按往常，公主晚上回来不进厅堂，直接回寝室。

百花厅是一个两层木质结构的小楼。楼上是公主的寝室，楼下是一个大厅，就是百花厅。整个楼房并不大，建筑得非常精致，雕梁画栋，斗拱飞檐，彩绘描金，气势恢宏。有楼梯通上层。平时公主回来，不进百花厅，直接从侧面上楼，一天的辛劳结束了，她在江海云的服侍下，饭后休息了。次日凌晨出操，风雨不误。

可今晚情况特殊，由于海云出迎较迟，引起公主狐疑，她不上楼，而是进了百花厅，百花厅是重地，她特别关注。

公主进入厅内，这瞅瞅，那瞧瞧，没有发现什么异常。没什么事，她要上楼了，可就在这时，公主忽然闻到一股酒味。她想，莫非海云喝酒了？在百花厅喝酒，这可犯了白花公主的大忌。公主规定，百花厅内，绝对禁止饮酒，任何人犯了这一条，从严惩处。于是公主回身对跟进来的海云问道："你喝酒了？"

海云答："奴才从来不喝酒，公主是知道的。"

"那，有人来过？"

海云心虚地摇摇头。

公主在海云身上并没闻到酒味，这酒味是在屋子里，肯定有人进来过，于是公主勃然大怒，对江海云发起火来。

> 好一个白花公主女娇娃，
> 怒冲冲对着海云把话发：
> 咱二人身为主仆名分在，
> 我待你亲同姊妹如一家。
> 多年来推心置腹情义重，
> 你对我忠贞不贰令人夸。
> 洪尼城谁不知道咱俩好，
> 点将台万人莫入你管辖。
> 名义上我是主来你是仆，
> 实质上海云胜过我白花。
> 有多少军国大事你参与，
> 有多少机密主意让你拿。
> 我待你不说天高和地厚，
> 世上人能有几个像咱俩！
> 现如今你有事情瞒着我，
> 问一问良心放在哪疙瘩？

江海云闻听此语忙跪倒，

尊一声公主息怒听根芽。

公主正在气头上，哪里容她分辩，一个劲儿地追问："你说，方才有谁来过？"海云一见公主真动气了，也吓得张口结舌，不知所措，只是跪地求饶，公主并不理她。

"此人八成还没出这屋子，给我搜！"

白花公主一声令下，侍女们分头到各室去搜查。江海俊知道无处躲藏，又怕连累妹妹，忙从屏后转出来，未及开口，一口宝剑迎面飞来。原来公主听见屏后有音响，并有人影晃动，拔出宝剑，不问情由，举剑便砍。江海云一看哥哥要丧命，也不顾危险，死死抱住公主大腿，忙叫："公主息怒！都是我的错。"

公主被拖住，前进不得，宝剑只在空中悬着，江海俊才露出了本来面目。白花公主惊愕之下，看清楚了，这个人却是时常映在她脑子里的江参军江海俊。她怔住了，一时不知如何是好。江海俊一见公主的剑并没有落下来，晓得有一线生路，忙跪在公主面前，叩头请罪。

公主一时还没反应过来，瞅了一眼跪在地下的兄妹俩：

"这是怎么回事儿？"

江海俊又把方才对海云说的那一套重复一遍，什么自己醉酒误入禁地啦，什么绝非有意为之啦，是巴拉公派人把我送到这里啦，等等，真真假假，令人莫辨。江海俊的伶牙俐齿，见机行事的本领，铁石心肠的人也能被他说动，何况白花公主一向对他还有好感呢！

周围侍女们都看着公主如何处理这件事，这样尴尬的局面该如何收场。公主似乎也意识到了，不禁容颜变色，板着脸命令道："不论是谁，私闯禁地，不问情由，一律处死！"她叫侍女们把江海俊押到台下，斩首示众。

"遵令！"

奇怪的是，侍女们光答应，却不动弹，有的还在嬉笑。

江海俊凭着他善于机变，又有判断事务的本领，知道没有危险了，公主决不会杀他，不过是做做样子，给侍女们看的。他反倒把脖子一挺，放起无赖："末将甘当军法，就请公主斩了吧，不必到台下去了。"

白花公主到底是小孩子，白璧无瑕，天真烂漫，见此光景，反倒笑了：

"江参军，念你有过救驾之功，又是初犯，将功折罪，饶过一次，下不为例，快起来下去吧！"

"谢过公主。"江海俊起身，却没走的意思。侍女们齐喊："公主叫你下去哪，怎么赖在这不走了？"

"我走，我走。"

江海俊转身要下点将台，这时，刚站起来的海云又跪在公主面前："谢公主大恩！我兄妹今生不忘。"

白花公主被弄糊涂了："怎么回事？你们真是……"

"对，公主以前跟我开过玩笑，说江参军好像我哥哥。这回真是了，他就是我失散多年的亲哥哥，刚才冒犯了公主。"

"起来吧，别急，慢慢说。"公主一把拉起海云，笑道，"怎么跟我较真儿起来了，你忘啦，我还管你叫姐姐。"

"奴婢如何忘记，公主大恩，终生难报。"

"你又来了，说说你们的事吧。"

> 江海云未曾开言泪如梭，
> 眼前的此人就是我亲哥。
> 想当年家住北山当猎户，
> 一家人忍饥挨饿强过活。
> 更不幸二老爹娘下世早，
> 抛下了兄妹双双苦奔波。
> 我哥哥远走高飞他乡去，
> 多亏了收留我的好心婆。
> 哥哥他一去十年无音信，
> 谁承想大草原上赶马驼。
> 要不是王爷演武招将士，
> 我哥他一身武艺被埋没。
> 从今后专心保咱教都国，
> 看一看敌人谁敢动干戈。
> 江海云忆苦说到伤心处，
> 小公主兴高采烈笑呵呵。

公主笑道："哭什么，你们兄妹团聚了，这是喜事儿，祝贺，祝贺。"

海云见公主高兴的样子，也破涕为笑："是喜事儿，是喜事儿。"

侍女们也一齐欢跃："海云姐，你真是好福气，我们祝贺你。"

其中一个侍女很顽皮，打趣地说："得亏没听公主的，若遵令真把江参军斩了，那还不后悔一辈子。"

众人大笑。

"别闹了！"公主一股复杂的心情，油然而生。她吩咐："江参军，你可以走了。海云你送他到台下，你们可以多说说话，好容易相认了。其他人跟我吃饭、歇息。"

江海俊轻松地走出百花厅，下了点将台，暗自庆幸大难不死，幸亏自己装疯卖傻搪塞过去，虽然没有获得什么，对点将台设施、百花厅的格局，起码有了初步印象。别着急，慢慢来，机会总会有的。

海云奉令送到台下，又嘱咐一番，以后时刻要注意，今晚是幸运，不然的话，那麻烦就大了。

"没事。你哥在大风大浪里拼过，凶险虽多次发生，可都是逢凶化吉，遇难呈祥。"

"那也不能麻痹大意。"海云说，"洪尼城不比草原。"

江海俊哈哈哈哈一阵狂笑。

"草原，草原，洪尼城，洪尼城，在我的眼里，哼……"

海云惊疑地问："你说什么？"

"你别问了，到时候你会知道，你哥是干大事的人。将来你哥有过不去的坎儿，你可要帮助我哟。"

江海云越听越糊涂，刚刚相识的亲哥哥，好像又不认识了。

江海俊心想，白花公主是个有心人，从她那暧昧不明的表情来看，说不定会对自己产生好感。如果那样的话，离我实现宏图大业就不远了。到时候敖都国单祁国合并一处，两国的公主做我的东西宫，威震天下，名扬四海，这一生也就风光无限了。他正在想入非非，欲望膨胀之时，不知不觉已出了点将台的栅门。江海俊站住，回头问妹妹："今晚儿的事儿我总觉得有点怪异。公主一向军令森严，人多不敢冒犯，犯者必杀，六亲不认，不料今日对为兄开恩，这是何故？"

"你拿过刺客，救驾有功。"

"我看，这不是主要的。"

"那还有什么原因？"

江海俊望望台上的灯火，神秘地对妹妹说："你日夜伴随公主，没注意到她平时的表现，言行举止，一点也没看出来有什么不同之处吗？"

海云一拍手："对呀！你这么一说，我倒想起了公主平常的一些言行。"

江海云心地无私性温和，
遇见了诡计多端奸宄哥。
她说道自从那天射飞鸟，
公主她叨念哥哥好处多。
她说你箭法超群无人比，
她说你藏弓袖箭是绝活。
她说你风流倜傥英雄汉，
她说你羊群跳出一骆驼。
（海俊插言：这叫什么话！）
海云说光有这些还不算，
她说你救驾功高震山河！
她还说将来选你前锋帅，
她还说更有大事将你托。
海俊问什么大事可知晓？
海云答什么大事她没说。
海俊说除了终身算大事，
难道说对我有意着了魔？
小海云一听此语心好恼，
公主她玉洁冰清心无浊；
她本是一尘不染贞节女，
你不要胡思乱想瞎琢磨！
小海云生气要回台上去，
江海俊嬉皮笑脸乐呵呵。

江海俊久闯江湖，经验丰富，对付像海云和公主这样涉世未深的女孩子来说，可以说得心应手。只要给他机会，他就会实施各种手段，引人上钩。

当下他见妹妹生气要走，便一步上前，说："我再去见公主。"

"你不要命啦！"海云见他这种怪异的举动不知何意，刚想阻拦，他已登上了石阶，她只有尾随赶来。

江海俊怀着"不入虎穴、焉得虎子"的冒险心态，小海云哪里能懂得，她甚至后悔不该认这个哥哥，他简直就是个疯子！

白花公主遣散了侍女各回房去休息，她独自一人坐在议事堂中，等待江海云回来，她们还没用晚餐呢。经此一番闹腾，公主已全无饿的感觉，她一边等待海云回来，一边静坐沉思。

公主此刻心情是矛盾的，她的心事果然被江海俊猜中了，她的心里装着一个人的影子，那就是江海俊。

本来，女真人是北方土著民族。男欢女爱无所忌讳，并且，女孩子早熟。可是到了金朝中晚期，女真人南迁，汉人北移，先是金初挥师南下，攻破北宋都城汴京，俘虏了徽宗赵佶、钦宗赵桓两朝皇帝，又拘禁大批官员，皇亲国戚，几十万人被金兵押送到北方，分别安置在各地。同时，中原的汉文化也在这里得到传播，加速了女真人的汉化。

后来，大批汉人迁来，金朝迁都燕京，金源故地汉人补充，反而出现女真人少、汉人多的局面。女真人的旧俗也随之变异，中原文化成了女真地区文化的主流。尤其是松花江一带，更为典型。敖都国就是一个女真、汉人的混合体，国内规章制度也效仿中原王朝那一套。

白花公主就是在这种环境下长大，既有女真姑娘的传统性格，又有汉人的伦理观念，所以，她能容纳各方面的人。敖都国的兵丁将士就是个女真人、汉人、回回人、蒙兀儿人、契丹人、高丽人、室韦人的"大杂烩"。不分民族，全凭武艺，这就是敖都国的取士之道。一个十六七岁的女孩子统率这么一群人马，其难度可想而知。为此，白花公主曾彻夜不眠，日夜盘算，虽有巴里铁头是依靠的臂助，可他已年老，派不上多大用场。这就使她留意在年轻的将士中物色人才，她发现了江海俊。

她为了避嫌，把江海俊打发走。他走了，公主又像丢了魂儿似的无所适从，似乎有点悔意，机会难得，错过今晚这个机会，再要同他当面说几句心里话可就难了。

公主正在胡思乱想之际，不料已经走出去的江海俊又进来了。

公主心忙意乱，脸红心跳，嗔怒道："江参军，为什么又回来了？"

江海俊跪下道："感谢公主再生之德，公主有何难事，只管吩咐，末将万死不辞。"

白花公主镇静一下，稳定一下慌乱的心神，轻盈地说："你去吧，以后有用你的地方，现在我没事儿。"

公主的一缕柔情，被江海俊看得真真切切，明明白白，他得寸进尺，大着胆子说道："末将善观气色，今日见公主心绪不宁，坐立不安，我敢断言，公主心里必有难解之事，若用着末将分忧，虽赴汤蹈火在所不辞。"

如此磨牙捣齿，公主并没发火。

"没什么，真的，没什么。"

海云进来一看哥哥又跪在地上，心里一惊，暗说坏了，这回又惹公主生气了。

"海云姐，再把你哥送出去，有事改日再说，我要休息了。"

白花公主这回是真动气了，她不想听那个男人的唠叨。她轻看了江海俊，江海俊是什么人？他是个久闯江湖的地痞无赖，谁要沾上他，就像水里的蚂蟥一样，叮住皮肉就不松口，还好比狗皮膏药，贴在身上就揭不下来。

江海俊知道自己平安无事，保险了，所以他更有恃无恐地缠住公主。

"走吧！"海云催促哥哥，"我们还没吃晚饭呢，公主早饿了，你也该回去休息。"

江海俊就像没有听见，纹丝儿不动，活像一只癞皮狗。

海云毫无办法。

公主反倒没有了主意。她不软不硬地问了一句："江参军，你倒想要说什么？"

江海俊装模作样地抽一下鼻子："公主，末将心里憋屈，一肚子苦水没处倒，公主你可听了。"

> 江海俊龇牙咧嘴泪涟涟，
> 口尊声公主在上请听言。
> 末将我出身微贱是猎户，
> 直长到二十五岁没人怜。
>
> （江海云心里说，你比我大十多岁，都三十了，怎么还二十五岁……）
>
> 我也曾投名师高山学艺，
> 我也曾求温饱牧马荒原。
> 夏季热冬天冷无人关照，
> 风里来雨里去受尽熬煎。

自从打教军场比武射箭，
小子我拨浮云露出青天。
两只箭穿一起千军喝彩，
老天爷巧安排百世有缘。
小子我踏遍了关东山水，
没见过像公主貌似天仙。
自从我见到公主那时起，
害得我日日思念夜无眠。
常言说男大当婚女当嫁，
好姑娘谁不愿找如意男。
小子我斗胆亮开心里话，
不知道公主心中可有咱？

公主一时被他花言巧语骗得六神无主，又见他拉出一副可怜相，好像是悲恸欲绝的样子，心也就软了下来。女孩子大多犯这个毛病，架不住两句好话，看不透人的心理，往往吃亏上当皆由此而起。白花公主统率千军万马，叱咤风云，但她毕竟年幼无知，忠奸好坏一时还辨别不了，在江海俊这样诡计多端的人面前，自然是处于下风。一个心地无私、净如流水的小女孩儿，从此被一步步引向险恶的境地。她吩咐海云："把你哥哥拉起来。"

江海俊立起身形，更加大胆，他想趁热打铁，一定要得到公主的亲口的承诺，以免夜长梦多。这样，敖都国的事情就好办了。一想到未来的锦绣前程、宏图大业，他就信心百倍，劲头十足。

不入虎穴，焉得虎子，凡成大事者，必有冒险精神，机遇难得，机不可失。

公主沉吟不语。可她的心思却被江海俊猜透了。趁热打铁，再加一把火。

"公主如此深明大义，末将一片赤诚之心，冒着杀头的危险，对公主毫无保留地敞开了，就是今晚死在公主面前，小子也是三生有幸。乞求公主可怜海俊一片诚心，要有一句诳言，小子不得好死，头上过往神灵为鉴。"

公主被他软硬兼施，初开的情窦冲破了传统观念，她反同情起江海俊来。

"江参军，人非草木，我的心肠也不是铁打的。"

说着，她红着脸取出一个长条的包袱来："江参军，我给你看一件东西。"

正是：

偷鸡老手善投机，

痴情少女被情迷。

江海俊一见此物又惊又喜。若知包里是何物，且听下回再叙。

第七章 | 看草图泄露军机
贈宝剑违背家法

上回书讲到江海俊夜闯点将台，因祸得福，被公主开恩赦免。而他却死磨硬泡，施展出流氓无赖那一套把戏，把公主缠得没法儿，露出了藏在心里的秘密，她从一个小包里取出两件东西放在案上，低头不语。

江海俊一见，又惊又喜，原来是两只箭，这是那日在教场比武射中乌鸦的两只袖箭，一只是公主的，一只是自己的，当时还为此发生争执，后来被拿走，从此也就没再过问。

今日见了原物，才知已被公主收着。这江海俊机敏过人，如何不明白！什么也不要说了，什么也不要问了，一切都在这个小小包袱里。他立即咕咚跪倒在地，跪爬半步，凑到公主跟前，激动地说："公主盛情，小子终身难报，久后要有负公主，不得善终，必死于刀剑之下！"

白花公主如醉如痴，怜爱地将他轻轻一拉："起来吧！"

江海云一见事情变化到这种地步，恍如大梦初醒。怪不得公主时时提到哥哥箭法好、武艺高，原来她心里有了哥哥，收藏袖箭不过是为了纪念那次比武的事，想不到公主另有深意。

真是好事多磨，想不到公主未来可能成为嫂子了，真是一步登天。她很机智地提醒哥哥："哥哥，公主对我兄妹的大恩，日后不要忘了。"

江海俊见白花公主果然对自己有情，到火候了，他公然提出要和公主订百年之好，他又跪下对天盟誓。白花公主此时已完全被感情俘虏，把江海俊看作是可以托付终身的人，也身不由己地随着跪下，旁有海云作证，二人就在百花厅内私订了终身大事。

江海俊又求道："末将虽和公主结下百年之好，可是没有父母之命、媒妁之言，日后公主反悔，可不是儿戏，请公主赐一信物为证。"

白花公主也觉得有理，但一时又不知赠何物为好，事情如此唐突，她完全没有思想准备。

公主犯了难。

海云从旁提示道："公主何不将随身所佩的龙凤宝剑赠给哥哥一口？"

赠龙凤宝剑？公主踌躇起来。这龙凤剑乃祖传镇国之宝，百十年来从没离开过完颜家族，也不允许外人染指，如何私自赠予？这决不可以！

江海俊久闻龙凤剑之名，是海郡王祖先传下来的镇国之宝，又是权力的象征。有了这口剑，就有了先斩后奏的生杀大权，海郡王赐予爱女就是怕将士不服调遣，用它来号令三军的。何不趁此时求得一剑在手，那我江参军的身价可要倍增了。

江海俊得剑心切，恳求道："公主金枝玉叶，尚能以身相许，奈何吝啬区区一物？若肯赠剑一口，足见公主之诚心。"

世上都说，人若被情所迷，失去理智，放松警惕，什么荒唐事都可能做出来，这白花公主就做出了令她悔恨一辈子的事。她不顾家规，扔掉礼法，违背祖制，可以说，为了一个情字，她什么也顾不得了，她从腰间解下来一口宝剑，双手捧与江海俊。江海俊欣喜地伸手来接。白花公主忽然眼圈一红，停住说道："龙剑伴我，凤剑赠君；国宝外传，非同小可。望将军珍重，勿负此心。"说完，将剑递过去。江海俊心满意足地系在腰带上，谢过公主，就要离开。公主又深情地说："现在外敌入侵，边关告急，将军趁此建功立业，待退敌之后，国家太平了，禀告父王，再……"

江海俊接言道："再办我俩终身大事。"

公主没有答言，只是点点头。

江海俊此时又打起了另一个主意，他貌似诚恳地说："小子岂敢有非分之想，但是退敌心切，愿随公主破敌立功，不知公主何时带兵出征，可定下破敌之策？"

这本是绝对的军事机密，任何人都是不该问的事，公主放松了警惕，实言相告："将军只管放心，国内所有关隘要塞，全都部署停当。过几天我就要带兵迎敌去了，国内有巴拉公坐镇保护父王，万无一失。"

江海俊暗吃一惊，这样的重大事件，自己一点儿不晓，看来自己还没被人家信任。他不动声色地说："我读过兵书，深知兵法，又受异人传教。公主部署，是否得当，能不能告知一下，我帮你参谋参谋，以免有漏洞。"

公主笑道："漏洞？不会的。一切安排，都是在巴公爷参与下制定的，思考周密，调配妥当，不会出错。"

江海俊暗骂一声巴里铁头这个老东西。请我饮酒，半句不露，真是老奸巨猾！他也假笑道："军情瞬息万变，哪能墨守成规，我看还是慎重一些好。"

白花公主也觉得他的话很有道理，况且又刚订终身，快成一家人了，还有什么可隐瞒的呢。驸马又如此关心国事，关心自己，遂深信不疑。于是便把机密柜打开，取出了兵力部署的军事草图，令江海俊大开眼界。

> 江海俊一见此图心里惊，
> 你看他低下头来暗叮咛：
> 没想到敖都国里军情重，
> 没想到秘密皆在百花厅。
> 海郡王周围大有能人在，
> 更有个神机妙算巴拉公。
> 原来是文忠武勇齐效力，
> 怪不得单祁兵丁难打赢。
> 若不是私与公主结连理，
> 恐怕我费尽心机也落空。
> 看起来半宿努力收成果，
> 倒把那军事机密记心中。
> 单祁王派我卧底当密探，
> 我总算历尽艰险得真情。
> 看起来老天助我成大业，
> 待他日风云聚会显神通。
> 那时候天下姓江我做主，
> 收单祁灭敖都威震关东。
> 江海俊野心勃勃黄粱梦，
> 眼前里展幻想一片光明。
> 且不说小人行险图侥幸，
> 白花女蒙在鼓里开了声。

公主见他光顾注意看图，不声不响，她轻声说道："敖都国的存亡，我父女的性命，加上数十万生灵，都在这张图上，将军要严守秘密。"

"当然了。"江海俊漫不经心地应着，眼睛却没有离开那张图，因晚间灯光不像白天日光明亮，图上的标记根本看不清，他也仅仅记下几个地名和符号，总之一句话，他没看懂。

"我与公主，情同一体，公主要有闪失，我怎能独生。"

公主更是感激万分，自信没有看错人，老天爷是公平的，能够把这样人送到我的身边，这一生也值了。

江海俊怎么看也难看明白，他就假装看懂，随口应道："果然精细，没有半点漏洞，公主天生将才，单祁国无人可及。"

江海云听出话音不对，公主只说敌兵入侵，并没说是哪国敌兵，哥哥怎么会提到单祁国呢？怎么会说出"单祁国无人可及"的话？莫非他去过单祁国，熟悉单祁国……霎时，海云对哥哥产生了怀疑。这么多年没见，而且音信皆无，他这些年身在何处，都干了些什么勾当，谁人了解。这就叫"观阵者清、入阵者迷"，这么大的纰漏，公主居然没有察觉。她策略地对公主说："公主，天不早了，应该让我哥哥安歇去了，公主一定饿了，我也饿了。"

公主并没理解海云的用意，反而说："你哥哥也不是外人，以后可能帮上我的大忙，他现在辛苦点，也是应该的。"

正在热恋中的白花公主，根本不会对江海俊产生丝毫怀疑，对海云的话，一点儿也没有听进去，反而认为她多事。她这工夫想的是，让江海俊多待一会儿是一会儿，以后就没有这个机会了。江海俊听到妹妹的话，心中老大不满，他嗔怪妹妹说："公主待我如此情深，我哪能舍得走开。"

江海俊赖着不走，专心看图，多看一眼是一眼，他知道，只要离开这个屋子，再也看不到这件东西了。美中不足是在晚间，灯火较暗。公主耐心地陪伴着。时间已经接近黎明，如果亮天从点将台走下来，被巡逻哨兵看见成何体统？江海俊又想到巴里铁头足智多谋、诡计多端，这要被他发现，识破一切，那就是死路一条。虽说同公主订了终身，那是背着海郡王办的，海郡王要是不答应，公主自己也做不了主，那就麻烦大了。想到这里，江海俊才不情愿地告别公主，离开了百花厅，下台而去。

公主若有所失。海云说："太晚了，公主一定累了，先躺下歇歇吧。"

她们谁也没用餐，躺在床上，也睡不着觉，各想着心事。待她们迷迷糊糊半睡不睡进入梦乡的时候，东方已经发白，亮天了。

点将台下，一片喧哗，侍女来报：公主大事不好，江参军刚一下台，就被巴公爷拦住了。

会有这等事？

"下去看看！"

巴里铁头怎么来的呢？

书接前文。

原来巴里铁头派两名家将护送江海俊走到点将台下，就不往前走了。说是禁区，让江海俊自己回去，他们回巴公府交令，这才发生江海俊私闯百花厅的事。两名家将并没离开，一人回去报信，一人藏在暗处，观察江海俊的动静。台上所发生的一切，他无从知晓，可江海俊上去一直就没下来，他却紧盯不放。

在府里等待消息的巴里铁头，听说江海俊并没回家，而是进了点将台的栅门，他暗说不好，这小子打的什么主意，是不是有对公主不利的举动。他吩咐家将："你再去盯一会儿，把前面那个家将换下来见我。"

家将得令自去，巴里铁头越寻思越觉得不对劲，江海俊是什么人？他要干什么？

> 巴公爷沉吟无语有所思，
> 江海俊来历不明真可疑。
> 全凭那花言巧语善舌辩，
> 哄得那公主郡王如痴迷。
> 说什么除奸救驾功劳大，
> 依我看这里明明有问题。
> 捉刺客不经审问就杀死，
> 老夫我叫留人下手更急。
> 明显是杀人灭口毁证据，
> 这里边错综复杂藏玄机。
> 只可叹刺客已死无对证，
> 有天知有地知千古之谜。
> 他失言自称本宫露破绽，
> 又被他随机应变做掩饰。
> 这个人心怀叵测危险大，
> 我只能加倍留神暗监视。
> 巴公爷前思后想多忧虑，
> 单等着家将回来报消息。

被替换回来的家将报告："江参军进了门就一直没有出来，现在情况不明。"

"你看清楚了？"

"千真万确，奴才连眼都没敢眨一下，看得明明白白，只是……"

"只是什么？"

"只是上没上台，进没进百花厅没看见，他进去后就没出来，这一点奴才绝没看走眼。"

事不宜迟，巴拉公叫上家将侍卫，风风火火地来到点将台下，东方已经放亮，正好江海俊从台上下来，刚走出栅门。

"站住！"

江海俊一看，巴拉公带着二十余人，把他拦住。

江海俊冷笑一声："你们要干什么？"

巴拉公一步上前：

"江参军，为什么来到这里？知不知道这里是禁地？"

现在的江海俊，可不是几个时辰以前的江参军，他身价倍增。依仗有白花公主的护身符，巴里铁头已经不放在他的眼里了。

"当然知道，不知道我还不来呢！"

"你私闯禁地，罪可当诛。"巴拉公一声令下，"给我拿了！"

家将忽拉上前，围住江海俊，就要动手。

江海俊冷笑道："谁敢动手？碰倒本宫一根毫毛，得跪着扶起来。"

巴拉公怒不可遏，喝令："给我拿下！动手！"

"放肆！"白花公主大喊一声，从台上走下来，对着巴里铁头愤怒地说，"巴公爷，你屡屡纠缠江参军，这是为什么？"

"公主，你是三军统帅，这百花厅可是军机重地。"巴拉公一指江海俊，"他从上面下来，这到底是怎么回事？"

"怎么回事？"白花公主冷笑道，"这是我们家事，你管得着吗？"

"这……这……"巴拉公惊恐万分，张口结舌，连连后退，"不敢，不敢。"

江海俊一见巴里铁头被白花公主喝住了，他来了精神，他幸灾乐祸、煽风点火地说："公主，这巴公爷是咱们的大恩人，他要不把我灌醉，送到这里来，咱们哪里会结成百年之好。"说完，他又把公主赠的龙凤剑对他晃了一下，"不信吗？这就是凭证。"

巴里铁头一见海郡王传家镇国之宝落在了江海俊的手里，看来公主私订终身这是真的了，急得一口鲜血吐出来，昏倒在地，家将上前扶住。

白花公主被江海俊激得火冒三丈，本想斥责巴拉公几句，但一看见老头子如此光景，心也软了。毕竟他是三朝老臣，父王臂助，敖都国的柱石。她命家将小心服侍巴公爷回府休养，一面令江海俊走开。

江海俊回归住所，立即把在百花厅看到的那张草图上的一些机密记录下来，虽因灯光晦暗，并没有看准确，可他是聪明人，记住几处要害，又凭他对洪尼城附近的了解，他凭空捏造，也画了一张草图，标明某处驻兵、某处空虚，山川河流，船渡桥梁，大小路径。特别提到统帅三军的是海郡王的三公主，乳臭未干的毛丫头，不足为虑。可他同公主私订终身的事只字未提。

他派同他一块混进洪尼城的奸细，带上这封密书，开城时溜出去，向单祁王报信，这又是他的大功一件。

在那烽火连天部族纷争时代，战争不断，但有个特点，战争不外乎两个目的：一是掠夺财富，财富到手，即胜利远窜，游动的部族基本是如此；另一个是占领地盘，此种类型的战争是以吞并他部壮大自己为目的，首领都有称王称霸的野心，一般来讲，他们占地不扰民，以征服人心为主。

所谓"占地"，有两种形式：蚕食，一点一点吞掉对方；斩首，攻下对方都城，杀死对方首领，占领对方全部土地，迫令人民归附。

老百姓是墙头草，东风硬，往西倒，谁坐江山给谁纳金，国王尽管换人，国家只管改号，我过我的日子。一般来讲，只要攻占对方的都城，那就彻底胜利了，所以，巩固都城是防御敌人进攻的第一要务，敖都国的洪尼城就是个典型的例子。

上一代，因为没有构筑坚固的城堡，洪尼城被敌人攻占。收复之后，吸取经验教训，把洪尼城修筑得铁桶相似，聚兵屯粮，加强防御，可以说，几百里内的大小城堡几十座，哪一座城池也比不上洪尼城坚固、壮观。

洪尼城筑于粟末水之滨，呈长方形。南北长二里半，东西宽一里半，南北各开一门，东西则各开二门。上有敌楼，四角有角楼，各有军兵把守。官府、民宅、大街、胡同，有条不紊。城中央有一个小院落，几十间房子，这就是海郡王的王宫。王宫院外，就是点将台。南门外是教军场，东门外是兵营。全城人口超过三万人，巴拉公府就在王宫后边，靠近北门，出入宫廷方便，这是海郡王特意安排的。南门外教军场附近建了几栋宽敞明亮住所，江海俊就暂住在这里。

白花公主自受命统率三军，她就不住宫中，而是住在台上。起居、办事、谋划、发令皆在百花厅内。身边不留侍卫，仅有二十名女兵，个个都是武功高手，起着保镖的作用，江海云当然是为首，她跟公主更亲近些。

她们一宿谁也没有睡觉，特别是公主，本来对江海俊颇有好感，还有点依恋。可是冷静下来之后，她回想晚上发生的一切，总觉得不太对头。江海俊的言行举止，如此轻狂，巴拉公的话不无道理，这点将台、百花厅，禁止任何人进入，这可是父王定下的法度，江海俊能够上来，这还是第一个外姓人。又想到他对巴公爷的不尊重，公然亮出龙凤剑，这不是有意给我难堪吗？他的用意何在？是单纯地为了压巴拉公吗？她越想越心里发毛，这个江海俊，又像不认的了，似乎成了陌生人。她叫过海云：

"你和江参军真是亲兄妹吗？"

海云见问，肯定地回答道："那还能有假！怎么，公主有怀疑？"

"那你知道你哥的身世吗？"

"我小时候，他还在家捕鱼打猎，后来他走了，离开这十多年，他的情况我一概不知。"

公主心里暗自惊疑，本来吗，分别十多年没音信，不知道也很正常。她相信，海云是不会骗我的。

白花公主的热血冷却了之后，又恢复了常人理智，她处事太草率了，都怪自己无知、糊涂，怎么仓促地订下终身这么荒唐的事呢？父王、母后，他们会认可吗？又转念道，江海俊救驾有功，父王面前不会有阻力，她毫无目的地对海云，也像对自己说："江参军，我可把一切希望都放在你身上了，你可不要负我……"

"但愿如此。"

海云已经对她哥哥持有怀疑态度，她还是提醒公主：

"说实的，我哥是怎样的人，我确实不太了解。公主眼力非凡，想来不会看错。"

白花公主一股复杂的感情，像五味瓶一样在心里翻腾。

那边的江海俊把密报送出去后，一身轻松。什么叫"左右逢源"，一身兼两国驸马，真是天助我也！不久的将来，我就可以大显身手，干一番惊天动地的事业。

如今流传在洪尼城江边一带的一首民谣为证：

公主年幼太单纯，
遇见海俊奸险人，
花言巧语把她骗，
坑了家国误青春。

要知后事如何，且听下回再叙。

第八章 | 天辽邦父子树绩
建金朝骨肉相残

说的是冬去春来阳气伸，
枯萎的花草树木又更新。
松花江冰雪消融掀白浪，
科尔沁水草丰盈聚羊群。
海东青抖擞精神展双翅，
独角蛟倒海翻江晒龙鳞。
大地上南风扑面浑身暖，
天空中一轮红日照乾坤。
俗话说万物相类才相聚，
常言道人若成群必然分。
有多少英雄好汉埋沙场，
有多少仁人志士做游魂。
都只为争名夺利不相让，
都想要名标青史做帝君。
全不顾千万生灵遭涂炭，
全不顾白骨成山血成津。
纵然你夺得江山成帝业，
到头来难免轮回命归阴。
说什么生荣死哀多气派，
却不知今生造孽地狱沉。
看一看历朝历代兴亡事，
哪一朝不是报应在子孙。
（仅举几个例子为证）
秦始皇并吞六国自称尊，
他却是千古独夫一暴君。

修长城焚书坑儒多残忍，
重徭役厚敛盘剥虐黎民。
传二世土崩瓦解灭了国，
家族籍[①]子孙尽孑遗无存。
还有那贞观盛世唐二祖，
为夺权诛兄杀弟玄武门。
他死后武氏兴周篡朝政，
到后来五代残唐乱纷纷。
赵匡胤陈桥兵变兴大宋，
百年后国破家亡神器焚。
这都是天理昭彰遭果报，
冥冥中主宰人间是上神。
要达到万世平安无争斗，
人人皈依佛法革面洗心。

世上苦难皆是人之私欲所致，才出现斗争、战争。人之贪心越大，带给社会灾难也就越重。要使世间永世无争，人人平等相处，那就放弃一切贪嗔。公平、公正、无私、无欲，远离名利权势，消除尔虞我诈、放弃森林法则，人人有仁心，个个存善念，天下自然就太平了。

我们民间艺人，说书讲古，演剧唱戏，无非劝人行善，扬正祛邪，净化人心，使听者身心解惑，观者灵魂升华，正确理解人生，品味人生，从愚昧的欲望中解脱出来，找到生命的坐标，人生的归宿。

就拿这部《白花点将》来说吧，它的意义在扬善抑恶，扶正斥邪，可是结局却无二致，胜者亦未脱苦海，败者已入苦海，也可能万劫不复。这就是争强好胜的结果，没有赢家。

时人足以醒悟了。

赘言叙过，书接前文。

回头再说一说单祁国和敖都国争锋的事。

单祁国和敖都国有什么解不开的过节以至兵戎相见呢？说来话长，既有近因也有远因。

单祁国是大辽耶律氏后裔，敖都国是大金完颜氏家族，金灭辽，这

---

① 籍：指籍没，财产充公，家人为奴。这也是秦始皇制定的法律。

是民族间的争斗。古代北方民族有个特点：复仇主义。这是远因。

近因是两个部落毗连，单祁国强大，敖都国弱小，单祁王千方百计想吞并敖都国的土地，壮大自己，称霸关东，兴辽灭金。而敖都国海郡王只想守住祖宗这块土地，并无扩张野心，当然对单祁国的威胁，百般防备，寸土不让。这样一来，两个部族的矛盾就无法化解。

辽国是契丹人建立的王朝，发迹辽西，故立国号为大辽，其间也称过契丹，契丹只能是部族名，大辽才是朝代本称。契丹人原居于西拉木伦河，太祖阿保机于丁卯年①建国号，这一年正是朱温灭唐建立梁朝的同年，中原大乱，五代纷争，藩镇割据，辽国在北方坐大，甚至后晋高祖石敬瑭，为了依靠契丹人帮他夺取政权，向辽太宗耶律德光上表自称儿皇帝，并割让长城以里燕云十六州，这也没保住他的政权，仅仅十年就完蛋了。大辽国得了燕云十六州的地盘，河北、山西北半部都并入辽国版图，土地、人口、财富、资源大增，更加强盛起来。大辽国一共传九帝二百一十八年，而中原那些小朝廷，最多者也没有超过二十年就灭亡了。可是这些短命的朝廷带给人民的灾难是无法估量的。

大辽国强盛以后，贵族骄奢淫逸，人民痛苦不堪，特别对女真人实施高压政策，引起女真人的强烈不满，有压迫，就有反抗。

说的是大辽朝末年，生女真完颜部出了一位惊天动地的大英雄，名叫阿骨打。他不堪忍受契丹人的压迫，率领女真各路起义军，横渡鸭子河，兵伐出河店，攻破宁江州，打败了辽朝的军队，建立大金国。在按出虎水（今黑龙江省阿什河，为松花江江支流之一）修筑上京城，作为大金国的国都，阿骨打成了大金朝的开国皇帝，史称金太祖。太祖创业打下了江山，当时还没有父传子的定制，阿骨打之后，由其弟吴乞买继承，是太宗。太祖子孙对帝位传给太宗吴乞买，心实不甘。虽然太祖临终有言，按照女真部落联盟和完颜氏家族合议制的规定"兄终弟及，复归其子"，可是太祖众多儿子都有野心想当皇帝，如何等得了？一场争权夺位、宫廷流血的变故就难免发生。太宗吴乞买也是个英明的君主，继承太祖事业，灭辽破宋，攻陷宋都汴京，俘虏北宋两个皇帝徽宗赵佶和钦宗赵桓，宋朝迁往江南，北半部被金国占领。太宗吴乞买当了十三年皇帝，临终遗命遵守前约，帝位归还太祖子孙。这一来，他的众多子孙被剥夺了继承权，又引起不小的波动。太祖、太宗两派子孙围绕皇帝宝座

---

① 公元907年。

之争，形同水火，完颜氏家族的矛盾又进一步激化，大规模的流血事件更难避免。

太祖共有十六子，太宗也有十四子，全都封王，两派势均力敌，帝位落到谁手，他们都不会服气。太祖长子斡本，三子斡离。四子兀术①年富力强，但他不是嫡出，且又为宗族所忌。宗族权贵们商议再三，达成妥协，立太祖孙，已故的太祖次子丰王绳果之子，年仅十七岁的合剌为皇帝②，这就是熙宗完颜亶。熙宗自幼聪明好学，提倡佛教，主张习汉语汉字，原本是个不错的年轻君主。可是由于年轻，架不住宗族权贵们的挑唆，制造谣言，无事生非，说太宗长子宋王蒲鲁虎谋反要夺帝位，熙宗不辨真伪，大开杀戒，将太宗子孙七十余人斩尽杀绝，蒲鲁虎免不了被抄家灭门，这是金朝初期发生的一次最大的宗族流血事件，也是完颜氏最大的一次悲剧，纯属冤案。

诛灭太宗子孙，太祖系子孙又转向内斗。不久，又发生兖国王谋反案件，太祖第七子兖国王宗眷被抄家灭门。

金廷发生多次流血变故，都是熙宗在被左右的情况下干的，这自然令宗族疑惧，朝野不满，对皇帝产生怨恨。熙宗的性情也越来越坏，变得残暴、多疑，对谁也信不着，终日以酗酒为乐，杀人为快，皇后、嫔妃、宫女皆无幸免。宫廷内外，朝野上下，人人自危。宗室里有个岐王完颜亮，也是太祖孙，其父就是阿骨打长子宗干即斡本。完颜亮胸怀抱负，少有野心。看看他作的诗，就可知其为人：

　　七绝
　绿叶枝头金缕装，
　深秋自有别般香。
　一朝扬汝名天下，
　也学君王著赭黄。

　　蛟龙潜匿隐沧波，
　且与虾蟆作混合，
　等待一朝头角露，

---

① 实为六子，坊间传为"四太子"。
② 绳果又名完颜杲。

撼摇霹雳震山河！

完颜亮曾随梁王兀术出兵南下，兀术深知其素怀异志。见熙宗宠信他，情知不妙，便入宫见熙宗，让他提防，熙宗并不省悟。时兀术长子完颜亨驻军陇上，他便为次子完颜玮恳请一块封地，自己表示养老归田，辞去一切官秩爵位，从此不予朝政。熙宗本来对他这位叔父当年在燕京假传情报，误杀完颜希尹一事耿耿于怀，念他是开国功臣，位高权重，总算给点面子。于是封完颜玮为海西郡王，赐海西江古涞州地为其领土。从此，兀术子孙脱离了朝廷，定居在乌拉洪尼。

熙宗不听劝谏，凶暴日甚一日。完颜亮看时机已到，串通内官，买通禁卫，发动宫廷政变，杀死熙宗。完颜亶做了十四年皇帝，死时仅有三十一岁。只因多疑任性，引来杀身之祸，这就是残暴不仁，丧失民心的结果。

完颜亮弑君夺位，自己当了大金国的皇帝，史称海陵王。海陵王虽然也是太祖嫡孙，可是他靠流血的手段上台，名不正，言不顺，宗族自然不服。他虽是文人，却信奉暴力，大肆屠戮宗族，铲除异己，完颜氏皇族中功高权重者，又有很多知名人物做了刀下之鬼。完颜亮对内采取杀人立威，对外靠战争敛财，多次出兵攻打南宋，大江南北、长城内外，兵连祸结，战火频繁，以致哀鸿遍野，民不聊生。完颜亮不管这些，野心勃勃，企图兼并江南，吞灭南宋，甚至吟出这样的诗句：

千里车书一混同，
江南岂有别疆封。
屯兵百万西湖上，
立马吴山第一峰！

海陵王为了实现一统华夏的雄心壮志，把国都迁到燕京还不算，放火烧了上京城，强迫女真人南移，汉人北迁，意在断绝金王朝返回之路，按出虎水、涞流河（今黑龙江省与吉林省交界之拉林河）金源之地变成废墟，动摇了金朝的国本，加速了金朝的崩溃。直到海陵王南侵时被部下刺杀于军中，世宗完颜雍即位于辽阳，宋金重开和议，战乱才有所缓解。

自金朝政权南移，北方空虚，猛安（千夫长）、谋克（百夫长）的体制也名存实亡。群龙无首，一片混乱。这时候，灭亡已久的大辽国契丹人，也乘机起事，企图死灰复燃，重温旧梦。蒙兀儿人从草原上崛起，大有东来之势。不过，金朝的政权还是巩固的，各种势力也就像牛背上的苍蝇，瞎嗡嗡而已，根本成不了气候。到了后期就不同了，形势发生了根本的变化。这时，身在洪尼的完颜玮，见金朝中兴有望，总想为金朝的千秋大业做点贡献，也不愧为太祖阿骨打的嫡系子孙。

完颜玮抱着匡扶金廷的信念，投奔世宗完颜雍。可是令他失望，被称作"小尧舜"的金世宗，这时却变了，他放弃武备，重用文人，特别对辽国、宋朝的文人雅士，百般敬重，自己也学汉文、读汉书，同他们终日饮酒赋诗，越来越没有女真人的样子，完全是一个汉家的君主。完颜玮觉得不是滋味，照此下去，后果难料。偏偏这时候世宗也变得专横，听不进半点不同意见。完颜玮觉得自己是皇族近支，他父亲宗弼和世宗之父宗辅是亲兄弟，我要不言，别人就更不敢说话了。他面见世宗，提出自己的看法。他说，陛下觉得天下升平，尚文弃武，被宋朝、辽邦那些亡国之臣诱惑，崇尚奢靡，坏我女真世俗，这么下去，我祖宗创的基业就变质了。何况，宋朝时谋北伐收复失地，辽人思报灭国之仇，暗中备战，大漠蒙古人正在兴起，意欲东进，陛下不居安思危，祸不远矣！

金世宗完颜雍哪能容忍有人当面数落他，那个气就大了。他毕竟是个仁慈之主，生了几天气之后，一天把完颜玮召到宫中，对他说，你前天对我讲的那些话，很有道理，我要记住。可是金源故地，不太安静，请你回去整顿一下，以免闹出乱子。

完颜玮明白，这是赶我走，嫌我在这多管闲事。

皇命难违，完颜玮辞别世宗，返回粟末水，还当他的海西郡王，直到老死，再没有踏进京城半步。

这是一种说法。《金史》不载，但在《大金国志》上能查到完颜玮被世宗驱逐的线索，可能实有其事。

可是还有另一种说法，这种说法除了口碑，任何一种史书上也找不到它的影子。但它是完颜氏后人传讲，想来并非空穴来风，只不过被史家遗漏或忽略而已。

话说大金朝南迁建都燕京之后，留在北方的完颜家族分割了金朝本土，称王立国，各自为政，在混同江粟末水有个方圆三百里的大部落，叫敖都部，这地方在辽代称粟末部，因境内有粟末水流过，很早就是女真人的聚居地。敖都部主海西郡王，通称海郡王，是金熙宗时封的，为四太子梁王兀术后人所居。梁王兀术，讳宗弼，功勋卓著，破宋灭辽，打天下，立下了汗马功劳，先封沈王，后封梁王，授任天下兵马都元帅。金太祖阿骨打死，弟吴乞买继。吴乞买之后，皇位回归太祖系。本应立年富力强、功高盖世的梁王兀术，可他不是皇后所生，母亲乌林达氏为太祖侧室，仅得个元妃称号。嫡庶之分，成为排除皇位继承人的借口，何况兀术领兵在外，对宫廷内幕一无所知。等他赶回上京时，帝位已经确定。他只好接受现实，转而拥立熙宗。后来熙宗变得多疑好杀，兀术劝谏不听，让其提防完颜亮亦遭拒，幸亏熙宗准了他归田的请求，令其养老，赐海西江之地，封其次子完颜玮为海西郡王以居之。兀术故后，其子孙远离上京，其中一支就定居在洪尼勒，也就是现在的乌拉街。

海陵王完颜亮杀熙宗自立，迁都燕京，对皇族的镇压超过熙宗。完颜氏家族功高权重者，人人自危，有的甚至改姓，退出皇族；有的避居山野泉林，与世无争。海陵王只要对他帝位构不成威胁，只要乖乖地交出军政大权，就不去管它。海陵王最忌两家，一个是金源郡王粘罕，一个是梁王兀术，这两人虽已死掉，其部众势力犹在。海陵王派人去辽西，残杀兀术长子、大将军完颜亨于军中，吓得粘罕后代改姓辞官，避难中原，永远脱离了完颜氏。海陵王报怨兀术，为掩盖杀害完颜亨的真相，派使到洪尼城安抚完颜玮，承认熙宗所封海西郡王爵位，令其巩固后方，捍卫故土，配合大军南侵。不久，海陵王被杀，海西郡王一支得以保全。

到了金朝末期，海郡王已历三四代，混同江畔的敖都部迭经兴衰，势力锐减。更奇怪的是，自完颜玮以下，历代海郡王都是单传，出现了阴盛阳衰的现象。但有一点，女儿都比男孩精明。世人传说，混同江山环水绕，洪尼城人杰地灵，天地钟灵毓秀，厚女而薄男。

洪尼城经过几代海郡王的经营，已经颇具规模，虽然算不上什么名城大邑，仅仅是个方圆三五里的小土堡，可是在众多的部落中，远近千八百里范围内，尚无一城可以相比。

金朝衰微，群雄并起，地方割据，敖都部又兴旺起来。这里人口众多，粮草充足，海郡王威名日著，诸部落称臣归附。

海郡王手下有八员战将，个个弓马娴熟，武艺高强，但都目不识丁，有勇无谋，只能算个将才，而非帅才。唯一有勇有谋的人，就属巴里铁头了。巴里铁头跟随三代海郡王，可以说是三朝元老，他年事已高，精力不如从前了。

巴里铁头倡议建立敖都国，用意替金朝控制北方金源故土，免得他族乘虚而入。因为自海陵王完颜亮迁都燕京之后，全部精力对付南宋，意欲占领江南，一统华夏。北方故土虽有猛安谋克（军事编制单位）各级管理，然而力量薄弱，大部处于失控状态，敖都国就是在这种背景下建立的。

由于社会动荡，纷争又起，白山黑水之间，粟末江、涞流水，大小部落为了自保，多依附了敖都国，服从海郡王。

海郡王虽然建国，但未称帝，仍称海郡王，他本来就是世袭海西郡王爵位。不称帝，是有大金皇帝在，表示敖都国永远是大金朝的臣属，这一切谋划，都是巴里铁头的主意，这也正合海郡王之心。于是，海郡王就以洪尼勒为都城，替代金朝统治混同江沿岸方圆五百里的地盘。巴里铁头倡导有功，特封他为公爵，掌管军国大事，国人皆称其为巴拉公或巴公爷，他成为海郡王帐下一人之下，万人之上的实权人物。

谁知这一来，惊动了它西边外一个大部落，号称十万铁骑的单祁国，从此兵连祸结，积怨愈深。

正是：

树大招风自古然，

强邻难处易结怨。

两雄相持，纠葛不断，终于两败俱伤，待我一段一段地讲来。

第九章 | 单祁王兴兵报怨
敖都国设防御敌

书接上回。

敖都国的建立很不容易，也是经过大灾大难，三起三落，才打开局面的。海郡王不到五十岁的年纪，却已饱经风霜，未老先衰，常有病，不得已，把军国大事交给小女儿白花公主执掌。又怕她年轻难以服众，特赐传国之宝龙凤剑，象征王权。这样，一个十几岁的小女孩子就有了生杀大权，号令三军，无人敢抗命。

王妃原配拿懒氏，出身名门世家，生三女一子，侧室也有数人，与子女的关系均不和谐。因此同单祁国交换人质，金花太子被送到异域。而三个女儿，两个已经出嫁，唯小女成为完颜氏的希望，与后宫关系尚好。嫁出去的红花、黄花两位公主，对父王心怀不满，很少回来省亲。

家家都有一本难念的经，帝王家庭也不例外。

双方交换人质，本来是为了和平，避免战争，可是事与愿违，不料单祁王子患重病身亡。

海郡王遣使道歉，又送了珍珠、土产等礼物，仍无济于事。谁的儿子谁不心疼？单祁王怀疑有人加害，也是可以理解的。

海郡王担心自己的儿子，请求放归，当然遭到单祁王的拒绝，"真是岂有此理！"单祁王一怒扣留海郡王之子不放，这一来，敖都国处处被动，不敢得罪单祁王。为了自保，唯有加强防御，壮大军威。

主持军国大事这位小王女，自幼有一种癖好，喜欢白色。女真人习俗本来就是贵白而贱红，可这位小王女已经超出了贵白的范围，她的生活离不开白色。冬天的雪花、江河的封冰、白屋宇、白衣服、白鸽、白兔、白鹦鹉、白鸡、白鹅、白鸭、白喜鹊、白麻雀、白猫、白狗、白马、白羊，她都喜欢，因此，取名叫白花。她天性仁慈，不许军兵猎户伤害白色的动物，狩猎禁止打白兔。为此，海郡王曾下令全国军民不许吃兔肉。她执掌帅印后，百花厅里也是一片白色。海郡王知女儿有此怪癖，但喜欢她聪明、勇敢，从小聘请博学多才的汉儒和武功高强的巴图鲁，教儿女们习文练武。几年下来后，哥哥成绩平平，小女却文韬武略，样样皆通，更深得完颜氏家传，练得一身好武艺，国人仰慕，远近驰名。

白花公主尽管才志超群，文武双全，但女孩子就是女孩子。她感情用事，太不成熟，一开始就走错一步棋，钻了江海俊的圈套，抱恨千古。

> 常言说一步错棋满盘输，
> 白花女轻易信人好糊涂。
> 点将台外人私闯该当斩，
> 却被他谎话连篇来欺负。
> 只爱他相貌堂堂箭法好，
> 只信他花言巧语会应付。
> 江海俊本是敌邦一奸细，
> 险些儿谈婚论嫁招为夫。
> 一不该背着父母私许愿，
> 二不该终身大事太唐突。
> 三不该军国大事当儿戏，
> 四不该百花厅内看地图。
> 明明是引狼入室难知晓，
> 到后来国破家亡没处哭。

白花公主感情用事，一时疏忽大意，竟被江海俊看了军事布防草图。虽在灯下没有仔细看清楚，可是聪明的江海俊却也记下了几处重要标记，回到住所以后，凭着记忆赶紧修书一封，把所见的，又经过推测，写成一份绝密情报。派人混出洪尼城，送往单祁国。

再说一说单祁国的事。

上回书已经讲过，单祁国是大辽支派，单祁王也和海郡王类似，他们都有恢复祖宗基业的雄心。

古代北方部族都有这种精神，不服输，失败了东山再起，不达目的，绝不罢休。这也可能是少数民族的个性。女真人是如此，契丹人也是如此。

二虎相争，必有一伤。用到单祁王和海郡王身上，最恰当不过了。

关于单祁国，上回书虽然讲到了，可是讲得简单，好像说书人厚此薄彼，不公平，现补叙几句。

单祁国是大辽朝契丹人的后裔，姓耶律，有数众十万，游牧于陶温水和脑温江一带。契丹人的由来，实在是神奇得很。传说在古时，有一骑白马的男子，在土河和潢水的合流处，遇见一位神女乘青牛从天而降，相会于木叶山，结为夫妻，生了八个儿子，这就是契丹的始祖。八子分居八处，各自为部落，号称八部。八部名称，依次为祖皆利、一室活、实活、纳尾、频没、内会鸡、集解、奚嗢。八部同源，后世却相互攻战，彼此兼并。经过若干年多少代，最后合并成奚人部落和契丹人部落。五代时，契丹首领耶律阿保机统一了奚人部落，建立了契丹帝国。三十年后，世宗耶律阮改号为辽。辽朝共九帝计二百一十八年，为金太祖完颜阿骨打所灭。

辽朝灭亡后，契丹人并不甘心，皇族耶律大石退入中亚，建立西辽，又延续了八十七年。散居各地的契丹人，辽皇族也没间断闹事，可以说，按下葫芦起来瓢。辽国远支皇族耶律元规联合散在草原上的游牧部落，建立个契丹人的国家。他不敢公开打出辽朝旗号，又忌讳契丹旧称，别出心裁，改称单祁，即契丹音的倒念。单祁国人多势众，里边有汉人，有蒙兀儿人。单祁王耶律元规以恢复辽朝为目的，他看准金朝南移之机，打算在北方大干一番事业。不料，意外地又凭空冒出一个敖都国。契丹人、女真人是死活相拼的冤家对头，如何能容得？这自然会产生矛盾，出现摩擦。

单祁国有雄兵十万，战将百员。领兵元帅也是大辽国的远支皇族，名叫耶律留彦，前部先锋唐古丘贝，还有一个行军参谋，名叫江海俊。丘贝和江海俊都不是契丹人，丘贝是女真人，大金驸马唐括辩的家族，唐括辩勾结完颜亮弑君助逆，唐括氏家族也上了逆党的名单，丘贝因而被关进死牢。那时他还年纪小，又是无辜受到牵连。可是金朝法律严酷，灭族是很普遍的事。丘贝侥幸没杀，只判了个终身监禁，投入死牢。他买通狱吏，夜间逃脱跑到单祁国效力，因他武艺好，又有轻功，并且还是大金国的囚犯，受到单祁王耶律元规的赏识，提拔重用，封他为先锋官，丘贝也就死心塌地地效忠单祁王，竭诚尽力。江海俊是个汉人，祖籍中原，被金兵掳到北方，安置到混同江，打鱼狩猎，从此变成了猎户，那还是在他祖父时代。江海俊长大时，父母双亡，他生得一表人才，又学会一身好武艺，他不甘心一辈子当猎户，要出人头地。他有一个妹妹还小，名叫江海云，江海俊抛下妹妹，只身一人西去单祁国，投到元帅耶律留彦帐下。留彦元帅看他武艺好，极力向单祁王保荐。单祁王耶律元规心高志大，有恢复大辽朝的雄心，多方网罗人才，他不论民族，唯才是用。他看中了江海俊，封他为将军，又把一个王女许配他，招为驸马，令他为行军参谋。江海俊娶了单祁王的公主，身价倍增，虽然没有捞到实权，在单祁国也算得上数一数二的人物，军中称为江驸马。

几年过去了，单祁王依靠元帅耶律留彦、先锋唐古丘贝、参谋江海俊三员大将，东征西讨，扫平强敌，兼并了周边一些部落，单祁国势力强大，在脑温江、陶温水一带成了气候。

敖都国明明是女真人的天下，是金朝的象征，它要是坐大，对单祁国是不利的。单祁王心想，只有灭亡敖都国，除去心腹大患，才能恢复大辽。他派元帅留彦率兵三千，战将十员，进攻敖都国，结果被海郡王手下老将巴拉公打败，从此屯兵境上，不敢再犯。之后，双方派使协商，两下和好，互不侵犯。单祁王送子到洪尼城，海郡王也送子去单祁国，双方各自交换人质，刑牲为誓，践土结盟，一场干戈，化作玉帛。这是为什么？因为他们都感到势力不足，一时难以吃掉对方。暂时和解，不过是权宜之计，这就叫"麻秆打狼，两头害怕"，谁也摸不着谁的底。

天有不测风云，人有旦夕祸福。双方和好仅仅一年，单祁王子便患了一场大病。洪尼城内外所有名医都请到了，就是治不好王子的病。海郡王无奈，派使到单祁国，通报王子病情。单祁王知儿子病重，即派人接回，不想一路颠簸，病势更加沉重，没等回到单祁国的都城就断气儿了，大车拉回的是单祁王太子的尸体。单祁王伤心之余，暴跳如雷，觉得儿子病得突然，死得蹊跷，怀疑海郡王有意加害。他想杀死海郡王的儿子，用人质抵命。元帅留彦认为不可，王子是否被害，目前没有证据。当务之急是弄清王子死因，摸准敖都国的军情，相机行事，对敖都国的人质，既不能放，也不能杀，用他要挟海郡王，让他割让土地，贡献珍宝，待时机成熟，再一举吞并敖都国，大事可成。

单祁王听了耶律留彦一番宏论，认为很有道理。他一面囚禁了海郡王的儿子，一边大修战备，准备随时入侵，兼并该地，扩充单祁国土。单祁王子归国死于途中，海郡王子被囚，吉凶难测。单祁国大兵屯于境上，洪尼城人心惶惶，海郡王心情焦急。他现在正处于进退两难，跟单祁国打仗吧，自感力量不足，还怕儿子没命。不打吧，单祁兵早晚会入境，新兴的敖都国就会有灭顶之灾。他连着急带上火，忧虑成疾，以致卧炕不起。

单祁王也摸不清敖都国的虚实，出兵几次并没得着便宜之后，知道洪尼城有能人，不敢轻易冒险，这才有江海俊混入洪尼打入敖都国的内部，刺探军情，充当内应的行动。留彦元帅屯兵境上，等候情报，可时间一久，音信全无，这才派先锋官唐古丘贝夜探洪尼，同江海俊秘密接头，不料被巴拉公撞见。江海俊怕身份败露，情急之下亲手杀死丘贝，由此取得了海郡王的信任，丘贝却做了冤魂，至死也没明白是怎么回事儿。

这些前文已经表过，现倒叙一番，加深听众的印象，也便于同下边的故事衔接。听众不要嫌我重复"倒粪"，其实这也是说书人的技巧，"江湖"常用的老套路。事情还得接着讲。留彦元帅见丘贝去了有半月光景，人不见回来，信不见送来，心中狐疑，是不是出了什么差错，就凭丘贝那一身轻工夫，飞檐走壁的绝技，不会有什么闪失的。

又过了几日，江海俊送信的人就到了。留彦元帅看了密报，知道江驸马已打入敖都国的宫廷，盗取了军事机密，立了大功。情报最后，告知他唐古丘贝夜间行刺失手，被发现，已命丧黄泉了。细节、怎么死的，他没说。

留彦元帅得知先锋官已死，他很为丘贝惋惜，奏报单祁王，发誓要为丘贝报仇，待破洪尼城之后，一定找出杀害丘贝的人，剖心祭灵。

单祁兵在元帅耶律留彦的指挥下，按照江海俊提供的草图，分兵三路，杀向敖都国。一时间，烽烟密布，战火升腾，敖都国又有刀兵之灾了。

> 好一个耶律留彦大元戎，
> 从草原调来三万铁骑兵。
> 闯过了边关要塞飞狐岭，
> 攻占了江边隘口泰州城。
> 一路上夺关斩将不可挡，
> 几日间兵到江西扎下营。
> 眼瞅着粟末江水翻巨浪，
> 果然是天然屏障把路横。
> 要渡江无舟无船难下水，
> 搭浮桥江面宽阔更不行。
> 无奈何沿江扎下营和寨，

单等那冬天落雪水结冰。
到那时人欢马跃齐出动，
我一定身先士卒往前冲。
众三军洪尼城里庆功会，
从此后两国并一单祁兴。

单祁元帅耶律留彦一路势如破竹，没用半个月时间就到达洪尼城的江西岸，望着滔滔江水，他找不到渡船，过不去，江面宽、江水深，搭不了浮桥。再说，他也没有带造桥造船工具，所部全是骑兵，冲锋陷阵还可以，遇到江河就无能为力了。大军既然来了，就不能半途而废，现在是初秋季节，再过几个月就要天冷了，冬天下雪，江河封冻，那时大军过河，便不会遇到障碍。等到他扎下营寨以后，察看了周围环境。对岸的洪尼城依然旗帜招展，老百姓该打鱼的打鱼，该莳弄庄稼的莳弄庄稼，就像什么事也没发生一样，照样安居乐业，过太平日子。留彦元帅心生疑惑，这是怎么回事？敖都国人不怕死吗？他纳闷了几天，突然开悟，他看到了这支军队的弱点，三万人马的供给就是个难题。马好说可以放牧，无论草场、庄稼，可以任意蹂躏。可是三万人的粮食，没法解决。就是从单祁国转运，路途遥远，也十分困难。何况，单祁国是契丹人后裔，本来是游牧部落，走到哪吃到哪，行军打仗从来不备粮草。敖都国的庄稼还没到收割的时候，没有现成的粮食吃，他们驱赶的牛羊群，杀尽吃光也就断炊了。

这是一。

就算能掠夺到食物，勉强维持，那么天冷寒衣怎么办？士兵挨冷受冻还能打仗吗？留彦元帅通晓兵法，又有勇有谋，他想到这里，立即改变了原来的打算，还是采取老办法，千里出兵，速战速决，一鼓作气打败对方。江河险堵，可以想办法解决。同时，他也想到了派去洪尼卧底的江驸马江海俊，他会有办法，这就得派人潜水过江，进城去找江海俊。

按下单祁元帅耶律留彦派人潜水过江暂且不表，回文再说一说洪尼城里敖都国的事。

自从单祁兵突破界壕，进入敖都国的地界，起初还没拿他当回事，巴拉公心中有底，要害之处防御甚严，进军要路多设障碍，有的挖了陷阱，有的筑了土墙，堡寨驻有重兵，认为万无一失，没有想到单祁兵这么快就深入内地了。巴拉公了解之后才知道，这次单祁出兵没走以往的行军路线，他没带辎重，轻装上路，走间道，专挑薄弱之处，不设防之地，所以很快就进来了，一路根本没有遇到抵抗。

巴拉公听到这种情况，大吃一惊，他首先想到的是泄密了，敌人已经了解到敖都国的防御计划和兵力部署。从留彦的行军路线来看，他还未能全部掌握，他从西面来攻，受阻于江水，如果从东面来攻，那洪尼城就真的守不住了。他暗自谢天谢地，老天爷总是眷顾敖都国，垂青海郡王，总算给留下活口，不致走上绝路。

那么，这泄密的人会是谁呢？江海俊，就是他上过点将台，进过百花厅，而且又跟公主靠得那么近，说不定已从公主口中得到了某些军事机密。如果这种猜测是真的话，那么他又如何把这样重大的事情泄漏给单祁国的呢？他同单祁国又有何关联？这一切的一切，证明当初对江海俊来历不明，身世可疑，种种判断是对的。可现在又同公主定了亲，这事可不好办。巴拉公千思万虑，现在还不是弄清真相的时候，眼下大兵压境，破敌为第一要务。他去见海郡王。

单说巴拉公急忙来到王宫，去见海郡王，正好白花公主也在，他们父女也是商量破敌之策。

现在敖都国的情况和以前大不相同，以前每逢遇见军国大事，海郡王首先找巴拉公商量，多半采纳巴拉公的主张，往往也由巴拉公主持处理军国大事。现在正好相反，自从白花公主受命主持军国大事以来，情况变了，大事小情不仅不找巴拉公，有的还背着他。公主除了向父王奏报请示之外，往往还跟江海俊通气，听取他的意见，海郡王惯纵女儿，听之任之，一个身份不明的人只因为"救驾"有功，成了他们父女的红人，而尽心尽力的三朝元老，开国元勋巴拉公反而成了多余的人。

巴拉公今日不请自来，海郡王父女很觉意外。公主对他那天早晨刁难江海俊尚耿耿于怀，今见他不请自到，更无好感，出于礼貌，公主首先打了招呼："巴公爷，你来得正好，现在敌兵入境，就驻扎在江西岸，你可有退敌的办法？"

巴拉公并没理会公主的问话，而是直接面对海郡王："王爷，老臣觉得这单祁兵来得蹊跷，这么快就到了咱们家门口，从来不曾有过。"

公主冷笑道："是啊！我还想问问你呢，你不是当父王保证所有要塞都防备严密，万无一失，怎么敌兵这么快就到了家门口？"

"怪老臣一时疏忽，计划不周，只顾设防，没有肃清内部奸细，被敌人钻了空子。"

公主一听巴拉公的话挺刺耳，又想到那天晚上发生的事，本来就十分矛盾的心情，更复杂了。她很机智，没有跟巴拉公继续争论，她怕那天晚上的事会引起父王不满，直到现在，海郡王都不知道女儿背着他同江海俊私订终身之事。他虽感激江海俊捉拿刺客，救驾有功，但江海俊毕竟是汉人，完颜氏家规，女真王室公主嫁汉人是不允许的，他们也不例外，不能破坏祖制。

海郡王开口了：

"你来得正好，花儿同我商量退敌之计，咱们是固守，还是出击，你给拿拿主意。"

"王爷，依老臣看来，当以固守为宜。单祁兵远道而来，难以坚持多久，用不了一个月，待他粮绝草尽，自然撤走，我出奇兵过江掩袭，定获全胜。"

公主反驳道："大兵压境，国内人心惶惶，要不及早击退敌人，老百姓何日安宁？"

海郡王支持女儿的主张。

"我敖都国不是好欺负的。可是我儿尚在单祁，这是我的一块心病。"

巴拉公听出海郡王的话有对自己不满的含意。是啊，当初两国交换人质，各守疆界，维持和平，这是他的主张，谁知事与愿违，单祁王子病死，海郡王子被扣留至今不放，所以敖都国被动挨打，却不敢主动出击。白花公主年轻气盛，她想，这样下去多咱是个头儿？她要主动出击，灭掉单祁，救回哥哥。她已经拟好了出兵计划，被海郡王制止。海郡王想的是儿子的性命，这个时候不能激怒单祁王，要慢慢想办法。

退让还是不管用，单祁兵还是来了。怎么办？只有击退敌人，别无选择。巴拉公也不再坚持固守的主张了，支持公主出兵反击。

当商量出兵破敌的办法时，又出现了分歧，白花公主提出选一人为先锋官。首先带兵过江，冲击敌营，这个先锋官必须是年富力强武艺出众的人，她选中了江海俊，海郡王对此很满意。自从江海俊拿刺客救驾之后，海郡王对他有一种特殊的感情，自然是无限信任。谁知，就在传旨刚要任命时，却被巴拉公阻止："不可！"

正是：

年轻公主欠磨炼，

老臣虑事更周全。

江海俊能否得到任命，带兵过江白花公主怎样反击敌军，下回再讲。

第十章 | 江海俊伪装得宠 巴拉公良言受罚

说的是松花江上起风雷，
单祁国三万大军把城围。
海郡王洪尼受困心情坏，
眼睁睁望着爱女暗伤悲。
想当初两国构和换人质，
没料到突发变故惹是非。
只可叹完颜家族时运背，
轮到了我本命薄任倒霉。
白花女身负重任年纪小，
除了你咱家还能指望谁！
看到你操练三军多辛苦，
授予你镇国宝剑壮声威。
现如今敌兵入侵来得快，
巴拉公防御设施已成灰。
粟末水天然屏障难久持，
洪尼城森严壁垒土一堆。
解燃眉只好另选先锋将，
率儿郎出城奋战拼一回。
小女她推荐参军江海俊，
不知道巴里铁头意何为？

海郡王对巴拉公说道："花儿统率三军，今日已到了为国出力的时候了，她既然推举江参军当她的先锋，助她破敌立功，那就依她的意思办吧。现在传江海俊进殿领命。"

"不可！"

巴拉公离座，向海郡王一抱拳："王爷，敌兵围困江西岸，它过不了江，我有五百人隔岸监视，这就够了。出城破敌，一定要选个忠诚可靠的将士。江参军虽然武艺高强，老臣还是不放心，咱们并不了解他的底细。一旦用错了人，则悔之晚矣！"

海郡王采纳了巴拉公的意见，改派马军总教头陈大勇为先锋官，配合公主，出城迎敌。

海郡王下旨，传齐队伍，齐聚点将台前听令。

彩旗招展，金鼓齐鸣，人欢马跃，万众一心。个个鼓足勇气，为了保卫家乡，誓死效命。

这一天，白花公主头顶白银盔，身披白银铠甲，白战袍，台下侍从牵着那匹白龙马，显得格外威风。她登上将台，向台下三军将士宣布：本宫奉父王旨意，率军过江杀敌，一定要把敌兵赶回单祁国，保护敖都国父老乡亲安居乐业，过太平日子。特命，陈大勇为前部先锋官，率领一支人马，去上游江面窄处造浮桥，然后向敌人冲击，我带大队人马随后跟进，打他个措手不及。

陈大勇受命，即准备工具，当先去了。

公主又派出几支人马，从不同方向奇袭敌营。最后，令江海俊统率宫廷侍卫，留守都城，保护王宫。

巴拉公一听让江海俊留守都城保护王宫，大吃一惊，这比让他当先锋官带兵杀敌更危险。他又上前阻挡："这更不妥！我大军在外抗敌，城内势孤力单，一旦都城发生变故，后果不堪设想，望公主慎重。"

公主不高兴了。

"巴公爷，江参军留守都城有何不妥？"

"老臣还是那句老话：我们对江参军还是不甚了解，老臣不放心。"

白花公主见巴拉公三番五次阻止任用江海俊，现在又是千军万马的场面，觉得很没面子，心中很是恼火，有心斥责几句，但一考虑到巴拉公是三朝元老，开国功臣，德高望重，便克制一下情绪，微微一笑道："巴公爷，你对江参军为什么这么不放心？"

"老臣与江参军，没有私人过节，只是王爷创业不易，又屡受外族欺负，当此大敌当前，处处要小心、谨慎，切不可意气用事。"

江海俊起先听说派他做先锋官，他确实不愿意受命，来的是自己的人马，是按照我提供的线索出兵的，留彦元帅本是我的上司，我带着敖都国的兵同他厮杀，成何体统！如果带着这支兵过去，事情败露，自己性命难保，巴拉公的阻止，正符合他的心意。

点将台下，公主登台派将，派到自己守卫都城、保护王宫。这真是天从人愿，不管你巴里铁头怎样阻拦，我也一定要争到这个美差。于是他向台上行了一个抱拳礼："公主命令，末将遵照执行，如有违误，甘当军法。"

"好，就这么定了。"公主令旗一摆，"军情紧急，众将分头行动，开拔①！"

众将领兵自去，公主的计划是等陈大勇造好浮桥，她亲率大军过江退敌。计算一下时间，最快也得半夜完工，明天一早，她就出城了。

> 白花女号令三军出了城，
> 她回身走进威严百花厅。
> 叫一声海云姐姐去台下，
> 替我请三朝元老巴拉公。
> 另外你传令参军台下等，
> 待会儿我还找他有事情。
> 江海云应声下台去传令，
> 不多时领来铁头老英雄。
> 小公主殷勤让座尊长辈，
> 巴公爷有气不要憋心中。
> 江参军捉奸救过父王命，
> 他在咱教都国里立大功。
> 母后她有意招赘江海俊，
> 她让我与他暗自订姻盟。
> 因此才传家宝剑赠半璧，
> 也不知还是吉来还是凶。
> 晚辈我今日说出心里话，
> 当与否是与非请你指明。
> 巴公爷一闻此语长叹气，
> 不由得内心悲恸又伤情。
> （公主啊！）

---

① 开拔：出兵、出发之意。

终身事国家事都是大事，
切不可当儿戏草率匆匆。
你本是完颜氏金枝玉叶，
阿布卡①派你来拯救生灵。
江海俊他本是庸人俗子，
与公主结连理有辱门风。

　　白花公主听到这里，心里犯了嘀咕，她想，这事是同母后商量好的，母后十分满意，我也随心。巴拉公一直对江海俊有怀疑，可他是对父王效忠的人，用他看家护院，再也找不到比他更合适的人了。既然你们二人冰火不同炉，这会耽误大事，趁此机会，在我离城之前，给你们调解一下，也好同心协力，效忠父王。公主想法没有错，明天一早她就要带兵退敌去了，在城中留守的巴公爷和江参军两人再彼此不容，会出大事的。

　　公主也算得上有勇有谋，聪明过人，可惜聪明反被聪明误，用江海俊守卫都城，保护王宫的决定不变，巴拉公再反对也没用，公主是统帅，说一不二，令出必行。

　　公主命人把江海俊叫上来。

　　江海俊担心公主会改变主意，改派他别的差使。那么守卫王宫的重任必被他人获得，按巴里铁头的主意可能性较大。那样就麻烦了。老东西决不会让我靠近王宫半步，那我就什么计策也不管用了。不行，无论如何，这个差使我一定要争到手，公主带兵一走，洪尼城就是我的天下。他有信心，因为他的依靠是公主，我还有龙凤剑，怕什么！

　　他被叫上了点将台，进了百花厅，他曾进过一次，可这次旧地重游，心情跟上次大不一样，不但那种恐惧感一扫而光，更产生出一种自豪感。心里说，我是这里半个主人，你巴里铁头能奈何我！可是江海俊也很聪明，这个时候，无论如何，不管受多大委屈，多么低三下四，也要委曲求全，千万不能惹公主不满使她改变主意。只要公主不收回成命，让我装三孙子我都冲南天门叩三个响头。

　　江海俊进了百花厅，见巴拉公在座，他明白，这时候讨好巴公爷是明智的，目前能够改变公主的人只有巴里铁头。"海俊叩见巴公爷！"

----

① 天神，也可解释为上帝。

"不敢!"

巴拉公已经领教过江海俊口蜜腹剑的把戏,他看公主今日如何了结这件事,她把江海俊怎样安置。

公主笑道:"我把江参军找来了,你老人家有哪些想不开的事,就直接同他说吧。"

巴拉公说:"老臣没有什么想不开的,我是为王爷和公主的安危着想。老臣受王爷祖孙父子三代厚恩,当此国难非常时期,不得不实言相告。"

公主又说:"看来巴公爷对江参军成见很深,暂时还难以化解。我看这样吧,待我杀退敌兵之后,咱们坐在一起,仔细掰扯掰扯,现在由巴公爷协助江参军守城,不得有误。"

巴拉公摇头不允,再三强调,江海俊来历不明,行踪可疑,决不能委以守城重任。

江海俊见巴拉公丝毫没有通融余地,即辩解道:"我是敖都国人,公主身边侍女江海云就是我的亲妹妹,这一点巴公爷不会不知吧?"

公主对海云说:"你可以说清楚,免得巴公爷不放心。"

海云似有难色,迟迟地说:"海俊确是我的亲哥哥,不过失散多年了。"

海云非常机智,短短一句话却起了暗示作用,足智多谋的巴拉公如何听不出来,他丝毫不肯退让,坚决抵制江海俊守卫都城保护王宫的任命。又说,守卫都城,保护王宫,要委派功勋卓著,忠诚可靠的人。江海俊不仅寸功未立,又不可靠。

江海俊见软的不行,他要来硬的了。

> 江海俊叫声铁头你听言,
> 你对我百般刁难为哪般?
> 怀疑我来历不明心巨测,
> 又说我寸功未立是妒贤。
> 难道说捉拿刺客不算数,
> 莫非说教场比武闹着玩?
> 铁头说不提此事还罢了,
> 提起你捉刺客我心不安。
> 那刺客明明被你踢在地,
> 为什么不问情由刀下残。

海俊说行刺王爷就该死，
我一怒不杀刺客心不甘。
铁头说何人主使未审问，
凭空里夜间行刺为哪般。
海俊说不管何人都犯罪，
这种人立刻斩杀并不冤。
铁头说叫你留人你不理，
从那时认为你过海瞒天。
全凭你善投机能说会道，
教都国所有人难比你奸。
这种人担重任要坏大事，
望公主多慎重削他兵权！

江海俊咕咚跪倒在白花公主面前，哀求道："巴公爷处处刁难，不能容我，末将情愿辞去官职，回乡当猎人，免遭大祸，望公主放小子一条生路，小子今生永远感谢王爷和公主的恩情，恕末将不能为公主效力了。"说完叩头，滴下泪来。

巴拉公冷笑道："江海俊，你不要装腔作势，你那套把戏并不怎么高明，想走吗？先把你那天晚上偷上点将台，你都盗取了哪些机密，单祁兵为什么来得这么快，你说清楚再走。"

江海俊说："是你把我灌醉，送到这里来的，我什么也不知道。"

江海俊见巴拉公步步紧逼，他以退为进，装出苦肉计，向公主辞官，他心里明白，龙凤剑在手里，她总不会放我走的。

这一招果然有效。白花公主不听这话，也就罢了。一听提到那天晚上私闯百花厅的事，想起那天夜里的情景，稀里糊涂地就把龙凤剑赠予江海俊。现在后悔已来不及，把柄在人手里，巴拉公是始作俑者。一想起此事，气就不打一处来。公主心头火起，厉声问道："巴公爷，你可知道百花厅是什么地方？"

"军机重地，老臣岂能不知。"

"既然你没有忘记这是军机要地，不经宣召，不得进入。那我再问你，那天你为什么把江参军灌醉送到这里来？你这是什么意思？"

江海俊见说话机会来了，他挑拨离间道："好一个三朝元老巴公爷，竟敢目无公主，把我送到台上，用心险恶，这要传扬出去，公主名节何在？公主身为三军统帅，将士们谁还能服？公主军威何在？幸亏公主当机立断，不然岂不成了天下笑柄。"

这番话，简直比蛇咬蜂蜇还恶毒十分。白花公主受不住了，她把父王让她遇事多听巴拉公的话抛到九霄云外去了，"啪"地一拍案子："你自恃有功于先王，嫉贤妒能，居功傲上，目无本宫，情理难容。要不念你功高年迈，定军法处置。今免去行军总管之职，降为都尉，罚守城门，以后不要管宫廷的事，去吧！"

白花公主自那晚赠剑之后，心情一直很矛盾，她怕人提起此事。她想个办法妥善解决这件事，最理想的结果就是希望江海俊再立新功，将来他们成就美满姻缘，她也就信奉汉人的习俗"嫁鸡随鸡，嫁狗随狗"了，何况江海俊武艺高强，一表人才，平安过一生就是幸福。

公主斥退巴拉公，也是不得已。两人相斗，水火难容，她除了维护江海俊，别无选择。巴拉公仰天长叹离开的时候，她心里不住嘀咕：巴公爷，你千万不要记恨我，我也是不得已呀！

江海俊见巴拉公被公主赶走，幸灾乐祸地说："真自不量力，倚老卖老，自讨没趣。"

"算了！"

白花公主心烦，令江海俊暂退，她要休息了。海云服侍公主安歇，对公主说："巴公爷德高望重，王爷都对他恭敬三分，公主今儿个是怎么了，对老爷子发脾气了？"

公主"咳"了一声："我也不愿意这样。"

忽然，公主很认真地对海云说了这么一句话："你哥到底是啥样人？我怎么越来越看不透。"

海云没有回答，她现在也心情矛盾，一边是自己的亲哥哥，一边是公主，自己的主子。本来对他们私订终身，无论作为侍女、仆人，还是作为一奶同胞的姊妹，她是高兴的。可是自从认了这个哥哥以后，江海俊行为举止令海云产生了无可名状的困惑。她也暗想，这个江参军真是我哥吗？这十多年时间，他都在什么地方，干什么行业，谁知道？他自己说在草原上替牧主看场子，谁能作证？她见公主这么实心实意地倾心于他，又是赠剑，又是推荐，不免暗自担心，替公主惋惜，怎么看上这么一个人。你公主今日才知看不透，连我也看不透啊！海云有自知之明，在这种情况下，少插嘴。自己虽被公主待如姐妹，但仆人就是仆人，奴婢还是奴婢，有些事情是没有资格参与的。

过了一天，前部先锋陈大勇派人来报，浮桥已经连夜搭好，请公主指示，何时发起反攻，公主果断地命令道："按原来计划不变，令陈大勇率本部人马，直冲单祁兵营，本宫随即率大队人马接应。"

白花公主点齐手下五千人马，另留一千兵守卫洪尼城，令江海俊为总管，负责留守，保护王宫。又下了一道命令，派巴拉公为监军，与江海俊协同守城，不得有误！

巴拉公欣然领命，他明白，这是公主对江海俊不放心，令我监视他。一个小女孩子，想得真周到，身为统帅，命令已出，令江海俊守城，不能再更改，统兵将帅不能朝令夕改，会动摇军心。她公主也防备一手，又做这样安排，也算虑事周详。

好你个江海俊！我看你有什么鬼把戏，咱们走着瞧。

背地的争论，不能带到明面上。尽管二人水火难容，巴拉公还是尊重公主的安排，与江海俊言归于好，协助他守城。

江海俊也不是傻瓜。当他听到公主派他为总管负责守城，保护王宫时，那个高兴劲儿就甭提了。老天爷总算睁开眼了，助我成功，就在今朝！接着又得知委派巴拉公为监军，协同守城的消息，他大吃一惊，"好你个白花小丫头，给我来这一手，看来你是活得不耐烦了！待我事成之后，一定跟你算账！"这是他心里的话，表面上还是同巴拉公套近乎。

公主带兵出城走后，巴拉公为了稳住江海俊，主动同他靠近。他先开口：

"江参军，不，江总管，老夫奉公主之命，十分荣幸协助总管守城，如此重任，我们要抛弃个人成见，共同为国尽忠，为王爷和公主效力，还请总管谅解。"

江海俊也干笑道："哪里，哪里，还望巴公爷多多指教，为了敖都国，为了公主，小子自当竭尽全力……"

"好！"巴拉公拦住话头道，"那就各尽其职，注意战场消息，等待公主胜利归来。"

江海俊口中说胜利归来，心里暗自冷笑："胜利归来？归来个屁！做梦见鬼去吧！"

江海俊自来到洪尼城后，暗中网罗死党，这批人中大多是流氓无赖，盗匪恶棍，都属于亡命徒一类人物，江海俊放下架子，同他们称兄道弟，形成个小宗派。这些人本来是社会底层，他们没有固定地址、固定生活来源，除了依附于主子混口吃的，就是干着偷鸡摸鸭，劫盗抢夺的勾当，每天都在玩命。有江海俊这样贵人能看得起他们，自然是感激涕零，舍身相报，他们很快形成一股潜在的势力。可是这些鸡鸣狗盗之徒，却有特殊本领。虽然都属于雕虫小技，往往都能派上大用场。春秋战国时孟尝君偷过函谷关的故事家喻户晓。山东齐国孟尝君食客三千，人们都说养这些闲人没用，孟尝君好客，不以为然。有一次出使秦国，受到威胁，必须尽快逃离。于是，他们连夜逃走。秦国在陕西交界处有一座雄关叫函谷关，两边是高山，中间仅一条道，是出入秦国必经之地。函谷关就在陕西河南交界处。孟尝君一行来到函谷关时当半夜，亮天开关。如果到亮天，秦国大队人马追上来，谁也跑不了。正在为难之时，门客中有人发出狗叫声，还有人作公鸡鸣叫声，一时关内外民家鸡犬一齐鸣叫起来。守关将听见鸡鸣狗叫，误以为天亮了，遂命令开门放人出关，孟尝君一行就这么混出关去，逃离虎口。待秦国大队人马到达的时候，孟尝君一行已经远去了。

这就是鸡鸣狗盗之徒也有用处的典型例子，所以说"人不可貌相，海不可斗量"。

闲言带过。

再说江海俊收罗的死党当中也有能人，关键时期也派上了用场。

他这些人中，多数都生在江边，长在水岸，打鱼摸虾，深识水性。江海俊就用这类水性好的人，夜间潜水渡江，把机密传到单祁元帅留彦手中，用现在的话来说，是"送情报"。留彦元帅也就调整了部署，做了充分准备。原来单祁兵过不了江，又找不到渡船，进退两难之时，突然得知敖都国造浮桥，白花公主出兵反击的消息，耶律留彦元帅传下命令：待敖都国造完浮桥后，杀退造桥兵，我们大军从浮桥过河，直逼洪尼城。他分出一万人马，悄悄潜入造桥附近，埋伏在树林里，敖都兵来攻，那桥就造好了，立即夺桥过河！

正是：

外寇明来好应对，

家贼暗算最难防。

敖都国面临灭顶之灾，是天数，还是人为？待下回详叙。

第十一章 | 架浮桥公主中计
陷都城郡王被戕

上回书说到江海俊在白花公主带兵出征离开洪尼之后，他立即派死党过江给单祁元帅留彦送去密报，留彦元帅分兵一万，悄悄潜入搭桥附近的树林里埋伏起来。

陈大勇用了两天一夜的时间，把桥架完，派人去城里报知白花公主。公主传令，令陈大勇先行过河，她接着就率大军出发了。

他们万万没有想到，当陈大勇刚过桥上岸，伏兵突起，把敖都兵围住。随后赶来的白花公主，奋力冲杀，救出了陈大勇，他们合兵一处，冲向单祁兵大营的时候，却不料单祁元帅耶律留彦已经离开大营，从浮桥过江，向洪尼城扑去。

公主得知都城危急，忙回师去救，可是晚了，浮桥已被敌军控制，想回也回不去了。她只有拼力冲杀，却被单祁兵围住。单祁兵多，敖都国兵少，他们只有选择一处高冈立住阵脚，与单祁兵相拒，一面观察都城的动静。

白花公主到此时还对江海俊抱有幻想，她还看重赠剑的情意，只要你能守住洪尼，敌兵退后，我们就成亲……

陈大勇来报，单祁兵拒住浮桥，断我归路，都城有变，难以回救。公主却说："都城有江参军守卫，巴公爷相助，不会出错。"

陈大勇早已听过人们对江海俊的非议，也知道公主对他袒护，便心情沉重地说："公主殿下，知人知面不知心，江参军能否靠得住，还是个疑问，公主要三思。"

公主听了这句话，正触到了她的痛处。是啊，江海俊是什么人，这回就清楚了。她虽已对他有疑虑，但对他还是抱有幻想，抱有希望。她说道："我心里有数，陈将军只管放心。趁现在敌兵松懈之际，你带领部下去夺浮桥，我冲他的大营，一处得手，就好办了。"

"是！"

陈大勇去奔浮桥，公主稍事休息，就向单祁兵大营发起攻击，双方混战在一起。敖都兵这回抱着鱼死网破的决心，同单祁兵相拼，倒也把单祁兵杀个落花流水，弃营而逃。白花夺了大营，心下稍安，令军士吃点糇粮充饥，就地休息，待夺回浮桥后回师都城。

到现在，她还指望江海俊守卫都城，万无一失，待她回师以后，里应外合，大破单祁兵，活捉留彦元帅。

就在白花公主盘算着怎样破敌的时候，噩耗传来，洪尼城被攻破，海郡王被害，敖都国被灭亡。

"啊？"公主听此凶信，一时急火攻心，大叫一声跌于马下。部下军兵急忙救起，好半天公主才缓过这口气来。她垂泪问道："不是有江参军和巴公爷守城，怎么这么快就出大事了？"

有军士回答道："听说是江参军开门放敌兵入城，巴公爷下落不明，王爷可能是遇害了。"

白花公主忍痛上马："跟我回城！"

"公主，回不得，敌兵众多，我们人少。"

"不，你们随我来！"

公主飞马向前，众军紧随，冲过浮桥，向洪尼城奔去。

这是怎么回事？

且说白花公主带兵前去破敌出城不久，洪尼城突然被围，谁也不知内情，只有江海俊心中明白，他的计谋成功了，他的目的就要达到了，他自然心里高兴。

敌兵突然围城，海郡王惊慌失措，忙令人去传江海俊问个明白，不想江海俊提着宝剑进宫来了。

海郡王一见江海俊不叫自来，很是惊疑，忙问道："江参军，外边敌兵围城是怎么回事儿？"

江海俊冷笑一声："问这个吗？王爷听我说……"

> 江海俊冷笑一声把脸扬，
> 叫一声倒霉主子海郡王。
> 论身世你当我是哪一个，
> 我本是山后游子转回乡。
> 在家时饥寒贫贱无人问，
> 我只有远走高飞奔西方。

单祁王恩重如山招驸马，
我只有死心塌地保辽邦。
奉将令只身来到敖都国，
为的是单祁大兵占松江。
念你女私自赠我龙凤剑，
暗许我将来与她配鸳鸯。
我今日可以饶你一条命，
你必须让出王位我来当。
我给你几个屯寨去养老，
你女儿与我成婚拜花堂。
敖都国全部并入单祁国，
国主它不姓完颜改姓江。
早归顺早投降还有活路，
若等到大军进城无处藏！

海郡王听到这里，一切都明白了，他自知身处危境，又担心女儿领兵在外，暂时只有忍耐，遂平静地对他说："江参军，我父女待你不薄，没想到你今日恩将仇报，这样对我，天理何在？良心何在？"

江海俊说："王爷，现在说什么也没用，你现在只有投降，不要指望有谁来救你。捉住你女儿，我也不会杀她，念她赠我宝剑的情意，我会收她做侧室。"说完，还故意把凤剑向海郡王亮了一下。又说："劝你投降，这是好意。要不然，留彦元帅大军一进城，会把你这王宫夷为平地。你不要执迷不悟。"

海郡王看明白了江海俊手中的龙凤剑，心中不解，传家之物，怎么会到他的手里？海郡王根本不知道女儿私赠宝剑定情的事情，他误以为女儿有了什么闪失。怒火腾地上来了："江海俊！你这忘恩负义的奸贼，上天有眼，你不得好死！"说着，他伸手摘下弓来，向江海俊甩去。江海俊躲开，一剑把海郡王刺倒，海郡王大叫一声气绝身亡。江海俊恶狠狠地骂道："找死！找死！"

江海俊死党一齐动手，把王宫里侍卫、宫女乱杀一通，又打开城门，放单祁大兵入城，恶狠狠一阵杀戮，又在城中放起火来，洪尼城大乱，军民死伤无数。

留守在百花厅里的江海云此时还不知海郡王已被她哥哥杀死，只见单祁兵杀进城来，她情急之下，带着侍女们趁乱逃出城去，她们去寻找公主，告知都城有变，望她回城挽救。待单祁兵登上点将台的时候，海云已经出城远去了，台上空无一人，百花厅里也没有留下任何东西，她们临走之前，把机密的东西烧的烧了，藏的藏了，百花厅成为一座空房。单祁兵自然不知道这里是军机重地，把它当成公主的寝宫了。

江海俊刺杀海郡王，放单祁兵进城，他心中还有一件大事，那就是巴里铁头。巴拉公被派协助守城，可他并无兵权，一切都是江海俊说了算。公主走后不到三天时间，敌兵就来到城下，守城兵本来就没有多少，又由江海俊统率，他干着急也没办法。直到海郡王被杀，他连王宫都进不去，一切都在江海俊掌控中。现在敌兵进城，守城兵一仗未打，而是奉令开门。巴拉公知道是江海俊在捣鬼，自己势孤力单，手下无兵无将，无可奈何，只有公主回来才能解决问题。事不宜迟，他带上几名家丁，开东门跑出去。原来洪尼城三个城门，北门、南门和东门。西城紧临江岸，未设城门，因为南北两门都能通江边，所以西城不设门。单祁兵攻的是南城，江海云从北门逃出，巴拉公并不知道，他却从东门出城，他们二人都是去找公主，却互不知情，各奔东西。

单说巴拉公带着几名家丁，从东门出了洪尼城，一直奔正东，他对那一带的环境比较熟悉。江边有船渡，江中有个小岛，岛上住有渔民，渔民有船，可以送他过江，他可以从北岸西行去找公主。他不敢走南面，单祁大兵拥塞大路，他走不脱。

巴拉公东跑十余里，接近了江岸，刚要下江坎去找渡船，不料一支伏兵从树丛里钻出来，拦住巴拉公，为首一人哈哈笑道："巴公爷，本宫知你必从此处过江，特来恭候，你还是跟我回去吧。"

巴拉公一看，此人正是江海俊，他什么都明白了，自知今日难免，遂爽朗地一笑："江海俊，果然不出老夫所料，你这个逆贼！你这个奸细，你想干什么？"

"嘿嘿！"江海俊反倒没有发火，他冷笑道，"巴拉公，你不是对我怀疑吗？算你有眼力，从这一点，我服你。那现在我就把实情告诉你吧。"

> 江海俊鬼蜮心肠赛毒蝎，
> 他现在诚心戏弄巴公爷。
> 老家伙你当我是哪一位，
> 我本在单祁国里有官爵。

单祁王女儿公主招赘我，
又封我行军司马是美缺。
奉王命敖都国里当坐探，
事成后海郡王位我来接。
多亏了白花公主赠宝剑，
用此剑亲手杀死她老爹。
我知你有勇有谋威望重，
为何你坚持效忠不妥协？
从今后你与本宫联起手，
你还是女真人中一豪杰。
你要是不愿做官也可以，
我令人好心照顾多体贴。
白花女对我有情不能忘，
我封她西宫偏妃更和谐。
江海俊满嘴胡言南柯梦，
巴拉公气得鼻歪眼睛斜！

"住口！"

巴拉公一声断喝，江海俊也吓了一跳，他骂道："老东西，不识好歹，我这是给你一条活路，你却不领情，那就别怪我不客气！"

"你这十恶不赦的奸贼，原来对你主子单祁王也阳奉阴违，心怀鬼胎，老夫并没有看错你，可是我没想到你如此狠毒。纵然你行险侥幸小人得志，也不会有好结果，人在做，天在看。"

江海俊怒道："老铁头，你别敬酒不吃吃罚酒，你别以为我不敢杀你。"

"来吧，有种你就过来！"

江海俊一转念，这个人不能杀，留着有大用。将来单祁兵撤走，我要在洪尼城坐殿称王，敖都国军民不服，可以用他来安抚。他压一压火，又笑道："巴公爷是敖都国三朝元老，可现在海郡王已死，国中无主，你我合作，平息这场乱子。江某也是敖都国的人，敖都人治理敖都国，有何不可？"

巴拉公听江海俊说了几遍海郡王已死，他半信半疑。又听他提到海郡王已死，不得不信，他不由放声大哭："王爷……"

不想悲恸过甚，精神恍惚，一头栽下马来。家丁上前救护，江海俊下令杀散家丁，把巴拉公抢到手里，看管起来。

不大一会儿，巴拉公清醒过来。睁眼一看，他已被人看住，江海俊手执宝剑，站在面前，家丁已不知去向。

"巴公爷，你可想好，要死要活就在你一句话。"

"无耻！"

巴拉公飞起一脚踢到江海俊的脸上，正好碰到鼻梁上，江海俊鼻孔口腔霎时冒出血来。江海俊不顾疼痛，挥起龙凤剑，把巴拉公的头颅砍掉，恨声不绝地骂道："老东西，找死！我看你这铁头硬到什么程度。"

他又踢了巴拉公的尸体一脚，命令："回城！"

临走之前，令军士把巴拉公的尸体推到一个沙坑里，掘了点土，草草掩埋，首级献给留彦元帅报功。

附带交代几句，也有人传说巴里铁头是被白花公主所杀，被杀原因也有两种不同的说法。

其一，说是巴里铁头爱贪杯，一天遭到了暗算，被江海俊灌醉，抬到百花厅，并把他的衣裤扒光。白花公主练兵回来，见大厅里一人醉卧在她的床上，而且赤身露体、一丝不挂，这对一个纯洁的少女来说是莫大的耻辱。为了尊严，为了维护自己的名誉，就以私闯百花厅，违犯军纪的罪名把他斩首，因此传下民谣：

> 白花公主一十七，
> 巴里铁头死得屈。

这里有一个问题，巴里铁头既然是海郡王的重臣，"三朝元老"，白花公主不问情由擅自杀掉，似乎不合常理。巴里铁头因何而醉，同谁喝酒，是怎么赤身露体睡到公主牙床上去的，作为一个统率千军万马的女将军，不至于幼稚、草率到这个程度。所以，公主斩杀巴里铁头，于理不合，只能作为一说。

其二，说白花公主看中了猎户出身的青年将士江海俊，而白花手下战将巴里铁头也看中了公主，同江海俊争风。因铁头面目丑陋，岁数又大，公主自然看不中他，而倾向江海俊。巴里铁头欲得白花无望，就勾结外敌，兴兵犯境，巴里铁头做内应，条件是事成之后，娶白花为妻，不料阴谋被发现，白花公主领兵出城抗敌途中将巴里铁头斩首祭旗，埋尸于松花江边。

这仅是一说。不过，这种说法流传不广，而且乌拉街一带沿江村屯，大多否认这种说法，直到现在，人们普遍认为巴里铁头是忠臣，是好人，而江海俊是奸细。如今，蛟河敦化一带山区，民间讲起白花公主的故事时，还管江海俊叫"江坏坏"。

闲言不表，书归正传。

江海俊刺杀海郡王，又害死巴拉公，敖都国的主要人物没有了，只剩下一个白花公主，虽有本事，不过是个黄毛丫头，还能有多大的章程？

再说白花公主破了单祁兵的大营以后，赶紧杀回都城。这时陈大勇夺回浮桥，接应公主顺原路返回。浮桥搭在江面较窄又树木茂盛芦苇丛生的隐蔽处，一般很难发现。单祁兵是怎么知道的？反被它借此过江直捣洪尼，到底问题出在哪里？这一切变故，疑点都指向一个人，那就是被认为救驾有功，而又来历不明的江海俊。

"父王遇害？巴公爷下落不明，那江参军呢？他可是守卫都城的领兵总管呐？"

一想到这里，白花公主汗毛都竖起来了。回城，这一切只有回城以后才能清楚。单纯幼稚的小公主，到现在还不敢把父王的死往江海俊身上联系。

搭浮桥的江口在洪尼城的南边，不足二十里路，可白花公主的大军从上午走到晚上也没有进得城，她被单祁兵阻截在半路。她又同陈大勇分散了。她的人马越来越少，而敌兵却越来越多。这时的白花公主，已经筋疲力尽，又受着内心的煎熬，她生在王侯之家，长在金玉之中，从小娇生惯养，衣锦玉食的贵为公主，哪里受过这样苦楚，已经到了叫天天不应，叫地地不灵的时刻。女真的孩子就是刚强，有一种坚韧不拔的精神。白花公主就有一种不服输的个性。她吩咐手下不足百人的将士，暂在屯堡休息一宿，等到明日再想办法，并发誓"一定回城"！

天无绝人之路，就在这个时候，江海云领着几个守台的女侍找来了。原来江海云一行逃出洪尼城，经过几番周折，终于打听到了公主的行踪，找到了公主栖身的屯寨。仅仅三五天的工夫，二人见面有隔世之感。海云述说了敌兵进城，她们逃出的经过。公主急问宫里情形，王爷吉凶，海云等完全不知道。又问到敌兵怎么破城的，守城兵哪去了，她们也说不清，她们所能知道的，就是敌兵众多，进城放火，老百姓抛家逃命，人都差不多跑光了。

　　自然，公主会问到江海俊奉命守城，又有巴公爷协助，他们是怎么守的城？人们传言王爷已遇害，这是不是真的？单祁兵进城，他们把王爷怎么了，这些，江海云一概回答不了。

　　战争，就是这么残酷，不到结束，不知道结局。

　　遭遇如此重大变故，存在江海云心中多日的疑问，该是对公主直说的时候了。

　　"公主，"海云眼含热泪，悲痛地说，"事情变得这样，都是奴婢的罪过。"

　　"这是哪里话！怎么扯到你的身上了？"

　　"不。"海云郑重地说道，"我不该认那个哥哥。"

　　"认哥哥怎么了？兄妹相聚，人之常情。"

　　"实不相瞒，我们已离散多年，他的行踪，我一点也不了解。他的行为越来越怪异，让人捉摸不透。这次单祁兵围城，令我想起了他以前说过的话，十分可疑。"

　　公主听到这里，似有开悟，她"啊"了一声：

　　"我也想起来了！"

　　正是：

　　如若探听心里事，

　　平时留意口中言。

　　要知公主和海云想起了江海俊说过什么可疑的话，且听下回再叙。

第十二章 | 君主撤兵明大义
小人得志更猖狂

十五月亮圆又圆，
过了十五少半边。
人生多有不顺事，
宇宙也有阴晴天。
忠臣孝子人人敬，
奸佞小人个个烦。
不图流芳传百世，
也别遗臭骂万年。
看前朝多少忠臣和良将，
为国家舍生忘死保江山。
历史上多少奸究与坏蛋，
落了个口诛笔伐臭名传。
君不见意歹心毒江海俊，
本是个笑里藏刀一恶男。
人都说小人得志多忘义，
还有那穷人乍富更贪婪。
逞私心伤天害理良心昧，
全不顾头上三尺有神仙。
到头来机关算尽遭果报，
给后世茶余饭后做笑谈。
小子我啰唆几句题外话，
奉劝人改恶从善得安然。
唱到此压下闲言且不表，
再把那公主从头说一番。

上回书说到江海云在一个屯寨找到了白花公主，她们对都城失陷大惑不解，敌兵已经退去，只有公主带领几百个残兵败将，临时休息。因有心事，全无困意，她们就回忆过去的事情，找一找这次重大失误的原因，自然就提到江海俊的头上。海云自责，不该认这个哥哥。公主反而安慰她。海云不得不说出她对哥哥的种种怀疑，江海俊言行中露出的种种破绽，事情糟到如此程度，她不能再沉默了。

她说："公主，那天晚上看地图时，我哥突然说出一句'公主天才，单祁国无人可及'，这话公主可曾记得？"

公主猛醒。她怎么不记得？当时她听了这句话，开始也感到吃惊，可她正在狂热的兴奋之中，感性战胜了理性，又被他花言巧语轻轻掩饰过去，事后也就忘了。今晚海云提起，她才开始警觉。是啊，现在不正是单祁兵侵犯我们吗？江海俊，单祁兵，他们之间有没有必然的联系？莫非江海俊真的是单祁国派来的奸细……这一切一切，只有回到洪尼城，见了江海俊才能明白。

海云见公主想着心事不吱声，她肯定地说："单祁兵来，一仗没打，就开城放人，这就是江海俊勾来的，他和单祁国有说道。"

公主苦笑道："你怎么不早点提醒我呢？"

"我可不敢！宫中有规矩，侍女、宫人不准议论军国大事，违者处死。"海云瞅瞅公主，"再说……"

公主见她没词了，便急着催促道："再说什么？都到这步田地了，你还吞吞吐吐个啥！"

海云还是不往下说。

公主急道："哎呀，急死人了，管它什么话，你快说吧。"

"我说出来怕公主伤心。"

"伤心不伤心都一样，反正国破家亡。咱们过了今晚，还不知有没有明晚呢！"

海云只好说了心里话。

"那时看公主对我哥那热乎劲儿，我怕你不高兴。"

白花公主如当头挨了一棒，一阵晕眩，大脑一片空白，她什么话也说不出来。

"是我错了……"

海云等人奔逃两天，马不停蹄，未曾休息。现在既累又乏，和衣倒在铺上睡了。公主心中如打翻五味瓶，苦辣酸甜一股脑涌上来，她自己酿成的苦酒，只得自己品尝，她如何能睡得着。

小公主身卧茅屋暗叮咛，
不由得回想往事一宗宗。
自幼我高山学艺武术好，
又加上祖传绝技一张弓。
拜严师学会了兵书战策，
论韬略敢效仿诸葛孔明。
只因为父王他体弱多病，
才把这军国事交我支撑。
教军场比武练功选好汉，
却不料箭射乌鸦天做成。
从此我倾心投向江海俊，
渴望着靠他保国享太平。
谁承想无边灾祸从天降，
突然间单祁元帅发来兵。
我率军过江击敌才三日，
没想到留彦元帅破了城。
现如今父王生死无音信，
我带领残兵败将难回营。
荒村里长夜漫漫实难耐，
偶然间传来鸡鸣犬吠声。
愁漠漠冷月寒星江上雾，
阴森森榆摇柳动起秋风。
黑压压一片乌云头上过，
轰隆隆雷鸣电闪起半空。
潇漓漓秋雨专浇伤心地，
冷飕飕彻骨寒从炕底生。
这真是无情人遇无情雨，
苦命人口含黄连更苦情。
小公主翻来覆去实难寐，
朦胧中军士来报天已明。

公主刚昏昏沉沉、似睡非睡地想着心事，军士来报，昨晚半夜下了一阵小雨，现在雨住了，天未晴，请示当天的行动部署。公主此刻反倒冷静下来。她明白一个道理，事情已经发生了，着急上火也没用，越是困难时候，越要沉着冷静，考虑对策，想办法。

公主说："昨日已派出两伙人进城去探虚实，单祁兵不了解这里情况，一时还找不到这，趁现在整理队伍，做收复都城的准备。"

公主最放心不下的，还是她的父王和母后，有人传说王爷已遇害，也有人传说王爷已逃出虎口，藏匿民间，还有说海郡王已逃出城去，远走高飞，不知去向。

公主原来也相信父王已经被害，听了多种传言之后，又产生了幻想，她还希望江海俊能看在赠剑的情分上，对父王加以保护，或者，护送父王出逃。

她没头没脑地问江海云："海云，你认为你哥哥会出问题吗？"

"不敢想啊！"

一言未了，派进城打探情况的人回来了。他们并没有进得城去，城里城外全是单祁兵，根本混不进去。不过，他们也没有白跑，给她领来了从城里逃出来的宫廷侍卫。侍卫一见公主，跪倒在地，大哭起来。

"公主殿下……"

白花认识，心里一惊："不要哭，有话慢慢说。"

侍卫叩了一个头："公主，大事不好，王爷，王爷他……"

"王爷咋的了？你快说！"

侍卫说："公主……"

侍卫他未从开言泪纷纷，
口尊声公主在上请听真：
你带兵出城拒敌前脚走，
后脚就变生不测灾祸临。
单祁兵突然围城太意外，
紧接着乱党匪徒叩宫门。
造反者若问他是哪一个，
领头的就是总管江参军。
手提着龙凤宝剑闯宫院，
恶狠狠平白无故就杀人。

王宫里天翻地覆变了样，
霎时间人头滚滚血染尘。
上百名宫女侍卫死一半，
活着的纷纷逃跑吓掉魂。
江海俊对着王爷下毒手，
最可叹老王爷性命归阴。
奴才我千艰万难找公主，
劝公主不要回城自脱身。

　　白花公主一听，几日的传言，这是真的了，原来父王竟被江海俊刺杀，这是千真万确的了。她不像前日听到传言王爷被害时的心情了，她已无法悲伤，而且是死于江海俊之手，她只有愤怒，满腔仇恨，压住了她悲恸的心情，她悔恨，又自责。心想，这一切一切，都是自己造成的，年轻任性，又听不进良言相劝，酿成今日的苦酒。悲伤有什么用？哭能顶事儿吗？当务之急，是找到江海俊，我必亲手杀了这个忘恩负义、丧尽天良的卑鄙小人，为我父王报仇雪恨。

　　她只顾心里发誓，暗中赌咒，却忘了侍卫还在地下跪着。

　　"公主，现在的洪尼城已被敌兵占领，江海俊成了敖都国的主人，公主你可不能回去呀！"

　　"知道了。"公主又吩咐道，"你先找个地方歇歇，然后再回城，探听一下江海俊那贼子的动向。"

　　侍卫这才叩头爬起，自找歇脚地方去了。于是，王爷被害的确切消息，在军中传开。一时，群情激愤，"杀江贼""报仇"的呼声四起。

　　公主目前唯一相依为伴的人就是江海云了。她问海云："我那样对你哥，反过来，你哥这样对待我，咱们该怎么办？"

　　"他不是我哥，我没他那样哥哥！"海云愤慨地说，"我们老江家，祖祖辈辈都是忠厚老实人，没有他那样败类！"

　　"咳！"公主长叹一口气。"真是一母生九子，九子各不同啊。他背叛我，情有可原，害我父王，天理难容！我不会放过他。"

　　"对，公主不放过他，我也不会放过这种坏人！"

　　公主开始招集溃军，聚拢散卒，又招募一部分青壮年。陈大勇也率军回来，他们会合一处，又有一定的实力。他们就以距离洪尼城二十里的一个旧堡寨为据点，做收复都城的准备。这个旧堡寨是古代遗留的军事城堡，依山傍水，形势险要，单祁兵一时还来不到这里。

回头再说洪尼城里。

自留彦元帅破了洪尼城，灭了敖都国，江海俊又杀死了海郡王，认为胜利了，敖都国的地盘从此并入单祁国了。即派出报捷使者，回单祁国去见单祁王，请示下一步怎么办？大军是否撤回？

那个时候正当金朝末年，北方还是大金国的领土，称作"金源故地"。单祁国本是大辽遗民，趁金朝南移，北方空虚之机，聚成了游牧部落，它还不敢吞并金朝本土，也不敢公开打出大辽国的旗号，只称单祁，以前讲过，是"契丹"二字谐音倒念。

单祁王接到耶律留彦元帅的报捷文书，心中大喜，邻近的敌国今日终于消亡了，从此驰骋松辽大地，就无人敢于阻拦了，大辽勃兴，指日可待。

大凡天下兴亡，世事难测。正当单祁王踌躇满志，要大展宏图，伟业中兴，幻梦成真之际，不想形势突变，在斡难河畔一个强大的部族兴起，称蒙兀儿，他的首领铁木真，吞并诸部，势力逐渐强大，铁骑所指，大有东来南下之意。他这个小小的单祁国，能抗拒强大的蒙兀儿势力吗？单祁王又探听到，南宋王朝派使同蒙兀儿联合，请蒙兀儿出兵帮助消灭金朝。事成之后，南宋王朝收复中原，长城以外金源地区划归蒙兀儿国。不用说，包括单祁国在内的广大地区，都归蒙兀儿国了。

单祁王十分忧虑，敖都国的灭亡，他取得胜利，可是他高兴不起来。他明白，一旦南宋王朝的计谋得逞，蒙兀儿大兵一出，脑温江、陶温水是必经之路，他单祁国就面临灭顶之灾了。

单祁王十分英明，他立时做出三个决定：一、留彦元帅全军撤回；二、恢复敖都国，送海郡王子金花回国继承王位，两国永结盟好；三、封江海俊为丞相，回朝执政。

应该说，单祁王还有远见卓识，做出了英明决策，他是考虑到长远的利益。可是旨令到了洪尼城，留彦元帅奉旨准备撤军，可江海俊却不愿就丞相之位，他有他的打算，他的野心就是替代完颜氏，做敖都国的国王，等到势力强大了，再和单祁王争天下，灭单祁，占领草原。

江海俊的阴谋诡计，留彦元帅当然不知道，就是单祁王也猜不透，完全被他假象所蒙蔽。

当留彦元帅奉令撤军的消息一传开，江海俊即把留彦元帅请到王宫。自海郡王死后，江海俊就住进了王宫，而留彦元帅恪守军中纪律，住到兵营里。因江海俊是单祁王的驸马，他自然不敢怠慢，也不跟他计较。

江海俊对留彦元帅说："敖都国虽灭，但隐患未除，海郡王公主白花手下还有五千人马，终究为患。大军一撤，她必卷土重来，乘虚而入，洪尼城得而复失，这是小事。她得势之后，必报复我们，那时我们怕不是她的对手。"

"那该怎么办？"

"趁她羽毛未丰之时，剿灭她。"

留彦元帅说："来不及了。她现在哪里都不知道，撤军日期已定，王命难违。"

江海俊阴森地一笑："元帅，你在撤军之前，再立一大功，我已探明白了，白花现在南城子。元帅大军一出，不过两日，她那点残兵败将，都得当俘虏。"

留彦元帅在江海俊的蛊惑下，要在撤兵之前，捉住白花公主，一来消除后患，二来他也听说白花公主年轻貌美，他还有点私心。他亲率大军，向白花公主占据的旧堡寨杀来。

旧堡寨离洪尼城不过二十里，城里一有动静，很快就会传到这里。公主听到单祁兵杀来的消息，并没有怎么惊慌，大不了鱼死网破，一定和他较量一下。她令先锋陈大勇督兵埋伏在山脚下，待单祁兵到的时候抄袭他的后路，她自领军从堡寨杀出，里应外合，前后夹击，定能取胜。

部署的不能说不周密，计划的也很适当，但她遇见了高手，单祁元帅留彦不仅武艺高强，而且很有谋略，为人又谨慎小心。他虽有兵三万，但在异国作战，不敢掉以轻心。他要奏凯班师了，班师之前不能有丝毫闪失。他把三万人马分做三路，第一路冲锋打头阵，第二路殿后、防止抄袭；第三路留守，保住洪尼城，防备敖都国人马乘虚而入。因此，第一路抵达旧堡寨的时候，第二路刚刚出城。

且说留彦元帅率领一万单祁兵，到达寨前，白花公主领兵等候，公主兵少，留彦兵多，公主不敢硬拼，希望陈大勇抄敌兵后路，出奇制胜。她命点起号炮，号炮是命令，陈大勇的伏兵杀出，直抄单祁兵的背后。却不料，单祁兵第二路赶到，反把陈大勇围在了中间，一番厮杀之后，敖都兵败，陈大勇仗着马快枪尖，闯出重围，招集溃军，逃向山中。

公主见陈大勇兵败，知道中了留彦之计，她心里说，完了，看来老天爷要灭我敖都国了。

两支单祁兵把公主及其所部困在垓心。单祁兵越战越多，敖都兵越战越少。最后仅剩下江海云一人保护公主杀出重围，落荒而逃。

这要感谢留彦元帅手下留情，他事先下了军令，一定要活捉白花公主，不准伤害、不准放箭，这才使公主有冲出包围圈的可能。否则的话，后果还难说呢！

单祁兵大获全胜，平毁了堡寨。胜利收兵，返回洪尼。留彦也不知白花公主去向，他仅在洪尼城休息了一天，就拔营起寨，撤兵回国了。

江海俊并没有随同返回单祁国，他留在了洪尼，说是为单祁王看守这块地方，以免敖都国死灰复燃。单祁王也准许了，并给拨了五千精兵，归他调遣。这一来，江海俊的阴谋就算实现了一半。下一步他就要当敖都国的国王了，再下一步，再下一步……美梦成真，我江海俊也能坐江山了！好汉不怕出身低，汉高祖刘邦不也当过泗水亭长吗？朱温、石敬瑭、刘知远、郭彦威这些五代君王，他们不也出身草莽，干过鸡鸣狗盗、地痞无赖的营生吗？

江海俊正盘算着一步步爬上高位，做起飞黄腾达的美梦，忽然心中一动：不好，白花公主至今下落不明，死于乱军之中，还是被她逃脱了，也没有一个确切的消息。如果她还活着，她不能不报杀父之仇。留下她是个隐患，可现在又无处找她去。他派了多个细作，深入邻近屯寨，访察公主下落，多日并无消息。

一晃半年多过去了，又来到转年春暖花开之季，江冰还没有完全化开，背阴坡的积雪还没有全部融化。洪尼城又恢复了往日的繁荣，海郡王宫又粉刷一新，只不过换了主人。江海俊仍住在王宫里，他的妻子，那位单祁王的公主也被送来，同江海俊团聚，单祁公主对江海俊的所作所为毫不知情，更不知他曾经同海郡王公主私订终身之事。在单祁公主眼中，江海俊简直就是个灭掉敖都国的大英雄，是父王驾下的第一功臣。

忽然有一天，手下来报："驸马爷，城外来了一支人马，点名叫驸马爷出去。"

江海俊大怒："放肆！什么人敢这么大胆？"

"是海郡王的白花公主。"

"啊？"江海俊跳起来，"她终于找上门儿来了。"

正是：

黄粱美梦尚未醒，

对头冤家找上门。

要知白花公主从何处来，江海俊的下场如何，下段再讲。

第十三章 | 高人避世守陵墓
公主夜走依罕山

春回大地阳气生，
多年枯木又重青。
日月循环别昼夜，
季节往复辨秋冬。
古往今来千百载，
东西南北万里程。
人生尘世如做客，
功名利禄一色空。
叹凡夫争名夺利为私欲，
到头来三尺木柜把你盛。①
孝顺儿逢年过节奠杯酒，
不肖子枯骨荒郊眼不睁。
在世时多行善事人称颂，
去世后竹帛书勋载汗青。
如果你生前作恶行霸道，
在身后万古千秋留骂名。
邦无道才能人远投外国，
邦有道匹夫辈也能效忠，
为君者行仁政万民乐业，
为臣者善辅佐天下清平。
富不骄贪不谄世风纯正，
贫不安富不仁矛盾重重。
官无私民无欲公平社会，

---

① 多音字，念"成"，装的意思。

父则慈子则孝和睦家庭。
多行善少作恶必有好报，
少杀戮多放生广积阴功。
众明公我说此话你不信，
看一看周围多少活典型。
有的人改恶从善祸转福，
有的人怙恶不悛遭报应。
有的人犯了死罪上刑场，
有的人高墙电网进囚笼。
人都说善恶到头终有报，
任何人逃避惩罚万不能！
小子我开篇唱了劝善语，
望各位反思过去认真听。
且撂下三言五语题外话，
回头来再把正传表分明。
上段书讲过奸人江海俊，
逞凶暴洪尼城里抖威风，
派死党到处打探白花女，
现如今公主是他眼中钉。
白花女一日不获难安寝，
有她在耽误我的大事情。
忽然间手下来报不好了，
白花女率领军卒来叫城。
众明公若问公主因何至，
请听我一五一十说个清。

书接前文。

上回书说到江海俊千方百计打探公主下落，准备一网打尽，扫除他以后据城称王的障碍。敖都国人怀念旧主，白花又很有号召力。有她在，想当敖都国的国王也不是那么顺利的。"隐患必须消除"，他把公主提拔重用他，又私赠"龙凤剑"，背着父王自己做主，与他订了终身的婚姻大事全抛到九霄云外去了。此时的江海俊心里想着一件事，背叛单祁国，自己当王爷。单祁王根本不了解他的野心，令他镇守洪尼城，并把女儿单祁公主送到洪尼，也有点监视江海俊的意思。就在他为着白花公主下落不明而大伤脑筋的时候，不料白花公主带兵找上门来，指名叫江海俊出去见她。

但凡人若是做了亏心事，心里就不仗义。不管怎样天良泯灭的人，内心深处总有人性这股暗流在涌动，自然会产生怯懦的心理。天天打探白花公主下落的江海俊，一旦听到公主找上门来，他反倒没有主意了。他自知理亏，不该杀了她父王，这叫我怎样面对她。

不见是不行的。江海俊立刻传命："开城！"他带上单祁王派来的五千兵马，浩浩荡荡向城门飞奔而来。出得城来一看，果然是白花公主，她旁边的正是妹妹江海云，江海俊不由倒吸一口凉气，心里不住嘀咕：糟了！

他为什么会有这种心情？原来他一怕公主武艺高强，若交锋他不是对手。二怕公主的号召力，洪尼城的人们会响应她，有白花公主在，他的王爷美梦便做不成。又怕公主当面揭他种种丑行，扫他面子，动摇军心。更重要一点，他怕白花公主指出赠剑、骗婚的内情，传到单祁公主耳中，引起麻烦。

"量小非君子，无毒不丈夫"，干大事就得果断，不能瞻前顾后，藕断丝连。因此，他出城之前在城上埋伏了二百弓箭手，待把白花引到近时，一齐放箭，射死白花，他就平安无事了。可他万万没有想到，妹妹海云陪伴身边，与公主形影不离，这叫他心急火燎，懊恼万状。

总不能把妹妹也射死吧！我得把她引开。

这边白花公主见江海俊耀武扬威，率兵出来，一股复杂的心情油然而生，眼里射出仇恨的火花，银牙咬得咯咯作响："你这十恶不赦的贼子……"

有人问了，这白花公主被单祁兵追杀，部众四散逃亡，她在女侍江海云的保护下，闯出重围，落荒而走。单祁兵破了堡寨，也不追赶，留彦元帅收兵自去，返回洪尼。那么公主哪去了？怎么又会引兵攻城？且说公主脱离险境，举目四望，满是荒山野岭，部下军兵已经散失，只有海云一人随在身边。看看天色将晚，二人跑到一片树林下。前面是一座小山岗，二人急忙进入林内，下马歇息。白花公主抬头向上一望，只见石板铺的登山阶梯，上边是一个用土墙围起的院落，院落不大，院外的道路两旁摆着石人、石马、石狮子等物。她拾级而上，大红门上竖着一块匾额，隐约金字是祖陵两个大字。她明白了，这是她常听说的，自己不曾来过的祖先陵园，这里是敖都国几代海郡王的墓葬地。她想到祖先创业的不容易，由于自己的年幼无知加上任性，不辨忠奸又听不进良言，葬送了敖都国，害了父王。今日兵败，将士失散，无意中跑到祖陵避难，有何面目见祖宗陵墓！她凄惨地叫了一声："罪女白花，我对不起祖宗在天之灵！"她扑倒跪在大红门前，痛哭起来。江海云上前劝住。

"公主，悄声。莫叫敌人巡逻兵听见。慢慢想办法，再图恢复。天无绝人之路，吉人自有天相。"白花公主哪里肯听，越哭越恸，跪在门旁不起来。

这时惊动了几名看陵守墓的老人，他们从院内走出来，问道："这是何人如此哀恸？"江海云反问道："你们是何人？"

"王爷家奴，奉令看陵守墓。"

"既然你们是守陵人，应该认识王宫里的人，这是公主、王爷三女儿白花公主。"

一听是公主，守墓人劝慰道："王爷有难，我们也听说了。事已至此，哀恸何益，当振作起来，设法报仇，恢复先人基业，这样才能忠孝两全。"

公主一听，忙又给老人跪下："多承老人家指点，日后复国，不忘大德。"

守陵人不了解内情，光知道敌兵入境，攻陷都城，王爷罹难。遂说道："敌兵强大，暂时可避一避风头。"

公主说："我误用了一个人，没想到这人是个奸细，是他勾引敌兵，害我父王的。"

守陵老人勉励道："公主智勇双全，误中奸计，真是可惜。可是，敖都国几代相承，人民感恩，不会忘记故主的好处，公主要能重整旗鼓，抗敌报仇，人民都会相助。我看，逐敌于国门之外，这是不成问题的。那时，王子能回便回，万一回不来，公主可为敖都国主，继承海郡王位，上合天心，下符民意，重开国土，振兴祖业，这才是当务之急，望公主节哀三思。"

白花公主重给老人道谢，她知道，两位守墓老人是高人，谈吐不凡，这样人为什么派给守墓的差使，真是埋没人才。可她哪里知道，这两位守陵老人是因年轻时犯了死罪，被大金皇帝罚到北方服苦役。途经洪尼城，被海郡王留下，安排他俩看守祖墓，免去到寒冷的北方服劳役之苦，也有个安度晚年归宿。二人十分感谢海郡王，恪守职责，等于避世，却也过着无忧无虑、逍遥自在的日子。

据说，二人还是大金朝很有造诣的诗人，留有诗稿传世，可惜散失了。

白花公主谢过两位老人之后，止住悲戚。海云上来说："公主，咱们分头去搬救兵，收拢余部，速回救都城要紧。"公主道："你去找陈大勇他们，我去探访巴公爷的下落，只要找着他们二人，事情就好办了。"

江海云应声，下了石阶，骑上自己的马走了。公主不忘嘱咐："找到找不到都要快点回来！"

什么叫孤单，公主身旁并无一个随从，女侍多已失散。将士溃败之后，又分路逃窜，可上哪里去找呢？巴拉公当日降为都城守门的都尉，成了江海俊的下属，城陷之后，他那么大的年纪，能到哪里呢？

单祁兵虽破都城，可敖都国的人民并没被征服。江海俊只占一座孤城，洪尼城之外，还是完颜氏的天下，所以白花公主的败兵在哪里都能存身。公主要走了，她要去寻访旧部，聚拢士卒。守陵人提醒她："敌兵只破王城，敖都国的大好河山还在，公主还在，敖都国还是海郡王的天下。只要公主振臂一呼，就会有万人相从，何患不能抗敌复国。"

"多谢了。"公主又行了一礼，"陵寝重地，有劳老人家，拜托了。"

"公主只管放心，我们在，陵墓就在。"

公主辞别老人，跳上白龙马，向山间小路，急奔东南而去。

距陵墓不远有一座山城，叫依罕城。相距也就三十里，不过都是山路，平常很少有人走，显得荒凉。公主为什么奔依罕城呢？依罕城主是她的舅舅，名叫布哈屯，女真人，拿懒氏。依罕城建在山上，下有依罕河环绕，地势险峻。城是前代所建，海郡王派妻弟布哈屯把守，是敖都国的屯兵、屯粮的要地。距洪尼城六十里，因是山区，交通不便，信息不灵，布哈屯并不了解洪尼的情况，仅听一些谣传，他也没很在意。因为他们有约，都城如果发生变故，举烟火为号，就是山上每隔二十里设一墩台，从洪尼到依罕山城共设三个墩台，也叫烽火台，有人看守。平时多积薪柴，特别要备用一种特殊的引火之物，那就是晒干了的狼粪，狼粪晒干是白色的，柴草燃起后，加上狼粪，浓烟就会拔高，很远就能看见。第二个、第三个墩台见了烟火报警，相继点燃，依罕山城就要出兵援救都城，俗称"点狼烟"。狼烟就是调兵的命令。那么为什么单祁兵围洪尼，没有点狼烟呢？因为江海俊执掌守卫都城大权，他不下令，谁敢点火？所以依罕城一直认为都城平安无事，待谣传洪尼城陷，国王被杀，布哈屯得知消息已经晚了。因不知敌兵虚实，谣传有十万之众，布哈屯没敢轻举妄动，只派人探听情况。

白花公主的到来，这一下他全清楚了。海郡王遇难已成事实，那么姐姐呢？她可是敖都国的王后，是死是活，目前还没有人知道准确消息。

布哈屯心里惦记着姐姐，又怜惜这个聪明伶俐的外甥女，遭此大劫，国破家亡，所幸逃出了虎口，那就有一线希望。

布哈屯一面安排外甥女的食宿，一面安慰她道："孩子，不要难过，事已至此，岂非天意！你先住在我这儿，山城虽小，地势险要，易守难攻。我还有三千人马，粮草充足，可以再招募一批，统统交给你，收复洪尼，指日可待。"

次日传出，白花公主在依罕山城招兵买马，准备反攻洪尼，收复都城。敖都国的人民一听公主还在，纷纷来投，为国杀敌，自愿效力。逃散的兵将知公主有舅舅相助，重整队伍，决心抗敌，也自动归队。不出半月时间，已聚集了三千多人的队伍。加上依罕城守军，又有了一支六千人的队伍。

江海云也找到了先锋官陈大勇，公主手下原有八员部将，除了阵亡一名、失踪一名，其余六人也自动归队。可是，公主随侍的十二名女卫，仅回来六人，另一半下落不明。

公主心中无比愤恨，这都是江海俊那个奸细造成的，我一定要亲手杀死他，为我的父王、我的将士、我的女侍报仇。

洪尼城虽被江海俊窃据，单祁国留下的五千人马，因不熟悉敖都国的环境，况且洪尼城周围山环水绕，他们是草原生活的人，在这种地方还有些不习惯。因此，人人思归，个个厌战，仅仅几个月光景，就军心涣散了。

这个情况，已被白花公主打入都城的细作探知。公主见机会成熟，该是讨伐江海俊，收复洪尼城的时候了。她传齐全军将士，誓师复仇，夺回都城，重建敖都国。一时群情激愤，士气高昂，决心跟着公主报仇雪恨。公主留下舅舅布哈屯坚守依罕山寨，还是令陈大勇为先锋，自率聚拢的三千人马，向洪尼城进发。

沿途村民得知公主起兵收复都城，好些人自动加入，农民、猎户、渔夫、工匠，近千人补充到队伍里，一时来不及打造兵器，这些人就自想办法，射猎的弓箭，种地的农具，工匠炉的锤钳，甚至渔船用的梢竿、划板也用上了，真是同仇敌忾、众志成城。这些玩意虽然说提高不了战斗力，但精神可嘉，人心不可侮。

依罕山距洪尼城不过五六十里，可全是山路，大军走了两天才到洪尼城下。幸好一路顺畅，并没遇见单祁兵阻拦，行军还是顺利的。

洪尼城四门紧闭，戒备森严。陈大勇就要攻城，城上备有弓箭手，强攻势必伤亡惨重。公主要把江海俊引出来，在战场上捉住他。这才亲自叫城，指名要江海俊出来搭话。

江海俊真的出来了，而且耀武扬威，不可一世的样子。别看现在的江海俊趾高气扬，装腔作势，可他心里是虚的，什么叫色厉内荏？江海俊此时正应了那句话。他理亏心虚，却又强打精神，在马上一抱拳："公主，久违了。江某天天盼你，今日果然把你盼回来了，请你跟我进城吧，我已经给你准备好了宫室，你愿意住百花厅也可……"

"住口！"

江海俊还是那一套油腔滑调的无赖相，早把公主气得咬牙切齿："你这丧尽天良的贼子……"

　　　小公主一见仇人气满腔，
　　　骂了声无耻奸贼丧天良。
　　　悔当初好坏不分上你当，
　　　险些又托付终身招东床。
　　　表面上花言巧语将我骗，
　　　却怀着鬼蜮之心似豺狼。
　　　我父王待你天高和地厚，
　　　而你却将他杀害为哪桩？
　　　我赠你龙凤宝剑传家物，
　　　而你却使我国破又家亡。
　　　我待你心地无私量才用，
　　　而你却生着一副坏心肠！
　　　一宗宗一件件历历在目，
　　　人比心心比人正正堂堂。
　　　古人云积善之家有余庆，
　　　奸佞辈作恶之人有余殃。
　　　你现在所作所为伤天理，
　　　看一看过往神灵在上苍。
　　　白花女越说越恼心越恨，

海俊说公主息怒听端详：
公主你休当我是穷猎户，
我本是单祁王女如意郎。
奉王命只身到此来卧底，
为的是刺探军机回故乡。
这也是各为其主不由己，
食君禄为君分忧请原谅。
公主问因何叛国投异域，
海俊说为建功业把名扬。
公主问害死我父因何故？
海俊说我没动手他自戕。
公主问巴拉公爷在何处？
海俊说被我斩首一命亡。
公主问巴拉尸身埋哪里？
海俊说城东江边芦苇塘。
公主说巴拉早就看透你，
可惜我不纳忠言自主张。
江海俊一闻此语哈哈笑，
老铁头得罪本宫必须亡。
白花女一听铁头把命丧，
骂一声狠心贼子太猖狂！
你看她催动坐下白龙马，
抖一抖手中铁杆亮银枪。
对准了江海俊咽喉就刺，
江海俊挥舞大刀招架忙。
擂鼓声臀喇声声震天地，
旌旗展号炮响尘土飞扬。
一个要复国杀敌逐贼寇，
一个要清除后患做君王。
亮银枪枪枪不离胸和肋，
鬼头刀刀刀直奔后脊梁。
亮银枪神出鬼没龙蛇舞，
鬼头刀大鹏展刺鸟飞翔。

说什么棋逢对手难胜负，
有道是匠遇良材细掂量。
众三军眼花缭乱齐喝彩，
城上下旌旗招展闪红光。
他二人两马相交五十趟，
分不出谁输谁赢各逞强。
转眼间野鸟归林天色晚，
西天外一轮红日落山冈。
江海俊筋疲力尽喘粗气，
白花女汗流浃背湿衣裳。
他二人鏖战多时难分解，
忽听见收兵金锣响铿锵。
白花女闻声拨开白龙马，
骂一声贼子不要太嚣张；
本公主今日暂留你狗命，
待明天必定叫你见阎王！
江海俊一闻此语哈哈笑，
我要是捉不住你不姓江。
看在你赠剑情分饶过你，
想活命趁早下马来投降。
江海俊收兵回城咱不表，
小公主走进营寨暗悲伤。
这奸贼武艺高强力又大，
看来我报仇复国更渺茫。
城里有单祁精兵五千整，
我这些残兵败将难抵挡。
无奈何请求舅父来助阵，
布哈屯连夜带兵离山冈。
白花女二打洪尼也难胜，
单祁兵勇猛善战似虎狼。

　　白花公主同江海俊交战了一天，她领教了江海俊的厉害，知道难以取胜，便派人回依罕城，请求舅父来助阵。布哈屯连夜带兵前来，两支人马合兵一处，还是采取围困的办法，把东城和南城围个水泄不通。为什么没有围困北城和西城？因为北西两面濒临粟末水，大江环绕，不用分散兵力。白花公主心里说，江海俊，这回看你往哪里跑，我一定把你困死，来个瓮中捉鳖，用你人头祭灵。

洪尼城里的江海俊见白花公主搬来援兵，把城困住，他也有点惊慌。心想，这敖都国是你完颜氏的天下，臣民都服从你，这样下去不是好事，我必须把你捉住，你旗倒兵散，看你还有什么章程！他手下有五千单祁兵，这回该派上用场了。

次日天明，江海俊点齐五千单祁兵，开了北门，从北城绕到东城。洪尼城不是很大，拐过城角就和攻城的白花人马接触上了。单祁兵人高马大，精于骑射，直扑攻城部队，白花公主也只好停止攻城，与他摆开阵势，准备交锋。不想单祁兵像下山的猛虎，锐不可当，转眼间就把白花的人马冲得七零八落。白花公主的兵虽多，良莠不齐，还有一些是临时招募来的和村民自投来的，有的甚至连兵器都没有，光凑数，没有战斗力。单祁兵一冲，很快就垮了，倒是围攻南城的依罕山兵稳住阵脚，不致全军溃败。

江海俊远远望见军中一员女将像一朵白云飞舞，知是白花公主，他催马赶了过去："今日不捉住你，决不回城，你往哪里跑！"

正是：

"好人自古多磨难，奸雄今日也嚣张"。

欲知白花公主能否躲过这场劫难，下回详叙。

第十四章　寻胞姐窒北借兵
求女侍洪尼调寇

西江月：

> 天上浮云翻滚，
> 江中碧水清流。
> 循环往复无尽头。
> 世事哪堪回首！
> 人生依稀过客，
> 历史充满情仇。
> 龙争虎斗几时休，
> 唯有山河长久。

上回书说到白花公主报仇心切，领了几千临时募集的人马，兵伐洪尼城，同江海俊一对一地打了一仗。这是她第一次同江海俊真刀真枪的一场决斗，自感不是对手，那江海俊无论是武艺还是力气，都占上风。天黑收兵，使她有了喘息的机会，不然，结果那就难说了。公主是个宁死不屈的人，她不会自己主动认输，硬着头皮也得坚持，两边将士都在看着。这一仗，勉强算作平局，可是公主心里有数，这么下去，要收复都城怕是遥遥无期，她拖不起，于是立刻派人去依罕山请舅父助战。依罕城主布哈屯起兵连夜赶来，两支人马合兵一处，将洪尼城东南两面围困起来，结果还是不行，单祁兵出城，冲散了白花公主的队伍，唯有攻南城的依罕山兵训练有素，布哈屯深有谋略，才稳住阵脚，不致全军溃败。

单祁兵在南城受到了阻击，混战了一场，最后不得不退回城里，双方又是一个平局。

白花公主来见布哈屯，向舅舅表示感谢。

布哈屯说："这么下去肯定不行，凭咱们的力量，恐怕赶不走单祁兵。要求援，请外援帮助复国。"

白花说："朝廷太远，指望不上，近处又没有同我们靠近的人，除了舅舅你老人家，想不到还有什么可以借助的人。"

布哈屯想了想，忽然眼睛一亮："我倒想出个好主意，你那两个姐姐家不是很有势力吗？何不求求他们。"

一提起两个姐姐，白花公主就气不打一处来。

为什么？

本书开头提过，海郡王所生三女一子，长女红花，十七岁时，同白山国联姻，嫁给了白山王子，两家结了亲，应该和睦友好吧，可事实并非如此，白山国自恃强大，根本不把个小小的敖都国放在眼里，反而规定敖都国年年向他供奉鲜鱼，为祭长白山神所用。海郡王一怒，两国断了交往，至今已有十年没有联系了。

二姐黄花，五年前出嫁雅挞澜水的席北部，但这个部落虽受金朝皇帝册封，他却暗中与蒙兀儿沟通，名义上为金朝藩属，暗中却为蒙兀儿国效力。蒙兀儿东来，是迟早的事。海郡王本以为席北部毗邻而居，互为依靠，却不料成了隐患，与狼为亲，悔之已晚。

自白花公主长大成人以来，就很少见到姐姐的面儿，亲情自然淡漠。如今国破家亡，两个姐姐却无一个人过问。敖都国发生那么大的事情，几乎传遍关东大地，他们难道一点消息也得不到吗？

今天舅舅提到两个姐姐，白花公主的气就不打一处来。她摇摇头说道："咱谁也不指望，她们有心帮助，还用请吗？"

布哈屯咳了一声说："到底孩子气。也可能他们有她的难处，也许，他们不知情。"

"得了吧。就算大姐在白山国，离这远，一时半会儿还传不到那里；可二姐的席北部离这也不过两百多里地，总不会连一点消息也听不到吧？"

"也是，也是。"布哈屯说，"这么的吧，我去一趟席北国，找找你二姐；你派人快马去白山国，给你大姐送个信儿，就说你父王宾天了，看她有什么打算。"

公主还是不肯，表示宁死也不愿意求他们。

布哈屯叹了口长气道："小孩子脾气要不得，正事还得正办。不求援，凭咱们的力量，不行。就这么定了，我立刻去室北部。"

白花公主给舅舅行了叩拜礼：

"有劳舅舅了。白山方面，我立即派人连夜去送信。"

"这就对了。"

布哈屯已经五十多岁了，体格健壮，精力旺盛。他带上两个戈什哈①，飞马奔雅挞澜水的席北部而去。公主随即派出心腹侍从昼夜兼程，去白山国报信儿。

白花公主暂时退兵十里，等待两处的消息。城里不知虚实，也按兵不动。

回头先说布哈屯，快马加鞭跑了一天一宿，这天来到席北城下，叫开城门，见到了几年不见面的二甥女黄花。黄花知舅舅突然上门必有急事，忙问原委。布哈屯这才明白，原来黄花对敖都国发生的事情，毫不知情。他急得一跺脚："咳！误事，误事！"

黄花问："出了啥事儿？舅舅别着急，慢慢说。"

"二甥女，你听了……"

　　　　布哈屯未从开言心里焦，
　　　　叫一声黄花甥女听根苗：
　　　　自从你嫁到室北五年整，
　　　　没听说你回娘家走几遭。
　　　　你父母想念女儿常垂泪，
　　　　你小妹盼望姐姐直念叨。
　　　　本来是国泰民安太平象，
　　　　不料想单祁兵马动戈矛。
　　　　三万人大军围城半个月，
　　　　你小妹少年挂帅胆识高。
　　　　常言说众寡不敌非虚话，
　　　　单祁兵夜半埋伏夺浮桥。
　　　　小白花支撑不住败了阵，
　　　　率领着残兵败将落荒逃。
　　　　一路上士卒散尽无人助，
　　　　她孤身跑到依罕把门敲。

---

① 护卫。

谁承想敌兵攻城洪尼破，
你父王扔下江山赴阴曹。
黄花女一听父王身被难，
哇一声呼天喊地哭号啕。
布哈屯劝慰甥女且息痛，
你小妹起兵报仇更辛劳。
现如今两军相持难取胜，
念亲情出兵相助在今朝。

　　黄花公主到现在才知道洪尼城陷落，父王被难，心中大怒，立命人把驸马，也就是席北王子叫来，怒气冲冲地质问道："你不说敖都国平安无事，天下太平吗？怎么敌兵攻破都城，父王遇害，我怎么一点儿也不知道？你们对我封锁消息，隐瞒真相，这是为什么？"

　　席北王子是个老实又软弱的人，他懦怯地说："其实消息早传过来了，父罕吩咐，不准让你知道，怕你着急上火……"

　　"呸！"

　　黄花大怒："你们父子这几年就欺骗我，怕我泄露你们勾结蒙兀儿鞑子，阻止我回娘家探望父王母后，你们想干什么？今天让舅舅评评理。"

　　席北王子被质问得哑口无言。

　　布哈屯怕事情闹僵耽误大事，忙从中调解道："你们家事，以后再论。现在洪尼那边军情紧急，出兵援助是当务之急。"

　　席北王子十分委屈地说："我知道这么做不对，可是我做不了主，这都是父罕的主意。"

　　"那我见见你父罕。"

　　布哈屯在席北王子的引导下，来到席北达罕的住所，是一座高大的院落，比起洪尼城里的王宫，也差不了许多，应该是全城最好的宅院。席北俗，儿子娶妻必须自立门户，有的还要远离王城，守卫边关。席北达罕是一位年过花甲的老人。他的部落很大，人口众多，是独立于猛安之外的皇帝藩属。席北人与拓跋鲜卑同源，后支分化，一支被迁徙到雅挞澜水，自成部落，受金朝册封。可是他们却同金朝三心二意，暗通蒙兀儿部，因敖都国海郡王是金朝完颜氏，席北达罕明知单祁兵入侵，攻破洪尼城，却不肯援助，并对他的儿媳黄花公主封锁消息。老达罕知道，这个儿媳脾气暴躁，又武艺高强，明的他不敢惹，他就拖，拖延时间，待单祁兵退走之后，他再出兵收拾残局，吞并敖都国领土。

布哈屯找上门来，真相已经暴露，看来是瞒不下去了，海郡王虽死，三女白花还在，这个小姑娘比她两个姐姐还厉害几倍，眼下还得罪不得。达罕只好热情接待布哈屯，强装殷勤，下堂迎接，不住亲家长亲家短叫个不停。他们以前见过面，打过交道。布哈屯免去套话，直截了当地问道："敖都国有难，我这次来是求援，我的二甥女要去帮助妹妹复国报仇，你能给多少兵马？"

"这个，这个……"达罕没有思想准备，支吾了半天，勉强蹦出一句，"室北部落弱小，我给她凑五百人吧。"

"不行！"

黄花公主尾随他们而来，她没进屋，站在门外听见了。突然喊了一声就进到屋内，屋里人都吃了一惊。

黄花进屋便说："我父王遇害，你们瞒着我，我妹有难，你们又不帮，五百人还不够垫马蹄子的，我要三千兵马，三千，听明白了吗？"

"三千？这个，"达罕从来不敢惹她，为难地说，"席北国统共只有三千兵马，你都带去，那国中有事咋办？"

"这个我不管！"黄花公主坚持道，"救兵如救火，今晚就动身。"

看看达罕没有反应，布哈屯说话了："亲家，这只是借兵一用，事毕如数奉还，如有伤亡，敖都国赔偿，你信不过敖都国，我依罕山城出面担保。"

达罕见事已至此，也不好再推脱，遂不很情愿地答应下来：

"亲家远道而来，这点面子我得给。公主你早去早回，胜利而归。"

就这么简单。

黄花公主点齐三千席北兵，连夜赶赴敖都国。

黄花女催动三军走得急，
你看她心急火燎奔洪尼。
没想到国破家亡遭劫难，
没想到敌兵入境覆根基。
自从打嫁到室北五年整，
好比那珍珠美玉落污泥。
席北国人心险恶反骨大，
老达罕多奸诈言行不一。

明面上归服金朝受封号，
背地里勾结蒙鞑令人疑。
大金国江山有风吹草动，
席北王说不定易帜换旗。
说什么两国联姻多亲善，
原本是同床异梦假夫妻。
凭着我武艺高神通广大，
老达罕父子不敢把我欺。
常言说虎老还有雄心在，
海郡王威名远震贯东西。
现如今父王不幸身先丧，
从今后阴阳相隔两分离。
为复仇抛去昔日恩和怨，
同小妹齐心合力破强敌。
黄花女坐马上胡思乱想，
布哈屯靠近前来把话提。

布哈屯看出来黄花公主对席北国达罕父子好像没有感情，他将马一提，靠近黄花，试探地问道："这次出兵，为什么不带上驸马，让他建功立业，提高一点威望，将来也好出人头地。"

不想黄花厌恶地一摇头："舅，你没看出他那份儿德行。不行，那是个废物！父王怎么把我嫁给这样一个窝囊废，因为这，我很少回洪尼探亲。"

"他好赖是王子，将来继承达罕。"

黄花公主一笑："舅你是不知底细，他能继承罕位？下辈子吧！他兄弟五六个，哪个都比他强，怎么也轮不到他。"

果如黄花所言，十年之后，王子不但未能继承罕位，席北部发生内乱，达罕家族大半被杀，王子也未能幸免，唯黄花逃过一劫，远走高飞，不知所终，这已是敖都国灭亡以后的事了。

且说黄花公主率领三千室北兵，马不停蹄，只需两日，便来到洪尼城下。白花迎入中军，姐妹叙几年来别情，从黄花口中得知二姐嫁席北王子不情愿，因此几年不回娘家，如今父王已殁，一切积怨也释然了。白花也消除了对二姐的误解，姐妹二人抱头痛哭。发誓报仇，赶走强敌，除掉江海俊。

有了席北国这支生力军，白花公主信心百倍，两股人马合在一处，军威大振。此时洪尼城里并不了解外边情况，还在陶醉于胜利的喜悦当中。江海俊认为白花已经无路可走，不来投降就被剿灭。

布哈屯提议，暂且不要攻城，等一等白山国的消息。如红花能发兵来助，力量更大，可一鼓作气拿下洪尼。白花姐妹从其言，按兵不动。

七天以后，去白山使者回来，传来了不利的信息：原来白山国发生变乱，白山国大王府被外族攻占，大王被杀。王妃红花公主越过鸭绿水，逃到朝鲜国去了，至今下落不明。这是一个月以前发生的事，正是单祁兵攻破洪尼不久，如今的白山国换了主人，宣布脱离金朝，独立自主了。

白山国原是辽朝设立的白山女真国大王府，由契丹人做大王，统治长白山地区女真人。金灭辽，白山国仍保留，只是大王换上了女真人。金朝后期，白山国统有二十部，势力较大，海郡王把长女红花公主嫁给了白山国年轻的大王，两国联姻。不想红花一去不返，外嫁这两个姐妹，看来都不满意她们的婚姻，疏远海郡王。

既然大姐家出事，白花公主指望不得，她只有怀着悲愤而复杂的心情，讨伐入侵之敌，复国报仇。

如今的白花公主，和从前的白花公主判若两人。国破家亡的惨痛教训，几次攻城受挫的严酷现实，又知道战场上两马相交并不是江海俊的对手的不利条件，她终于从狂热中冷静下来，她不再单纯幼稚，成熟得多了。二姐的三千席北兵前来助战，她也未敢盲目乐观，当日同二姐黄花、舅舅布哈屯、先锋官陈大勇商量攻城破敌之策。洪尼城高池深，两面环江，单祁兵精于骑射，江海俊诡计多端，武艺高强。白花公主明白，这次是她最后的复仇机会，如果这回不能取胜，那收复都城，为父报仇的希望就落空了，她再也找不到可以求助的力量。

布哈屯在这些人中是长者，为人也沉着冷静，机智果敢，虽然武功也不错，但毕竟上了年纪。他不能忘记，前几天围城之役，却被单祁兵连冲二门，若不是依罕山兵挡他一阵，稳住了阵脚，恐怕那次就要全军崩溃了。他领教了单祁兵的厉害，提出个办法：要把江海俊引出来，和他一对一。只要制住他，单祁兵不战自退，收复都城就有望了。白花说，那个奸贼非常狡猾，引他出来，见别人他必生疑，看来只好我自己出面了。

这是唯一可行的办法。

那么，谁去给江海俊送信儿呢？白花公主想出一个人来："只有派她进城，能把那贼子引出来，别人他信不过。"

这个人是谁？不说大家也能猜得到，白花公主身边女侍，江海云，她是江海俊的亲妹妹。

且说江海云领着一伙女侍，一直跟在公主身边，形影不离。公主落得这般光景，她心中有些愧疚，她万万没有想到，哥哥江海俊还是这么一个凶狠残忍的魔鬼，表面上看，文质彬彬、多情多义。公主那么关心他、器重他，他却干出这么伤天害理的勾当来，真所谓"画龙画虎难画骨，知人知面不知心"。公主遭此不幸，多多少少与自己有点干系。为帮助公主早日摆脱困境，我当为公主做点什么，拿住这个忘恩负义豺狼不如的江海俊，以报答公主的恩情。

公主叫过海云："你哥害得我好苦，他骗了我，害了我父王，此仇不共戴天。我就想拿住他，问问他为什么这样绝情？现在他龟缩城中不出，你能不能帮我把他引出来，我们俩的事情该有个了断。"

"愿意为公主效劳。"

"我无路可走，你哥把我逼上了绝路，我不得不下决心，除掉他！"

"他不是我哥！"海云说，"我们江家祖祖辈辈都是忠厚老实人，没他那个狼心狗肺的歹徒。公主让我做什么，海云万死不辞。"

"你真是我的好姐姐。"公主说了，"江海俊那厮躲在城里不出来，我想请你辛苦一趟，进城把他调出来。"

海云欣然领命："我这就去，见了他怎么说？"

"只要能把他调出来，你怎么说都可以，随机应变吧。"

"好。海云为了公主，上刀山下火海，我不在乎。"

"还是多加小心。"

海云辞别公主，来到东门，对城上喊话："我是江海云，进城有事见我哥哥江海俊。"

守城兵卒不敢怠慢，跑进王宫，报告江海俊："禀驸马爷，城外来一女子，说有事要见她哥哥。"

江海俊一惊："她叫什么名字？"

"她自报名姓，说叫江海云。"

果然是她。江海俊也急于打探白花公主行踪，吩咐开城放人。

江海云被领进王宫。这时的江海俊可不是从前的江海俊了，也不是海郡王驾下那江参军，他是单祁王驸马爷，又是主宰洪尼城没有称王的王子，好不威风。

江海云压住满腔怒火，心想，世上还有这样丧心病狂的人！干了些伤天害理的缺德事，居然还摆起排场来。她静一静心，消一消气儿，把早已想好的话说出来：

"哥，公主现在请来几支人马，少说也有两三万，在攻城之前，让我转告你，她想同你和解，她没有忘赠你的龙凤宝剑，她还对你有情。"

"怎么个和解法？"

"公主说了，她要同你当面商量。你要是不出去，大军可要攻城了。"

"吓唬谁？"江海俊冷笑一声，傲慢地说，"我还不知道她那两下子？你叫她有本事就使吧。"

江海云没想到她哥哥如此趾高气扬，目空一切，更增加了几分愤慨。

"我实话告诉你吧，是公主派我来的。她对你还有一点情意，所以要同你讲和。你知道她借的是哪路人马吗？"

"不就是依罕山有个舅舅吗？我也不是没领教过。"

"你错了。"海云说，"大公主带白山国的军队，二公主率室北国的人马，合到一起好几万，你那单祁兵能招架得了？"

江海俊早知道白花有两个姐姐嫁到外国，这白山国、室北国都是强国，他们出兵，怕是要麻烦。他软了下来："我同意讲和，我要见见白花公主。"

江海云见他上钩，平静地说："这是军事秘密，你是我哥，我才向你透点消息，好坏自个儿拿主意吧，我的事完了。"

"你回去告诉白花，明日，我要见她，在东门外，就我和她两个人。

"那是自然。"

正是：

奸人狡诈千百倍，

也有利令智昏时。

江海俊被诓出城，白花公主大破敌军，复国报仇，全在下回书中详述。

第十五章 | 刺小妹恶徒施暴
诛奸究公主还朝

说的是风和日丽艳阳天，
粟末水碧波荡漾起漪涟。
敖都国土崩瓦解成历史，
海郡王稀里糊涂赴九泉。
白花女孤苦伶仃悔又恨，
想当初意气用事拒良言。
江海俊花言巧语将她骗，
小公主背着父母订姻缘。
现如今清醒过来悔已晚，
发宏愿誓与父王报仇冤。
席北国借来兵马三千整，
有二姐黄花公主来助咱。
怕只怕单祁军卒多骁勇，
唯恐怕打起仗来力量单。
无奈何定下一条诱敌计，
我叫它兵将分离难顾全。
派海云进城去见她兄长，
我与他双方和解当面谈。
只要那奸贼不带兵和将，
我与他单人独马斗一番。
别看他武艺高狡猾奸诈。
丧天良心气虚外强中干。
只要我沉住气略施小计，
战胜他拿住他并不困难。
擒贼要先擒王部下必散，

冲阵要先砍旗破敌在前。
或成功或失败在此一举，
求上天过往神灵保佑咱。
小公主端坐马上暗祷告，
洪尼城东门不远在面前。

　　且说白花公主与众人约定，我今日单枪匹马去会一会江海俊那歹徒，只要他出城，我把他引开，大军立刻攻城，并切断后路，使江海俊欲退不可，城里单祁兵再多，无人指挥，必乱，可大获全胜。至于我如何不要管，我自有对付他的办法。

　　尽管白花这么叮嘱，大家还是放心不下，布哈屯还是派几百人跟随，远距离暗中保护。一旦发现情况不好，立即冲上去解救。

　　小公主刚到东门不远处，遥望城门。不多时，城门大开，放下吊桥，江海俊骑马冲出来。白花公主本来是仇人见面，分外眼红，可她今天非常理智，强压怒火，首先搭话：

　　"你今天很守信。"

　　江海俊奸笑道："公主召唤江某，敢不遵命吗？"

　　"海云跟你说了吧？"

　　"说了。你不是要和解吗？这就对了。你一个女孩子，这么闹下去多咱是个头？你归附我，帮我治理好敖都国，照样享受荣华富贵。"江海俊为了打消她的心里积怨，又欺骗她说，"其实，王爷不是我杀的，可能是自杀。"

　　"事情发生了，也过去了，就不要提它了。我约你出来，是讲和，不过我有个条件。"

　　"什么条件，你说。"

　　"你我单独较量一番，你要赢了，我就归附你。"

　　江海俊心里说，那天同你斗了大半天，本来你就不是我的对手。今天又提要单独较量，是不是她又有了什么鬼点子？这我也不在乎。他望一望前后左右，没有什么人在附近，南城方向有大队人马，距离较远，四周平衍，远方有几处林木，也埋伏不了几个人。他放心了，白花不是他的对手，他心里有底。

　　白花又提出，下马步战。长兵器用不上，就用龙凤剑，江海俊不是也有一柄吗。

二人下了坐骑，白花公主把点钢枪插进土里，把马拴在枪杆上，亮出了龙头剑，拉开了架势。江海俊拔出了凤尾剑："请吧。"

古代搏斗有一个规矩，男女交锋，女的先动手，龙凤剑对峙，龙剑先启式。白花公主也不客气，照准江海俊就是一剑，江海俊急架相还，两个人就在草地上厮杀起来。

在马上交锋，白花公主同彪形大汉江海俊来比，不占优势。在地上步战就不同了，她轻便灵活，又有一身轻功，显得得心应手，颇占主动。为了把江海俊引得离城远一点，白花并没使出真本事，边打边退。江海俊依然认为白花公主不是对手，步步紧逼，不知不觉，白花公主后退有十里之遥。这时忽听一声炮响，金鼓齐鸣，牛角号声此伏彼起，无数兵马向洪尼城冲去，江海俊猛醒，我中调虎离山之计了。他急转身想要回城，可是已经晚了，不但战马离得老远，他够不上；只见一股军兵杀过来，把四门围住，就是骑上战马也回不去了。城里的单祁兵无人指挥，后果难料。至此，江海俊才知中了白花公主之计。他冷笑一声："没想到，看来，我小瞧你了！"

"你这十恶不赦的贼徒，早该有今日的下场。"

这时，一匹马飞快地跑到近前，边跑边喊："公主，住手，我有话说。"

江海云来了。她对二人说："江海俊，你还是我的哥哥，赶快跪地投降吧，公主请看在我的面上，放他一条生路，叫他在大牢里面壁悔罪吧。"

江海俊看妹妹骑马前来，心里说好哇，你们串通一气，合谋骗我，休怪我无情。

"行，我认输，我投降。你下来做个见证。"

海云听了，随即跳下马来，江海俊一个旱地拔葱，跳上海云的马，要打马逃走，海云死死抓住马缰不放："公主，你快来，他要跑！"

"放手！"江海俊火冒三丈，不住催马，马就地打转，无法挣脱。这时，白花公主赶到近前："海云，你松开，我看他往哪跑！"

海云还是不松手，江海俊眼露凶光，对着他妹妹江海云就是一剑，刺中咽喉，海云立时气绝身亡。

"海云！"白花惊叫一声，"我的好姐姐！你这是何苦……"

谁想，海云中剑时一把拽住江海俊的衣襟，松开缰绳，马嘶叫一声飞驰而去，江海俊却被拖下马来。白花公主手疾眼快，一剑砍在他的胳膊上，一只手掉了下来。这正是拿剑那只手。白花捡起宝剑，踢了他一脚："天下哪有你这种狠毒之人，自己同胞妹妹也不放过，你还有点人性没有？"

江海俊这时候才知恶贯满盈，死期到了。"你杀了我吧，我该死。"

白花公主冷笑一声："别着急，想不到你也有今天！你杀了我父王，毁了我国，你的威风哪去了？现在怎么想死？"

人都说，受剑伤的时候，当时并不觉得疼痛，一刻时辰以后，才开始剧痛。江海俊当然也不能例外。他现在已瘫倒在地，什么本事也没有了。

公主扶起海云，流下了泪水："我的好姐姐，你怎么舍我而去，我现在连一个亲人也没有了……"

这时，黄花率领室北兵，已经攻入洪尼城，单祁兵开北门逃走，逃回陶温水草原上去了。江海俊之妻单祁公主深居宫里，来不及逃出，被室北兵俘获。

黄花杀败单祁兵，布哈屯制止追杀，如今白花不知下落，赶紧派人寻找。一面出榜安民，洪尼城又回归敖都国，可是海郡王已不在了，白花公主继承王位，是顺理成章的事。

可是，白花公主在哪里呢？

白花公主见海云死得如此惨烈，用剑指着江海俊说："你死到临头还作孽，刺死你的亲妹妹，我要剖出你心肝，看看到底是怎么长的。"

江海俊此时用一只手支撑，跪地叩头："我该死，我该死，求你给我个痛快，让我少遭一会儿罪，请你看在赠剑之谊，我该死，我不是人！哎哟，疼死我了……"

白花公主看他这副狼狈相，又气又恨，厌恶地斥道："你害我父王的时候怎么不看我赠剑之谊？要想痛痛快快的死，不受苦，你要回答我几宗事。不然，我砍下你双腿，让你流干鲜血，慢慢地死去。"

"我啥都说，决不隐瞒。"

"第一，我父王金身在何处？第二，巴公爷哪去了？第三，我母后和宫里人，是否还在世？"

江海俊呻吟几声，老老实实地回答道："王爷尸身在点将台旁的地窖里；巴里铁头被我杀了，尸体埋在江边的沙滩里，王后和宫人藏匿到民间，都还活着。全是实话，没有一句虚言，哎哟！哎哟……"

这时候，布哈屯带领人马找到这里，白花说："江海俊，我叫你死个明白，你是敖都国的人，却背叛敖都国，为单祁国效劳，弑君夺位，本该千刀万剐，考虑到本宫也有过错，今判你斩立决，行刑！"

江海俊被砍了头，结束了他凶狠、奸诈、龌龊而又野心勃勃的一生，落了个死无葬身之地，而又身首分离的下场。

人在做，天在看，冥冥中自有主宰，想逃也是逃不掉的。这就叫"善恶到头终有报，只分来早与来迟"！

白花公主吩咐，把江海俊的首级送到城里，命人刨开地窖，寻找海郡王尸身，以便安葬用它祭灵。海云尸体用布包扎，买棺盛殓。又令几十名军士，在江边沙堆里寻找巴拉公的尸骨。果然在一个沙包里，找到了一具没有头颅的尸体，因埋在沙丘里，尸体只是干燥，并没腐烂，白花一眼就看出是巴拉公，她走到近前，双膝跪倒，连磕了三个头：

"巴公爷，是我害了你老人家，我向你请罪……"

她思前想后，百感交集，痛哭不已。众人相劝，都对巴拉公的死，感到惋惜。白花公主吩咐就地埋葬，从城里运来一副棺椁，在铁匠炉打造一个铁人头，安到巴拉公的尸身上，算是全尸而葬，他也就成了名副其实的巴里铁头了。

巴里铁头坟墓高大，立有石碑，数百年来矗立松花江边，远近知名。直到清朝晚期，巴里铁头坟才被洪水冲毁，遗址下沉，坑中积水，水里生出莲花来。有人说这是巴里铁头灵魂的化身，现在遗址已不存，当地农民尚能指出具体位置，现在吉林市乌拉街（原洪尼城）满族镇三家子村后的松花江岸边，可见当年实有其事。

洪尼城的地窖里找到了海郡王的尸体，因地窖凉湿，尸体虽未毁坏，却也有点腐烂，只好火化，骨灰装罐，开吊致祭，江海俊的人头就成了最显眼的祭品。之后，安葬于祖茔，以前接待过白花的两个守陵人，又忙碌了一阵。

海云的灵柩埋在王陵的下方，算作陪葬。王后、宫女也找到了。前后忙乱了一个多月，算是稳定下来。

> 说的是世事无常靠天工，
> 有人为有神助相辅相成。
> 江海俊费尽心机逞凶暴，
> 落了个机关算尽枉聪明。
> 白花女姐妹同心复祖业，
> 历千辛经万险困难重重。
> 总算是上天垂怜得好报，

破强敌一鼓夺下洪尼城。
小公主父仇虽报心烦闷，
不由得万种凄凉百感生。
想当初荣华富贵人人羡，
现如今西的西来东的东。
叹父王身遭不测下世早，
都只怪女儿不孝祸连踵。
本打算为国求贤选良将，
却不料轻信奸究把我坑。
父王你魂归地府含冤去，
女儿我愧对祖宗天不容。
眼望着雕梁画栋多豪迈，
人迹少一片荒芜空洞洞。
前日我点将台上走一趟，
百花厅前窗捅个大窟窿！
周围的木栅板门全不见，
密藏室军机图册影无踪。
再不能点将台上发号令，
再不能百花厅里议军情。
再不能护卫全凭海云姐，
再不能有事去问巴拉公。
这些人身遭不测全怪我，
我一定逢年过节祭坟茔。
莫非说老天有意难为我？
莫非说前世没有积阴功。
莫非说生辰八字犯克相，
莫非说行围狩猎乱杀生。
我自信从小没做亏心事，
我相信世间万物皆有灵。
冤有头债有主自作自受，
为什么千般苦难我支撑！
小公主心情矛盾难排解，
忽听得军卒上来报一声。

白花公主正在胡思乱想，忽听守门军卒来报："太子从单祁国回来了，请公主殿下谕示。"

白花公主觉得非常突然，却不感到意外，立即传下命令，开门迎接！

"哥哥终于回来，没想到这么快。"

回来的确实是海郡王唯一的儿子，也是白花公主的哥哥，敖都国的继承人金花太子。

他是怎么回来的？书中补叙一下。诸公休怪，小子一张嘴不能同时说两家的事。说了这头，撂下那头，多咱想起来再接上，这也是说书人的"揆程①"。

闲言叙过，书接前文。

单说白花公主处决了江海俊之后，找到了巴拉公的尸体，回到洪尼城，阔别一年有余，今日回来，物是人非，一切都变了样子。这时二姐黄花公主告诉她："江海俊的妻子已被我捉住，说是单祁国的公主，我想把她斩首，等你回来决定。"

"在哪呢？"白花很觉意外。

"被我关在空房里，问她什么话也不说。"

"我去看看。"

姐妹二人来到关单祁公主的空房，只见她呆坐在炕上，见人进来也不抬头，也不吱声。

白花公主一见单祁公主，大约三十岁左右的年纪，五官端正，眉目清秀。白花心里说：多好的女子，怎么嫁给江海俊这样一个败类，自己有妻子，还骗我险些上了他花言巧语的当。单祁公主可能并不知道他在这里的一切。

"你是单祁国的公主吗？单祁兵回国，你为什么不跟着走？你的父王不担心你吗？"

单祁公主久闻白花之名，她猜到同她说话的人是白花，见她没有敌意，便回答了一句："我不能走，我要同驸马一块儿走。"

真是个痴情女子。

白花说了："你的驸马不是江海俊吗？你等不到他了，他恶贯满盈，

---

① 民间艺人术语，意思是准则、道理、规矩。

坏事做绝，遭报应是必然的，你想见他，只能见到他的头颅。"

"啊！你们把他杀死了？"

"那是他罪有应得。"

单祁公主默然无语，毫无表情。她忽然意识到，自己的死期也到了。她慢慢离开炕沿，走向白花，苦笑一笑，说："我知道，你们不会放过我，我父王出兵破了你们国家，我代他赎罪，走吧，在哪里？我死而无怨。"

"公主，你误会了。我来是告诉你一些真情，然后送你回国，咱们都是苦命人，我们不会难为你。"

单祁公主瞅一瞅这个比她小十来岁的女孩子，半信半疑。

白花又说了：

"江海俊自来到洪尼城，取得我和父王的信任。凭什么信任他呢？因为有一天夜里，单祁国来个刺客，偷越宫墙，被江海俊拿住杀死，救了我父王。从此父王器重他，他说孤身一人，没有家室，就有意招他为驸马。"说着，白花解下龙凤剑给她看，"我还将传家之宝龙凤剑作为定情物赠给他，不料他却害死了我父王。"

单祁公主看白花不像奸诈之人，心里说，怪不得先锋官丘贝一去不返，原来死在江海俊的手里。他有妻不认，企图再娶，这明明是背叛。想到这里，单祁公主豁然开朗，说："小妹妹，感谢你今天向我讲出真情，不然我永远蒙在鼓里。"

白花公主一笑道："你是一国公主，我也是一国公主，我们是姐妹，也都是受害者，欢迎你以后常来。"

说完，白花公主又向她介绍二姐黄花，说她是席北国王子之妃，现在席北国统领三军。然后，派出人马，送单祁公主回国，白花二人一直把单祁公主送到江边，叫过渡船，从水路向下游驶去。

回城的时候，白花对二姐说："我们不能得罪单祁公主，哥哥还在人家手里。"黄花说："就你想得周到，为什么不让单祁王来换？她回去以后，再不放金花怎么办？"

"放心吧，单祁公主是个讲信用的人，小妹的眼光，不会看错。"

黄花公主带领三千室北兵，仅伤亡十余名，白花从库中拿出一些银两、布匹，作为抚恤，姐妹洒泪而别。

这一别，之后就再也没有见面的机会了。

布哈屯这次出力不少，白花十分感激，布哈屯又留下一千人马，助守洪尼，自回依罕山，不提。

　　从此，白花公主保哥哥金花太子继承王位，白花执掌兵权，人心渐聚，国势稍安，敖都国又东山再起了。白花公主几经磨难，力撑危局，时人无不称颂。

　　真是家有成败，国有兴衰。天有不测风云，人有旦夕祸福，金花太子即位不到五年，大金朝灭亡，皇帝自尽，接着，蒙古大军横扫松辽大地，势如破竹。蒙兀儿改称蒙古国，灭金破宋，建立大元朝。

　　蒙古兵东侵，经过陶温水，单祁国投降，进兵粟末水，敖都国灭亡。执掌兵权的白花公主，出战不利，被蒙古兵火箭射中，带伤逃走，不知去向。敖都王子金花弃洪尼城，逃往席北国，投奔二姐黄花，海郡王家族从此败落。

　　若干年后，传出了白花公主消息，她远走陇东，在九顶梅花山下一个圣母娘娘庙出家修行，终生未嫁。

　　白花公主的故事到此结束，在开始记录初稿时，恰好《吉林日报》上发表了我为纪念白花公主而写的一首诗，作为此书的终结：

乌拉街怀古①
黎斐②

枫柏苍翠远山东，
松江绿水绕西城。
至今点将台边站，
犹忆白花女英雄。

---

　　① 见1957年1月14日《吉林日报·文化生活》专刊。乌拉街就是当年的洪尼城。
　　② 作者当时发表文艺作品用的"笔名"。此笔名从二十二岁发表文章开始，到二十六岁止，共用了五年。

白花公主龙凤剑

赵宇辉　整理

目录

白花公主龙凤剑

赵宇辉　整理

第一章　创　业

　　说的是南宋末年，北方的女真族政权金朝被新兴的蒙古灭亡，金朝一个远支皇族，名叫完颜倭罗孙，在贴身两名亲兵侍卫的保护下，闯出重围，向东北方向逃去。完颜倭罗孙虽然年轻，但是英勇绝伦，力大无比，杀退了前堵后追的敌兵，拣那僻静小路，挑那人迹罕至的地方，落荒而逃。他们三人马不停蹄，顾不上饥餐渴饮，出得长城一连跑了七天七宿，来到一个地方。前面是一座土山，山上有寨堡。寨上鼓角齐鸣，旗帜招展，有人把守。倭罗孙等已经连饿带累，人困马乏。他知道，如果过不了这道山口，不用说回不到原籍家乡，恐怕追兵一到，都得当俘虏。无可奈何，只好硬着头皮，上前叫门。

　　这时，寨墙上有人高声叫道：

　　"你是何人？"

　　答道："金朝皇族，完颜倭罗孙。"

　　又问："干什么去？"

　　答："被蒙古兵追急，要回原籍老家。"

　　"老家在什么地方？"

　　答："粟末水，宏额哩霍顿。"

　　这是一句什么话？是满语。当时叫作通古斯语，也就是女真话，意思是：松花江，宏额哩城。松花江也叫粟末水，霍顿是城堡。

　　寨上又问了一句："会武艺吧？"

　　侍卫一听笑道："我家少爷上天摘月，下海擒龙，百步穿杨，力能拔鼎，莫说你这几个草寇，赶快开门放行。"

寨上人也大笑道："你也不睁开眼睛看看，这是什么地方？也莫说你们三个孩子，就是蒙古兵千军万马，也休想插翅从上边飞过去！"

倭罗孙斥责两个侍卫，赔礼道："部下无知，冒犯大王，念我国破家亡，逃奔故乡，今日放我回去，将来必有厚报。"

寨上大声说道："我们有个规矩，寨门不过无名小辈，你要是条好汉，你往这看。"

倭罗孙等人抬头一看，见寨门旁边高大的杨树上，吊着三个铜钱，铜钱都用血染成红色，分别用皮链吊在三个枝丫上。他不懂这是什么意思。

"你们听着：要过此关，先射铜钱，射落一个，开门放行；射落两个，赠足盘费。"

侍卫们接言道："要是射落三个呢？"

"射落三个铜钱，请到寨上，奉为首领。"

"此话当真？"

"绝无戏言。一箭不中，休想过去！"

疲乏中的主仆三人，见前有雄关阻路，后有敌兵追赶，倭罗孙无奈何取出了弓箭，嗖嗖嗖连发三箭，击中金钱，三钱落地，寨门大开。为首一个头目带着百余人的队伍迎出来，把他们主仆三人迎进寨子。从此倭罗孙就有了站脚之处，招兵买马，修筑城池，把原来的山寨扩建成一座规模较大的城堡，取名叫作哈达城，就是现在的桦甸金沙河古城。经过几年的努力，又收服了远近一些部落，势力逐渐扩大。这时蒙古兵攻打南宋小朝廷，无暇顾及北方，倭罗孙势力扩大了，几年后终于回到了故乡，乌拉洪尼勒城，自称安西王。他又把松花江一带改称奥都部，可是好景不长，不久蒙古大军来侵，奥都部抵抗不了蒙古铁骑，倭罗孙弃了城堡，又逃向南方，回到了原来的山城，隐姓埋名，安居下来。可如今的哈达城，已不是从前的哈达城了，当年从宫中逃走的时候，金朝末代皇帝完颜守绪赠给他两口宝剑，这是金太祖完颜阿骨打创业时铸造的两口剑，他就用这两口剑指挥千军万马，抵抗辽国，取得江山，以此为传国之宝。这两口剑一龙一凤，一雄一雌，合而为一，分之为二，吹发立断，削铁如泥，锋利无比。金朝皇帝赠剑的意思是，他已知道金廷不保，社稷颠覆，他是让倭罗孙奔走天涯，重创基业，以后恢复金室江山。就在倭罗孙等逃出不久，京城陷落，完颜守绪就自杀了。蒙古、南宋、西夏三国联军，以胜利者的身份分了金朝皇帝的骨灰，金朝自此灭亡。

这倭罗孙不忘金皇帝赠剑之谊，他把龙凤剑作为镇国、传家之宝。临死之前，留下遗言，让他的子孙将来把都城迁回原籍乌拉去。六十年后敖都国又发生内乱。历经三代的老臣巴拉保着倭罗孙的嫡曾孙依崖，带着祖传的龙凤剑，跑回原籍乌拉河畔，重新开基立业，创建乌拉国，继称安西王，从此脱离了敖都国。不久，敖都国瓦解，另由倭罗孙的嫡派子孙又将敖都国分成三部：一为辉发，在辉发河流域；一为呐喇，即后来的叶赫；剩下寥寥无几的国土又改称哈达国。这几个小国都以完颜倭罗孙为始祖，但争城夺地，互相攻战不休，只有远在北方的乌拉国和他们不发生利益关系。他们凭借祖传龙凤剑，以完颜氏正统自居，其他三个敖都分裂出来的小国倒也另眼相看，没人敢侵犯他。不料在乌拉国的西北方有一个单祁国，这单祁国是辽邦的贵族，姓耶律，胜败兴衰，已经二百来年，到了敖都国内乱的时候，已经强大起来，对新兴的乌拉国，常怀吞并野心，屡次兴兵犯界，才引出一段白花点将的故事。

正是：

中华民族史记多，

星星点点汇成河。

后人谈颂兴亡事，

当为英雄一曲歌！

第二章　托　孤

且说倭罗孙所创建的敖都国传了四代，国势衰弱，子孙争权，发生内乱。他的曾孙依崖在巴拉的保护下，带着祖传的镇国之宝龙凤剑，跑回原籍乌拉，建立个乌拉国，继称安西王，修筑城堡，筑造宫室，招兵、屯粮，就在松花江畔，乌拉河边，筑起一座规模宏大的土城，土城里又修了一个砖石结构的宫城，里边亭台楼阁，雕梁画栋，虽比不上中原的名城大都，却也金碧辉煌，别有一番气象。

这乌拉国本来是个弱小的部落，经常受到外族侵扰，自建立以来，永无安宁的日子。加上中原战乱不休，北方的部族小国之间更是攻杀不停。安西王遵守祖宗遗训，不忘金邦灭国之痛，不通使纳贡，独立支撑着动荡的局面。

又勉强支持了一阵子，总算疆土扩大，势力由弱到强。但是辽邦贵族的单祁国，逐渐强大起来。这个国家地处洮儿河沿岸，是一个游牧部落，屡次侵犯邻国乌拉，经常掠杀人口牲畜，扰得乌拉国不得安宁。最后在三朝老臣巴拉公的倡议下，两国讲和，互相交换人质。第三代安西王把膝下唯一的儿子，和单祁国王的儿子互相交换，作为人质，两国永结盟好，彼此互不侵犯。不料过了几年，单祁国的王子病死在乌拉都城。单祁王得知消息，暴跳如雷，认为安西王有意谋害。他一面囚禁了乌拉国的人质，一面大修战备，准备入侵乌拉，一来给儿子报仇，二来兼并该地，扩充单祁的国土。

老臣巴拉公得知这个消息，觉得乌拉国要面临一场灾祸，也增兵遣将，严守边关，另一方面他进宫去见安西王，向他报告紧急情况。这巴拉公就是当年保护第一代安西王依崖的侍卫巴拉，他协助先王创业，为乌拉国的建立，立下了汗马功劳，授予公爵，地位仅次于安西王。巴拉公已经七十多岁，早年虽有英名，现已年老体衰，面对强敌入侵，心里十分焦急。可是他又想到安西王虽然才四十多岁，实际比自己还要衰老，再加上担心儿子吉凶未卜，所以忧虑成疾，以致卧床不起。

巴拉公见了安西王，只见国王面容憔悴，满脸病态，没敢立即告诉实情，遂以探病为名，说道："得知主上身体欠安，老臣特来问候。"

躺在床上的安西王，瞅瞅这位须发皆白的三朝老臣，凄然地说："你保我祖开创基业，又有功于我父子，乌拉国只怕要断送在我的手里了。"

巴拉公胡须一摆："主上何出此言？都是老臣考虑不周，交换人质招来祸端，王子又身陷异邦，全是老臣的罪孽！"

安西王说："单祁国王子病故，实属意外，可是单祁王诬我有意谋害，翻脸成仇。我想，他决不会善罢甘休。他要入侵，乌拉国势衰弱很难抗衡，你是我的先辈，国事、家事，你还是要多给我出点主意才好。"

巴拉公欠身说道："主上的意思，老臣明白。王子殿下身陷异国，吉凶未卜，日后江山，何人继承？眼下敌兵，可能进犯，主上有病，老臣年迈，何人抗敌？主上忧心如焚，正是为此。现在，老臣最近得到消息，单祁王欲报丧子之仇，派大将留彦为元帅，发倾国之兵，杀奔乌拉，特来报知主上。"

安西王默默无语，巴拉公的消息，早已在他预料之中了，所以他也并不感到过分的紧张。

巴拉公沉思一会儿，又说道："老臣有个主意，不知主上意下如何。"

"你有什么好主意，赶快说吧。"

"王女白花公主，聪明伶俐，武艺超群，可托大事。"

安西王叹道："此事我也想过。白花虽才智过人，毕竟年幼，况是女孩，恐怕难服众望。"

巴拉公接言道："主上勿虑。白花公主女中豪杰，定能挑起重担，不负所托。"

安西王从床上爬起来，欣喜地点点头："看来，也只有如此了。她哥哥日后能回便回，要回不来，就让她继承我为乌拉国主好了。"

巴拉公双拳一拱："主上圣明，老臣也是这个意思。"

"以后全靠你的教诲了。"

巴拉公一躬到地："老臣敢不竭尽全力，辅佐公主，拼死抗敌，以报主上三代知遇之恩。"

"你为乌拉已经尽力不少了，难为你年迈如此忠心。"

"老臣还有一点建议，"巴拉公又说，"立即出榜招贤，不论出身贵贱，武艺强者，授以高官，这样才能人人奋勇，合力抗敌。"

"言之有理！"安西王眼珠一亮，一声吩咐，"速召白花公主进宫！"

正是：

创业艰难守更难，老臣辅佐始心宽。

第三章　授　剑

且说安西王的王妃早已去世，遗下兄妹二人。哥哥金花太子已送单祁国做人质，妹妹白花公主年方十七，得知哥哥被囚单祁，她加紧练习武功，准备将来杀奔单祁国，救出哥哥。

这天正在外边练武，闻听父王唤她，赶忙跳下战马，弃了兵刃，带着贴身侍女江海云，来到寝宫。她一眼望见巴拉公坐在那里，就知道有不寻常的事情。忙走近前，拜见了父王，又参见了巴拉公。转过身来，对安西王说："父王召女儿进宫，不知有何吩咐？"

巴拉公忙离座笑道："恭喜公主。"

白花公主突然一愣，冲着巴拉公："父王忧虑得病，哥哥吉凶不保，敌兵进犯边关，国内人心惶惶，喜从何来？"

巴拉公对着安西王爽朗地一笑："公主出言果然不凡，忧国忧民，胸有大志，日后必成大器，这是乌拉国之福。"

白花公主一听，巴拉公恭喜她，立时柳眉倒竖，杏眼圆睁，质问道："巴公爷，你这是什么意思？"

巴拉公一看，倒抽一口凉气，他见到这位公主虽然气势很足，却单纯幼稚得很，心中犹豫起来："毕竟是个孩子，是个不谙事的孩子。"

安西王开言了："花儿，你额莫去世得早，留下你们兄妹二人，你哥哥被囚单祁，至今生死不明，单祁王误认为父害死他的世子，反目成仇，兴兵犯界。我体弱多病，巴拉公又年迈，何人领兵抗敌，女儿你看怎么办？"

白花公主听了听，果断地说："兵来将挡，水来土掩，孩儿去出战抗敌，父王不必烦恼。"

安西王和巴拉公交换一下眼色，微微点点头："好。巴拉公保举你代父主管军务，统领三军，保国抗敌，你可有这个胆量？"

白花公主明白巴拉公方才那番话的意思了，慌忙跪下："孩儿遵命。但孩儿年轻，恐不胜任，有负所托。"

"你放心好了，以后遇事要多和巴拉公商量，要多听他的指教。"

白花公主又对着巴拉公行了一礼："刚才多有冒犯，请老人家包涵。"

巴拉公赶紧伸手拉起来，微微一笑："公主有胆有识，老臣佩服。"

白花公主又说："乌拉国势微弱，兵将不足，这可如何是好？"

"有办法。"巴拉公又把招兵选拔英雄好汉的计划说了一番，白花公主才多少有点放心。

安西王为了保女儿掌握军权，决定在授帅印这天，同时把祖传镇国之宝龙凤剑也授予白花公主，赋予她先斩后奏生杀之权。巴拉公也同意，不这样也不能提高公主在军中的威信。

几天以后，安西王病体好转，传旨在教军场上，筑起一个高达三丈六尺的点将台，择个黄道吉日，登台授印。巴拉公早已出了告示，行文全国各地，有武艺的人克期前来应试，考中者，不论出身贵贱，量才授以官职。

这天，白花公主披挂整齐，带着贴身侍女江海云，准时来到教军场。教军场上，旌旗蔽日，鼓角喧天，士兵排成方阵，将校身披铠甲，一个个威武雄壮。各地前来投军应考的英雄好汉，挂号已毕，也都在四周等着。

将台上，安西王端坐在正中，旁边坐着巴拉公。一阵乐奏之后，巴拉公站起来开言了："王爷今日将军国大事交给公主，天下军民，同心同德，抵抗外敌，保护国家。文者出谋，勇者献艺，不分贵贱，量才授职。"

接着是授印仪式，安西王把一颗特制的元帅大印，授予白花公主。随着授印仪式，安西王又将祖传的龙凤剑授予公主。白花公主接过象征权力的两件东西，拜谢完毕，缓步顺阶下台。这时教军场上，千头攒动，万目睽睽，人人屏息，个个叹服。这时号角齐鸣，金鼓大作，三声炮响，接着就要比武选士了。不料就在这个令人兴奋的时候，忽然惊起一只乌鸦，从点将台的后边飞过来，叫着在空中盘旋一圈，向东南上空飞去。安西王认为乌鸦是不祥之物，心中好生不乐，似有一种不祥的预感。白花公主看父王不高兴了，也恨乌鸦为什么偏偏在这个时候出来，忙取过袖箭，对准乌鸦，"嗖"的就是一箭。那箭不偏不倚，正中乌鸦，只见那东西在空中翻了一下，向地面坠下来。围观的军民齐声喝彩。早有军士捡起乌鸦，送给公主，白花公主刚要把乌鸦献给父王，只听得有人高声叫道："给我留下，那是我射的！"白花公主心中不满，真是岂有此理！这怎么会是你射的？可是等到她从军士手中取过乌鸦仔细看时，不由得吃了一惊，原来这只乌鸦的膀根下穿着两只箭。

　　正是：

　　强中自有强中手，能人背后有能人。

第四章　　招　贤

　　且说白花公主看见乌鸦的翅膀下并排穿着两只袖箭，不由得吃了一惊。再看从人丛中钻出来的那个人，原来是一个猎人打扮的青年壮士。

　　白花公主心里好生烦恼，厉声喝问："你是何人？竟敢如此放肆！"

　　那个青年壮士跨前一步，深施一礼，抱拳秉手，满面春风，说道："公主息怒，不才多有冒犯。小子是界山猎户江海俊，听得敌兵犯境，大王招贤，特来投军效力。刚才见公主箭射乌鸦，我怕射不中当场出丑，所以补射一箭，不想公主箭法高明，小子实在佩服。"说完，他又深鞠一躬。

　　白花公主怔住了，一时不知如何是好。她略略打量一下此人，只见他眉目清秀，仪表不俗，虽是猎人打扮，却也显出雄姿英发，更兼声音洪亮，语言流利，倒也产生几分敬慕之意。

　　点将台上的安西王和巴拉公看得真切，立命内侍，把他们都叫到台前。白花公主如实禀报了一切。安西王心中大喜，国内有如此能人，何愁不能破敌。即问道："你除了箭法以外，还会什么武艺？"

江海俊跪禀道："大王千岁，小子江海俊，自幼熟读兵书，又遇异人传授武艺，十八般兵器，件件皆通，可以当场比试。"

安西王点点头，又瞅了一眼巴拉公，又问道："江海俊，你既然有那么好的武艺，为什么不为国效力？今天来此又何干？"

"大王，小的早想为国效力，可是没有门路。听说大王今日比武招贤，才特地赶来，投奔王爷。"

安西王又问道："你家都有什么人？你来当兵，父母何人侍养？"

"回禀大王，小人自幼父母双亡，只有一个妹妹，而且早年失散，如今不知去向。小的只是孤身一人，并无老幼牵挂。"

安西王觉得像江海俊这样青年，正是为国出力，建功立业的好时机，遂有了重用的念头。他问白花公主："女儿，江海俊这个人，可当收留？"

白花公主一来看江海俊武艺高强，虽没比试，仅此一箭，足以服众；二来见他年轻英雄，品貌不凡，遂有了好感，忙回答道："现在正是用人之际，像这样的英雄好汉，父王要多选拔几个才是。"

"好。"安西王高兴了，当即封江海俊为禁军都尉，负责王城保卫。

江海俊刚叩头谢恩，未及站起，巴拉公一旁连连摆手："且慢！"

白花公主和江海俊都吃了一惊，一齐睁着眼睛盯住巴拉公。老头子的胡须一摆，对安西王说："江海俊武艺虽佳，但来历不明，主上不可轻信。留在王城，守卫宫廷，更非所宜，可先令其外面供职，待以后立功方可升迁。"

安西王寻思寻思，也觉得有理，遂又改封江海俊为行军校尉，拨在公主帐下听任调遣。

江海俊对着巴拉公瞪了瞪眼珠子，倒也无可奈何。他又重新叩头谢恩，说："小人为国效力是真，不是为了升官，谢大王提拔之恩，日后必以死相报！"

白花公主对巴拉公的劝阻，也很不满，但是又听父王封他为行军校尉，拨在自己帐下听令，也不说什么了。

江海俊站起来，又向公主行了一礼："小子愚昧无知，望公主以后多多教诲。"

白花公主脸皮微微一红，说道："委屈你了。"

乌拉国经过几天的考察比试，搜罗了一批人马，又招了几千军兵，自此声威大振，边关严格把守，单祁国倒也无可奈何。

再说这天授印、授剑，白花公主从教场解散回来，侍女江海云服侍白花公主回寝宫，她对教军场上的事情心里犯了狐疑。虽然她没有到点将台前，站在远处瞭望，但是对江海俊这个人似乎有点面熟，可又不敢确认，因为她没有看清楚。回宫以后，她一面服侍白花公主安歇，又轻声打听白天教军场上的事："公主，王爷封官那个射乌鸦的壮士，是哪里的人哪？"

白花公主一听提起射乌鸦的事，也来了兴头，对她说道："咱们乌拉国的猎户，你看他多有本事？还是青年英雄。"

"他在什么地方住？叫什么名字？"

白花公主正在高兴处，也忘了不该告诉侍女军事上的事是宫中规矩，遂说："就住在分水岭后的界山上，他叫江海俊，说不定和你还是一家子呢？"谁知白花公主一句戏言，江海云却"啊"的一声："这人八成是我哥哥！"

正是：踏破铁鞋无觅处，得来全不费工夫。

第五章　心　事

且说白花公主听了江海云的话，问道："怎么见得此人会是你的哥哥？"江海云说："我幼年时，兵荒马乱，父母都死在兵乱之中，我孤苦伶仃，流落街头，巧遇公主将我收留，公主和王爷的大恩，终生难报。可是我有个哥哥，失散以后，杳无音讯。今日听公主说此人叫江海俊，我是胡猜乱想的。"

白花公主又问："见了面，你可认识你哥哥？"

江海云摇摇头："失散的时候，他十八岁，我才六岁，如今已有十多年了。哥哥的模样早已不记得了。只记得哥哥的脖子下面，有一颗红痣，别的什么也记不清了。"

白花公主笑道："这可不好办。男女授受不亲，怎么好意思验看人家的脖子？如果不是，成何体统！"

江海云也笑了："啊能那么凑巧，就会是他？天下同名的人，多着呢！"

白花公主最后说："那好吧，我给你留留心，如果不是，再派人四处访察，准会打听到下落的。"江海云拜谢。

白花公主忽然又想起自己的哥哥来。乌拉国安西王世子送到单祁国做人质，也快十年了。只因单祁王子病死在乌拉城，单祁王一怒囚了乌拉王子，两三年了，如今生死不明。想到这里，白花公主命江海云在宫院内摆上香火蜡烛，铺上拜垫，忙跪在香案前，对着当空的皓月祷告道："凡女白花，祈求过往神灵：一愿父王健康长寿，风调雨顺，国泰民安；二愿母亲在天之灵，早日超度；三愿哥哥平安回国，永息争端；四愿……"她刚要说愿自己终身大事，忽而省悟，这是无法说出口的事。不知怎么，教军场上的情景又从脑海里幻现出来。一个青年猎人的影子又在眼前浮动起来，她不知不觉地脸红了。

江海云看公主吞吞吐吐，开玩笑似的问了一句："公主，四愿什么？你倒说呀！"

白花公主心灵嘴巧，忙说："四愿早日寻到你的哥哥。"说完叩头站起来。江海云笑道："公主，这回你可走嘴了，'早日寻到你的哥哥'，这'你'指的是谁？神佛能懂得吗？"

白花公主认真地说："神仙佛祖明察秋毫，凡夫俗子心里想的事他都知道，这就叫上天有眼。"

江海云又笑道："公主，你可不是凡夫俗子，你是金枝玉叶。"

白花公主"哼"了一声，道："王爷皇上也是凡夫俗子，在神佛眼里，跟平常人一样。"

江海云笑着走近香案，跪在白花公主跪过的地方，祷告道："公主有心事，无法出口，奴婢替她说了吧：第四，保佑公主将来招个好驸马。"说完起来。

"胡闹！"白花公主虽然嘴上斥责着，心里却也是另一种感受。

这边安西王因为招贤得了一批英雄豪杰，军兵又增加了很多，力量比以前壮大了，心中也很欢喜。况且又到中秋时节，便传召百官进宫饮宴。为了安全起见，安西王特命江海俊率领禁军巡视王城。

罢宴以后，百官散去。巴拉公向安西王提议道："江海俊虽然武艺高强，但来历不明，非但不可以重用，更不能让他出入王城，巡视宫禁，以防万一。"

安西王连连摆手："几个月来，江海俊忠于职守，品貌端正，不似奸诈之人，老臣可不必猜疑。"

巴拉公又说："单祁国元帅留彦来到边关，按兵不动，我想其中必有阴谋。再说我已派人去分水岭界山访察，那里并没有一个认识江海俊的。恐怕其中事有蹊跷，主上不可不防。"

安西王听了先是一怔，转而笑道："单祁国看我力量强大，不敢轻举妄动，所以屯兵边外，不足为怪。至于江海俊嘛，可以注意。仅此一回，下次不能再叫他巡视王城就是了。"

巴拉公不再多言，出宫走了。安西王正要回转寝宫安歇，突然从御花园内，假山的后面窜出一个人来，擎着明晃晃的钢刀奔安西王挥刀便砍。安西王大声惊呼："拿刺客！来人！"

这时一人应声闪出来："王爷不要惊慌！"刚走出去的巴拉公也闻声返回，指挥禁军把宫门围住，他带着几个武艺高强的禁军，来到宫内时，只见刺客已经被江海俊踢倒在地，江海俊从刺客手中夺过刀来。巴拉公忙喊了一声："且慢，刀下留人！"江海俊怔了一下，手中的刀还是砍下去了。刺客身首异处，血洒石阶。

正是：

行刺未成该当死，护驾有功反遭疑。

第六章　考　验

这个刺客是谁？为何前来行刺？

且说单祁国大元帅留彦，率领五千人马进攻乌拉国，来到边界上，探知安西王招贤聚兵，公主挂帅，军威大振。因此，不敢贸然深入，把兵马扎在边关上，派了很多人打入乌拉国内，刺探军情，了解情况。乌拉边关守将一边紧守关门，一边申表告急。相持了数月，留彦并没得到可靠消息，又派部将丘贝潜入乌拉城，一面和打入内部的内奸联系，一面伺机行刺，不管是安西王还是白花公主，有机会就刺杀他们。丘贝混到乌拉城中，结果谁也没联系上，回去交令的日期已到，正赶上安西王大宴群臣，他感到是个好机会。他凭着飞檐走壁的功夫，躲过巡逻的禁军，钻进王城，藏在御花园的太湖石后。百官走散，他乘安西王不备，突然跳出来行刺，却不防早有人暗中盯着他，这个人就是临时指派巡视王城的行军校尉江海俊。江海俊擒住丘贝，刚要审问，不想巴拉公带人赶来，他手起刀落杀了丘贝。巴拉公跌足道："误事，误事！也不问个明白，怎么就杀死了？"

江海俊理直气壮地说："明明是刺客，欲害王爷，还问他做什么？"

安西王惊魂稍定，令将尸体拖出城外埋掉，将首级悬挂城门。江海俊护驾有功，特封为宫廷侍卫，专门负责王宫的警卫事宜。巴拉公虽有满腹狐疑，但安西王十分器重江海俊，他也不好再说什么。

再说白花公主得知宫内来了刺客，也带着江海云一班侍女赶来，这时刺客已被杀死，是江海俊救了父王，心中十分感激，极力在安西王面前保荐。安西王又特授江海俊参军之职。这样，江海俊有了宫廷侍卫的头衔，就可以自由出入王宫，授了参军之职，又可以在白花公主的帐下参与军机要事，真是左右逢源，成了乌拉国中的红人。

巴拉公更加深了忧虑，他又派出心腹的家将再到界山一带访察，进一步了解江海俊的来龙去脉，不查清楚，决不罢休，并让速去速回。

同时，巴拉公还想出一条妙计，准备正面和他较量一番，对江海俊来一次考验。

这天，巴拉公在自己的府内备了酒宴，邀请江海俊赴席，理由是祝贺他救驾有功，升了官职。江海俊知道巴拉公怀疑他，本不想去，可是他又不敢不去。

入席以后，巴拉公满面春风，只是劝酒。

"参军年轻有为，又救驾有功，荣任参军，可喜可贺。"

江海俊答道："巴公爷过奖了。卑职初到朝中，寸功未立，虽蒙主上信任，但怕众官不服，卑职深感不安。"

"哪里哪里。参军救驾杀死刺客，功劳甚大，谁不敬仰？"

江海俊见巴拉公老提救驾的事，心里发慌，他有意避开这个话题，遂谦虚道："区区微劳，何足挂齿，还是不要再提了吧！"

巴拉公眼珠一转，哈哈笑道："救驾之功，可以书竹帛、载史册，人们岂能忘记？江参军不要客气。不过，有一事老夫不甚明白，出事那晚，刺客明明已被将军拿住，为何不问明白就杀了？"

江海俊料到会问到这上来，遂胸有成竹地解释道："出于一时激愤，没有想那么多。"

"那么，老夫高叫刀下留人，参军为何还不住手？"

"没听见。"

"没听见？那为何你瞅我怔了一下，才赶紧把刀砍下去？"

江海俊倒抽一口凉气，冷笑一声说道："这么说，巴公爷对我有怀疑？莫非怀疑我跟刺客沟通，是杀人灭口不成？"

"参军误会了，老夫不是这个意思。我们不谈这个了。"巴拉公端起酒杯，"请。"

几杯酒下肚，江海俊略有醉意，他怕巴拉公再提此事，于是装作喝多了酒的样子，歪在太师椅上。

巴拉公看他已有醉意，又侧击了一句：

"江参军到底是哪里人氏？"

江海俊睁一睁醉迷惺忪的眼睛："分水岭上，界山。"

"那我派人到那一带打听，那里怎么没有一个人认识参军？"

江海俊乘着酒兴，脱口说道："打猎之人，行踪不定，岂能人人认识本宫！"

"本宫？"

巴拉公一听他的口中说出"本宫"两个字来，简直惊呆了。

正是：

尽管乖巧多谨慎，谁知酒后又失言。

第七章　认　兄

且说江海俊话一出口，自知失言，忙又掩饰地补充一句："他们不可能人人都认识本宫廷侍卫，因为我幼年离家，这并不奇怪。"

这真叫欲盖弥彰，又把他幼年离家的事无意中露出来了。巴拉公是何等精明之人，如何听不出来，于是便不再言语。江海俊两次失言，也便无话可说，索性装作醉倒的样子，心里想着如何应付这可能出现的变化。

巴拉公吩咐家将备马，护送江海俊回去安歇。临行前，巴拉公偷偷嘱咐家将，如此这般，家将会意。

江海俊先辞了巴拉公，在两名家将的护送下，直奔住所。穿过几条胡同，来到王城外面，前边就是点将台。点将台上建造了一座小巧玲珑的宫殿，命名百花厅，作为白花公主处理军机要事的地方。安西王有令，除了白花公主和巴拉公以外，其他任何人不经允许私自进入厅内，就是杀头之罪。近日来由于军情紧急，白花公主大多时间都在这里。周围有军兵巡逻，四面有禁军把守。

家将把江海俊送到这里，说道："参军大人，前边是点将台，上面是百花厅，王爷有令，晚间不准从台前经过，小的只能送到此为止了。"

江海俊一听到了百花厅前，心中一动，忙说："你们回去吧，替我问候巴公爷，感谢他的盛情。"

"参军大人小心，末将告辞了。"

家将回转身，一个牵马回府，一个藏在黑暗处，偷着观察江海俊的动静。

江海俊心想，今晚在巴拉公面前失言，日后凶多吉少，我何不趁此机会潜入百花厅，得到一点机密，赶快出走，免遭大祸。可是又一想，巴拉公老奸巨猾，焉能看不破我的用意，现在把我送到这里，分明是有意安排的。他抬头望一望台上灯火辉煌的百花厅，这确实又是个难得的机会。不入虎穴，焉得虎子，如果被人发现，就说是酒醉迷路，误入禁地，谅也不会对我怎么着，我不是还救过安西王吗？

主意已定，他装作醉汉，顺着石台阶摸上去，幸喜近处没有巡逻，他爬到台上也没被人发现。他知道，这是白花公主的禁令，巡逻禁军不准靠近点将台，只能在教军场四周传梆鸣锣。他是第一次登上点将台，台很高，又很大。站在台上可以望见城外远处的民舍，又能看见绕城环流的江水。这些他都无心观赏，他紧走几步来到百花厅的门前，刚要迈入，他犹豫了。百花厅是禁地，错走一步便有杀身之祸，不进又骑虎难下，偷着上台也是罪该万死，怎么办？也只有豁出性命，闯一闯看。他主意打定，装成酒醉迷糊的样子，撞进了百花厅。

厅堂外面，并无一人。他就向内室走去，刚一掀帘子，不想旁边飞起一只脚，将他踢倒，一个侍女抽出宝剑就要砍他。他也自知难免，闭目等死，不想那侍女停住剑，"啊哎"一声："还是你！"侍女是江海云，举剑喝道："你怎么闯到这里来？快说！"江海俊见没有杀他，忙跪下哀求道："小子一时酒醉，糊里糊涂撞到这里来，自己也不知道，该死，该死。"

江海云知道他是救王爷拿刺客的有功之臣，遂收住剑，往日心事又想起来。她仔细看了江海俊的脖子确实有一颗红痣，暗中说道，果真是他不成？即问道："江参军，你父亲叫什么名字，家中都有什么人？"

"父名江占山。自幼父母双亡，有一个妹妹，早年流落他方，如今生死不明。"

"你妹妹可有名字？"

"小时取名叫海云，乳名叫小花，要是活着的话，今年十九岁了。"

江海云扔了宝剑，高兴地说道："你是哥哥，我就是小花，我就是海云。"

江海俊几乎不相信自己的耳朵了，他站起来细看侍女的耳后有一小块黑痣，确是自己失散多年的妹妹。这个意外的奇迹，使他又壮起了胆子。兄妹相认，悲喜交集，各叙别后情景。江海云告诉哥哥，早年流落街头，乞讨为生，幸得公主收留，进入王宫，待如姊妹，又学会了武艺。几年来多次打听，也得不到准确的消息，公主最近还派人去找呢。江海俊不敢说实话，还是编造的到处打猎那一套谎言，江海云信以为真，让他尽忠图报，建功立业。

二人又悲又喜地叙了一段离情，江海云忽然说道："哥哥，你私闯百花厅，这是死罪。你赶快下去吧，以后千万注意，不可再来。"江海俊应下，刚要转身走出，忽听台下有侍女高声喊道："公主回厅！"江海云往外一看，一派灯笼火把从台阶上来，白花公主回来了。

正是：

离别兄妹才相认，岂知狭路逢冤家。

第八章　钟　情

且说江海云见白花公主回来了，大惊失色，她情急生智，忙拉开帷幕，让哥哥藏在百花厅议事堂的屏风后面，小声嘱咐他："千万不要动，公主一会儿就走的。"

这时，白花公主在侍女的簇拥下，来到百花厅的门口。厅上烛火辉煌，照耀如同白昼。灯火下的白花公主，更显得十分妩媚、英俊。

白花公主一见江海云情绪反常，又出迎较晚，心中狐疑，便问道："你干什么去了，怎么才出来？"

江海云惊魂未定，支支吾吾地回答："打扫一下厅堂……"白花公主一听，分明是假话，晚间打扫厅堂，这是从来没有过的事。她迅速地走进厅内，这瞅瞅，那看看，并没发现有什么异常的地方，正在奇怪，突然闻到一股酒味，她想，莫非江海云喝酒了？在百花厅里喝酒，这是白花公主所不能容许的事。于是她很生气地凑到江海云的面前，又嗅了嗅，并没嗅到她有喝酒的气味。白花公主立刻沉下脸来：

"方才有谁来过？"

"没……"江海云张口结舌，不知所措。

"此人八成还没出这屋子，给我搜！"

白花公主一声令下，侍女们分头到各室去搜查。江海俊知道无处躲藏，又怕连累妹妹，忙从屏后转出来。白花公主见有人影晃动，拔出龙凤剑，不问情由，搂头便砍。江海云一看哥哥要丧命，也不顾危险，忙叫："公主息怒。"白花公主惊疑之下，看清了这个人却是时常映在自己脑子里的江海俊，她怔住了。江海俊一看公主的剑并没砍下来，晓得有一线生路，忙跪在白花公主面前，叩头请罪，说明自己酒醉，误入禁地，决非故意违犯，请公主开恩。江海俊伶牙俐齿，能言善辩，铁石心人也能说活动，何况白花公主一向对他还有好感呢！

周围侍女们都瞅着公主如何处理这件事，白花公主也意识到了，不禁容颜变色，板着脸说："闯入禁地，不问情由，一律当斩。"她叫侍女们把江海俊牵到台下，斩首示众。侍女们光说："遵令，却不动弹。江海俊凭着他善于判断事务和机变的本领，马上把脖子一伸，放无赖似的说："末将甘受军法，就请公主斩了吧，不必到台下去了。"

白花公主见此光景，反倒笑了：

"江参军，念你有救驾之功，又是初犯，饶过一次，快起来吧！"

江海云听了公主的话，突然跪下了："谢公主大恩。"

白花公主被弄糊涂了："怎么回事？你们真是……"

"他就是我失散多年的哥哥，刚才冒犯了公主。"

"啊，好哇！你们兄妹真的团聚了，祝贺，祝贺。"

侍女们也一齐欢跃，为江海云高兴。

江海俊拜谢以后，要走了。白花公主似有所失的样子，令江海云送他到台下，并准许兄妹二人可以多谈一点时间。

江海俊走出百花厅，下了点将台，暗自庆幸自己大难不死，虽然没有盗得军事机密，但他觉察到白花公主似乎是个有心人，从她那暧昧不明的态度来看，说不定会对自己产生好感。决不能错过这个机会，他忙问江海云道："妹妹，公主一向军令森严，人多不敢冒犯，不想今日却对为兄开恩，这是何故？"

江海云高兴地说："公主自那天教场射老鸹以后，时常念叨哥哥的好处呢！"

江海俊闻言，说："我再去见公主。"

江海云不知何意，刚想拦挡，哥哥已登上石阶了。她只得尾随赶来。

白花公主遣散侍女以后，正独自一人坐在议事堂上沉思，她懊悔把江海俊打发走，错过了这个机会。究竟是什么机会，她也心中没数。正在胡思乱想，不料江海俊又进来了。

白花公主心忙意乱，脸红心跳，嗔怒道："江参军，为什么又回来了？"

江海俊跪下道："感激公主再生之恩，公主有何难事，只管吩咐，末将万死不辞。"

白花公主镇定了一下，轻盈地说："你去吧，以后有用着你的地方。"

白花公主的一缕柔情，被江海俊看得真真切切，他大着胆子说道："末将善观气色，今日见公主坐立不安，心里必有难言之事，望公主实告，若用着末将的时候，赴汤蹈火，在所不辞。"白花公主沉吟一会儿，初开的情窦冲破了传统观念，她红着脸取出一个长条的包袱来："江参军，我给你看一件东西。"

正是：

投机老手善投机，痴情少女被情迷。

第九章　赠　剑

且说白花公主从一个小包里取出两件东西放在案上，红着脸低头不语。江海俊一见，又惊又喜，原来是两只箭，这是那日在教场射中乌鸦的两只袖箭，一只是公主的，一只是江海俊的。这江海俊机敏过人，如何不明白？于是跪爬半步，凑到公主跟前，激动地流出了眼泪，仰面望着公主说："公主盛情，小子终身难报，久后要是负公主，不得善终，必死于刀剑之下。"白花公主如醉如痴，怜爱地将他轻轻一拉："起来吧。"

江海云追赶哥哥来到厅内，看到厅内的气氛有了变化，又回想起公主平日时常提起哥哥的事，心里也明白了八九分。她提醒哥哥一句："哥哥，公主对我兄妹的大恩，日后不要忘了。"江海俊见白花公主果然钟情，立刻趁此机会，要公主和他当面订百年之好，他又跪下对天盟誓。白花公主此时完全被感情俘虏，也身不由己地随着跪下。旁有江海云作证，二人就在百花厅内私订了终身。

江海俊又求道："虽和公主结下百年之好，可是没有父母之命、媒妁之言，日后公主反悔，可不是儿戏。请公主赐一物为凭。"

白花公主也觉得有理，但一时又想不起来赠予什么为好，她原来没有思想准备。江海云从旁提示道："公主何不将随身所佩龙凤宝剑赠给哥哥一口？"白花公主踌躇起来，这龙凤剑乃祖传镇国之宝，百十年来从未落入外人之手，如何私自赠得？江海俊久闻龙凤剑之名，心想何不趁此机会得到此物？遂说："公主金枝玉叶，尚能以身相许，若赠龙凤之一，足见公主诚心。"白花公主这时也顾不得那么多了，她从腰间解下来一口宝剑，捧于江海俊。江海俊欣喜地伸手来接，白花公主忽然眼圈一红，停住说道："龙剑伴我，凤剑赠君，国宝外传，非同小可。望将军珍重，勿负此心。"说完将宝剑递过去。江海俊心满意足地佩在身上，又谢过公主。白花公主又深情地说："现在外敌入侵，边关告急，将军趁此建功立业，待退敌之后，禀告父王，再……""再结鸾盟"她没有说出来，这江海俊迫不及待地接言道："小子岂敢有非分之想，但是退敌心切，不知公主统率三军，可有应付办法？"

"将军只管放心。国内所有关隘要塞，全都部署停当。过几天我就要带兵迎敌去了。"

江海俊暗中吃了一惊，但他不动声色，说："我幼读兵书，深知兵法，不知公主部署，是否得当，能不能告诉我，帮你参考参考，以免有漏洞。"

白花公主笑着轻轻摇头道："一切安排，都是在巴拉公参与下制定的，思虑周密，万无一失。"

江海俊也笑道："军情瞬息万变，哪能墨守成规？我看还是慎重考虑为好。"

白花公主也觉得他的话很有道理，况且又刚订终身，驸马如此关心国事，遂深信不疑，于是便把机密柜打开，取出了兵力部署的军事草图，这是乌拉国的军事部署，非常绝密，让江海俊观看，特让他发表高见，并说："乌拉国的存亡，我父女的性命都在这上，将军要严守机密。"江海俊一边看一边说："我与公主，情同一体，公主要有闪错，我怎么能活下去？"听到此言，公主更是感激万分。

江海俊仔细看图，认真记了一些关键的地方，连说："果然精细，没有半点漏洞，公主天生将才，单祁国无人可及。"

这江海云听他说"单祁国无人可及"的话，心里纳闷道："这事你怎么会知道？难道你去过单祁国？"遂对白花公主说："公主，天不早了，应该让我哥哥回去安歇了，再说，若让巡逻兵知道了，那就不好了。"

白花公主正在热恋中，根本对江海俊没有产生一丝疑问，对江海云的话也没有听进去，她这工夫想的是，让江海俊在这里多待一会儿。江海俊对妹妹的话却心中大为不满，嗔怪江海云道："公主待我如此情深，我哪能舍得走开呢？"

江海俊赖着不走，专心看图，白花公主耐心地陪伴着。时间已近半夜光景，江海俊觉得再要待下去的话，巴拉公诡计多端，说不定会被他识破，反而耽误大事，于是便起身告辞。

再说巴拉公得到家将的报告，说江海俊登上点将台，闯入百花厅，认为江海俊是奸细无疑，他私入百花厅，是为盗取机密军情。忙带着亲兵家将赶来，准备捉拿江海俊。不想他来到教军场内，远远望见白花公主亲自护送江海俊从百花厅里走出来。巴拉公当时惊得目瞪口呆。

正是：

百倍机警成何用？一步来迟木成舟。

第十章　偷　袭

且说巴拉公一见白花公主亲自送江海俊从百花厅中走出来，大吃一惊，觉得事情有变。他紧走几步，来到点将台下，正好江海俊从石阶上走下来。巴拉公高声叫道："江参军为什么闯到这里来？知道不知道这是禁地？"江海俊依仗白花公主做护身符，就有恃无恐，很傲慢地说道："当然知道，不知道我还不来呢？"

"你私闯禁地，罪可当诛，给我拿下！"

家将呼啦上前，围住江海俊，就要动手。江海俊冷笑道："谁敢动手，碰了本宫一根毫毛，我诛你全家！"

巴拉公喝道："还不动手，给我拿下！"

"放肆！"白花公主大喊一声，走下台来，对着巴拉公，愤怒地说，"巴公爷，你屡屡纠缠江参军，这是为什么？"

"公主，你是三军统帅，这百花厅是军机重地。"他又用手一指江海俊，"这到底是怎么回事？"

"怎么回事？"白花公主冷笑道，"这是我们家事，你管得着吗？"

"这，这……"巴拉公惊恐万分，张口结舌，速速后退，"不敢，不敢。"

江海俊一看巴拉公被白花公主喝退了，他幸灾乐祸，煽风点火地说："公主，这巴公爷是咱们的大恩人，他要不把我灌醉，送到这里来，咱们哪能会结百年之好。"说完，他又故意把公主赠的凤剑对巴拉公晃了一下。这巴拉公一见龙凤剑落到江海俊手里，急得一口鲜血吐出来，昏倒在地，家将上前扶住。

白花公主被江海俊激得火冒三丈，本想斥责巴拉公嫉功害贤，暗算江海俊，但一看见老头子如此情况，心也软了。她命家将小心扶巴公爷回府将养，一面令江海俊赶快走开。

江海俊回到住所，夜里没有睡觉，赶紧把在百花厅里看见的草图，其中要害处记录下来，又画了一张简单图样，标明某处驻兵，某处空虚，山川河流，船渡桥梁，大小路径，都城部署，统统做了详细说明，并提示几点进军路线，派和他一起混到城中的心腹，趁黎明开城时以公干为名，拿着假文书，把情报送出去。

再说单祁国领兵元帅留彦，屯兵在乌拉国的边关，双方对峙已经好几个月了。混到城里边的内奸杳无音讯，大将丘贝入城行刺又事情败露，乌拉城上又挑出刺客首级，急得他无计可施。对边关几次强攻，怎奈边关险要，易守难攻，乌拉守军坚守不出，单祁王几次催令进攻，限期攻陷乌拉都城，活捉安西王和白花公主，并派另一个王子为监军，增兵造战船，水陆并进。但是，关河险阻，守军拼命，仍然无济于事。

这天元帅留彦和单祁王子正在帐中闲谈，议论进攻乌拉的办法，一个军士来报："乌拉城中来人有机密事要面见元帅。"留彦一听，心中大喜，就知道有好消息送来了，忙令传见。来人呈上江海俊的密函，留彦看过仰天大笑："大功告成了！"单祁王子问他为何这么高兴，他说："乌拉国的军事部署，都在我们掌握之中，生擒安西王和白花公主的日子，不远了！"单祁王子又问道："是姐夫送来的情报吗？"留彦点头，并把函件推给他说："请殿下过目，驸马干得好，我们胜利在望了！"单祁王子不懂军事，他担心姐夫的安全，遂问道："元帅，姐夫为什么还不回来？"留彦蛮有把握地说："驸马心高志大，他信上表示，不立下最大的功劳，他是不会回来的。他现在取得安西王父女的信任，有机会接近他们，这事就好办多了。放心吧，殿下。"

留彦传令，在军中大摆酒宴，令军兵将校痛饮一场，准备战斗。

夜间，留彦拨了一小部人马，继续围攻边关，帐篷灯火不减，用以迷惑边关守将，自己和单祁王子带着大队人马，悄悄起营，绕过正面，按照江海俊指示的路线，偷袭过去。一路上果然如情报上所说，没有遇到更大的抵抗，很快深入腹地，直奔乌拉都城扑来。

乌拉城中得到单祁兵绕道偷袭的情报，虽感意外，却也并不紧张。白花公主集合三军，教场听令。真是旗幡招展，盔甲鲜明，刀枪密布，鼓角喧天，人人奋勇，各个争先，军兵们都为了保卫这弱小的国家，而摩拳擦掌。白花公主全身披挂，威风凛凛地登上点将台。她伸手拔出一枝令箭："参军江海俊听令！"

"末将在。"江海俊上前打躬。白花公主命令道："令你为前部先锋，带领军马，前去迎敌。"江海俊刚要接令，忽听一人高声叫道："且慢！"原来是巴拉公从旁闪出来。

正是：

年轻公主欠磨炼，老臣虑事更周全。

第十一章　斥　忠

且说巴拉公上前道："敌兵困守边关，数月之久，今日突然绕道进逼都城，事有蹊跷，这先锋之职关系重大，江海俊入朝不久，恐将士不服，望公主三思。"

其实江海俊不愿离开乌拉城去当先锋，见巴拉公阻拦，正合心意，忙说："军国大事，非同儿戏，不可因我一个人贻误战机，巴公爷言之有理。"

白花公主一听，心里佩服江海俊，深明大义，遂向他深情地瞟了一眼，然后改令道："陈大勇听令，任你为先锋之职，带领本部人马，速去迎敌，我随后赶到。"

陈大勇领令去了。

白花公主又调动几支人马，最后让江海俊留守都城，自己率大队人马，亲自迎敌。

巴拉公一听让江海俊留守都城，这比去当先锋更危险，再次上前阻挡："这更使不得。我大军在外抗敌，一旦都城生变，后果不堪设想，望公主慎重。"

白花公主见巴拉公三番两次阻挡江海俊，心中很是恼火，有心斥责几句，但一考虑到巴拉公是三朝老臣，建国有功，德高望重，便克制地问道："巴公爷，你对江参军为什么这么不放心？"

"江海俊来历不明，行踪可疑。"

江海俊辩解说："我是乌拉国人，公主身边的侍女江海云，就是我的妹妹，她可以做证，有什么可疑的呢？"

白花公主对身旁的侍女说："你可以说清楚，免得巴公爷老是怀疑。"江海云迟迟地说道："江海俊确是我的亲哥哥，不过失散多年了。"

巴拉公一听侍女的话里有话，便说："江海俊虽是乌拉国人，又有妹妹做证，但是毕竟来历不明，而且寸功没立，不宜重用。"

江海俊一声冷笑："难道我捉拿刺客，救主上也不算功劳？"

巴拉公也冷笑一声驳他几句："那天你既然拿住了刺客，老夫高叫刀下留人，你为什么反而把他杀死，至今刺客一案仍是个谜，如果不是和刺客有关联，不是为了杀人灭口，会这么处置吗？"

江海俊理屈词穷，以退为攻，转向公主恳求道："巴公爷处处刁难，不能容我，末将情愿辞去官职，回去当猎人，免遭大祸，望公主放小子一条生路。"说着，他掉下几滴泪来。

巴拉公冷笑说："江海俊，不必装腔作势了。老夫再问你，那天夜里你进入百花厅，到底干什么去了？"

白花公主不听这话也就罢了，一听巴拉公提起这件事，她瞅一瞅点将台一端的百花厅，想起那天夜里的情景，怒火从心头起，厉声问道："巴拉公，你可知道百花厅是什么地方吗？"

"军机要地，老臣岂能忘记。"

"既然你没有忘记这是军机要地，我问你，那天你为什么将江参军灌醉送到这里来，你这究竟是什么意思？"

巴拉公刚要解释，那天晚上并不是把他送到百花厅内，而是为了观察他的行动把他送到台前，那是他自己爬上去的。不想江海俊乘机挑拨离间道："好一个三朝元老巴拉公，竟敢在教场上，三军将士面前，胡言乱语，不把公主放在眼里。公主身为统帅，军威何在？谁还能服？"

这番话，简直比蚊咬蜂蜇还恶毒十分，白花公主受不住了，她忘记了父王让她遇事多听巴拉公的话的教导，"啪"地一拍案子："你自恃有功于先王，嫉贤妒能，居功傲上，目无本帅，情理难容。要不念你功高年迈，定斩不饶。今免去行军总管之职，降为都尉，罚守城门，不得有误！去吧！"

一声令下，三军黯然。众将纷纷上前安慰巴拉公。巴拉公还能说什么呢？是后悔不该保举公主统帅三军吗？还是后悔那天晚上没有立即拿住江海俊？他唯有嘱咐众将："好好照应公主，同心抗敌。"仰天长叹一声，在家将护卫下，辞别公主，走了。

白花公主不纳忠言，一意孤行，传令江海俊留守都城，保卫王宫，自率大队人马，出城迎敌去了。

江海俊见白花公主亲率三军远去了，他心中暗喜，这真是苍天相助，大功告成，静待外面消息，以便相机行事。

没过多久，忽然警报传来：单祁兵大队人马围住都城。江海俊得报心中大喜，他提着公主赠给的凤剑，向王宫奔来："安西王，我看你往哪里逃！"

正是：

伪装韬晦施毒针，一朝撕去露凶残！

第十二章 行 凶

且说白花公主带兵前去迎敌不久，乌拉城突然被围，安西王心中大惊。刚要传江海俊进宫问个明白，不想江海俊提着宝剑来了。

"启禀主上，单祁兵围困都城，城内兵微将寡，实难抵挡，主上投降吧？"

"胡说！公主大军在外，敌军未知虚实，何出此言？"

江海俊哈哈大笑道："念你女儿，赠我宝剑，劝你投降，这是好意。你若执迷不悟，休怪本宫不客气了。我乃是单祁王驸马，特来取你首级。看剑！"

这时，安西王才看到江海俊手中的龙凤剑，心中不解，传家之宝，怎么会到他的手中，莫非女儿有了闪失，他心中一慌，被江海俊一剑刺死，侍奉宫女也被杀光。随后招呼余党打开城门，放单祁兵入城，又在城中放起火来。

再说巴拉公听见王城里人声鼎沸，知道有变，令人打探，才知国王被杀，单祁兵从东、南两个门进来。情知北门难守，忙带了几个随身护卫，开北门顺大路跑去。他是去找白花公主，让她速回救都城。

来到江边，水里没有渡船，他便顺江岸向下驰去。跑了离城将近二十里，前边闪出一支人马拦住去路，为首的一个人哈哈笑道："巴拉公，本宫在此等待多时了！"巴拉公一看，是江海俊。巴拉公一切全明白了，此时性命难保，遂爽朗地哈哈一笑："江海俊，果然不出老夫所料，你这个奸细！"

"巴拉公，单祁国王准许我，成功之后，做乌拉国主，你若肯相助，仍然不失富贵。不然的话，安西王就是榜样。这公主赠的宝剑，就是给你预备的。"

巴拉公大喝一声："你这奸贼！不要高兴得太早了，乌拉国的臣民，你小小单祁是征不服的！"

江海俊指挥军士把巴拉公围上，并指令要抓活的。巴拉公年老体衰，闯不出去，最后引刀自刎而死。江海俊割下巴拉公的人头，派人送往单祁国报功，一面把尸体埋在江边，收军回城，不提。

单说白花公主遇到留彦统率的单祁兵马，大战一场，留彦被杀得大败亏输，仓皇溃逃。白花公主紧追不舍，准备把敌人赶出国境。这时候探子报告，单祁兵另一路从暗道偷袭都城，乌拉城被围的消息。她也感到纳闷，单祁兵为什么这么熟悉情况，为什么躲过我驻守的军兵，钻了空子。江海云即把多日的疑问，只得对公主说了："江海俊虽然是我的亲哥哥，可是已经失散多年，他到底都干了些什么，我一点都不清楚。我有些怀疑，早想对公主言明，但又不敢多嘴。"

"你说吧。"

"公主，那天晚上，江海俊看了地图，称赞公主，说'单祁国无人可及'，这话公主可曾记得？"

公主猛醒，联系到近来事态的发展变化，有种种可疑之处，一面令人快去把巴拉公找来，一面急令人马，回师救乌拉城。

白花公主正率人马撤归途中，得到都城失守的消息。她更惦记父王的安危，又不知江海俊的情况，心急如焚，催军赶路，打马狂奔，恨不得一步闯进乌拉城中。

留彦见白花公主忽然撤军，知道乌拉城已到手，也掉转马头，随后掩杀而来。

白花公主和江海云并马而行，对她问道："你说的情况很重要，为什么不早说？"江海云埋怨道："巴公爷几次劝阻，公主都听不进去，奴婢怎敢多言？况这乃军国大事，王爷已有明谕，不准宫人参与。"

白花公主也觉言之有理，又不放心地问道："海云，你认为你哥哥会出问题吗？"

"不敢想啊！"

一言未了，有都城守军逃来报告："公主，大事不好！都城失守，王爷被害，单祁兵在城中杀人放火。"

一听"王爷被害"，白花公主几乎从马上跌下来，忍着悲痛，进一步问道："不要惊慌，到底是怎么情况，如实讲来。"

"启禀公主：江参军混进宫廷，害了王爷；又开了城门，里应外合，夺了都城，小的趁混乱逃出来，弟兄们都被杀了。"

"果然是他……"白花公主一句话没有说出来，一阵昏眩，跌落马下，不省人事。

正是：

当初任性不听劝，今日懊悔又何及！

第十三章　哭　陵

且说江海云见公主落马，急和侍女们下马扶起，好半天，白花公主才缓过这口气来，咬牙切齿地恨道："我不杀此贼，誓不为人！"于是催军速行。

将士们闻得都城失守，国王被害，群情激愤，要报仇雪恨，誓死夺回都城。

这白花公主虽然报仇心切，但乌拉国军士因来回奔波，人困马乏，刚到城外，单祁兵从城内杀出，留彦率领的大军随后赶到，内外夹攻，乌拉兵大败，白花公主冲出包围，落荒而去，江海云贴身紧随。

看看天色将晚，她们二人跑到一片树林下，前面是一座小山岗，二人急忙进入林内，下马休息。白花公主抬头向上一瞅，只见石板铺的道路两旁摆着石人、石马、石狮子等物，她顺路循阶而上，靠山岗有一个围墙圈起的院落，大红门上竖着一块匾额，隐约金字是"祖陵"两个大字。她明白了，这是她常听说的，自己不曾来过的祖先陵园，这里边埋着乌拉国的几代国王。她一想到祖先创业的不容易，由于自己无知，感情用事，葬送了乌拉国，害了父王，今日兵败无意中跑到祖陵避难，有何脸面见祖宗的陵墓？她凄惨地叫了一声："我对不起祖宗在天之灵！"她扑到门前跪在石阶上，痛哭起来。江海云上前相劝："公主，悄声，莫叫敌人巡逻兵听见。慢慢想办法，再图恢复大业。"白花公主哪里肯听，越哭越恸，跪在阶上不起来。

这时惊动了几名看陵守墓的老人，他们从庐舍出来，问道："这是何人如此哀恸？"江海云答道："这是公主。"一听是公主，守墓老人高声叫道："事已至此，哀恸何益，公主要是安西王的后代，应当设法报仇，恢复先人基业，这样才能忠孝两全。"

白花公主一听，忙又给老人跪下："多承老人家指点，日后报仇复国，不忘大德。"守墓老人上前扶起，勉励道："公主智勇双全，误中奸计，真是可惜。不过，乌拉国几代相承，恩泽于民，人们不忘故主的好处，公主要能重整旗鼓，抗敌报仇，军民都能相助。我看，逐敌于国门之外，还是不成问题的。那时，王子能回便回，万一王子不能回来，公主可为乌拉国主，上合天心，下符民意，重开国土，振兴祖业，这才是当务之急，望公主节哀三思。"

白花公主给老人道谢，止住悲戚，江海云走上来说："公主，咱们分头去搬救兵，招集余部，回救都城要紧。"

白花公主道："你去找陈大勇的部队，我去寻找巴拉公的下落，只要找着他们二人，事情就好办了。"

江海云应声上马走了。白花公主身边并无一个随从，侍女早已失散，将士溃败之后，又分路逃窜，可上哪里去找呢？巴拉公当日罚为城门守尉，都城已陷，他那么大的年纪，现在生死又如何呢！

守墓老人看出白花公主为难情绪，又鼓励她说："天无绝人之路，吉人自有天相，敌兵只破都城，这乌拉大好河山不还是安西王的天下么？只要公主振臂一呼，就会有万人相从，何尝不能抗敌复国？"一句话提醒了白花公主，她拜谢了老人，跳上战马，向林外大路，借着朦胧的月色急驰而去。

距离都城不远，有一座依罕山城，是乌拉国屯兵、屯粮的重镇。这宜罕山上建有城堡，地处松江东岸，山高地险，城坚势峻，实为乌拉都城的屏障。白花公主的亲舅舅布哈屯把守在这里。

半夜光景，白花公主驰到山下，叫开城门，见着舅舅，说明原委。布哈屯也得到都城失陷的情报，但他还不知道国王遇害的消息，更惦念着他姐姐留下的白花公主，由于消息不准确，所以未敢轻举妄动，打算天明带人马下山，相机行事。

白花公主夜间突然来到，这一切他全都清楚了。

布哈屯连夜点齐三千人马，令人把守山城，就随白花公主向北边的乌拉都城驰去。一路上白花公主收集了自己部下溃军。将士们听见公主有了下落，也纷纷集中来投，到亮天大军抵近乌拉都城的时候，已经集中四五千人马了。附近村屯的农民、猎户、渔夫、工匠也自动参加收复都城的战斗，群情激昂，军威大震。

白花公主急于寻找江海俊报父仇，她只带了百余骑向乌拉南门扑去。不想刚接近城门，却见江海云引着江海俊从城里出来。

正是：

仇人见面，分外眼红。

第十四章　搬　兵

且说江海云离开了白花公主，去找先锋官陈大勇。这陈大勇的队伍只和单祁兵交锋一次，便因寡不敌众败退下去。白花公主的大队人马和留彦的单祁兵接触时，他已经把队伍拉到留彦的背后，准备来一个两面夹击，不料白花公主突然撤军，不知何意，他也就尾随留彦的后边，跟踪而来。途中得知，都城失守，国王遇害了。

白花公主的大军一溃，他自知敌不住单祁兵，只得远远地隔河立阵，监视西门，以待援军的到来，好合攻都城。

江海云上哪里能找到他？她心想，何不趁此机会，找着哥哥江海俊，看一看他到底搞的什么名堂，公主遭此不幸，完全是由我引起，如果不是因为和他是兄妹关系，公主哪会上此大当？想来想去，只有我亲手杀死江海俊，才能对得起公主。想到这里，她毫不犹豫地单人匹马向乌拉城门闯去。单祁占领军不放她进城，她便说："我是江海俊的妹妹，今有重要军情，向他报告。"单祁兵不知是真是假。慌忙去禀报元帅留彦。留彦请来江海俊，问明真假，江海俊说："我原来有个妹妹，失散多年，不料她正在白花公主处，我能接近白花，全仗我妹妹牵线。现在正好通过她找到白花的下落，以便剪草除根，免去后患。"

江海俊辞别留彦，领着随身护卫出来了。

江海云一看她哥哥出来了，千仇万恨聚在心头，恨不得一剑刺死他才解心中之恨。可是她知道，江海俊武艺高强，又有公主赠的凤剑防身，而且耳目众多，自己实难下手，她便想出个办法，准备把他骗出城外，相机行事。她遂叫了声："哥哥，我今天特来寻找你，向你报告好消息。"江海俊笑道："是白花公主的消息吗？她在哪里？"江海云说："正是公主，她让我来找你。"

"找我？"江海俊以为城中的实况她不一定清楚，遂说，"安西王已经投降了，只要白花公主肯投降，我还念赠剑之谊，愿意同她结百年之好，我做乌拉国王，封她为西宫。"江海云强压心中之火，又说："哥哥，公主既然和你定亲，她就是你的人了。你不要带随从，小妹领你去见她。她，她现在正一个人等你，让我来找你。"

江海俊信以为真，遂喝退侍卫，便同江海云出城，正赶上白花公主一行已经飞速地来到了。

白花公主一见他们兄妹二人一同出来，她误会了，拔出龙剑，对准江海云，就要动手。江海云忙叫了一声："公主，这可是个好机会！"白花公主不懂她话的意思，喝问道："江海云，我待你天高地厚，没想到你们兄妹合谋算计我，害得我好苦，今日我岂能容你？"说罢举剑又要动手。江海云大叫一声："公主！我帮你报仇雪耻……"

江海俊忽然明白，妹妹刚才的话都是骗他上钩的，又想起往日和巴拉公对证时，妹妹说的对自己怀疑的话，顿时他凶相毕露，杀心顿起，抽出凤剑，照他妹妹后心就是一剑，刺透心窝。江海云惨叫一声跌下马去，滚了两滚就气绝身亡了。

"海云！我的好姐姐……"白花公主从这一血淋淋的教训中明白了，江海俊乃是一个披着人皮的魔鬼。

说时迟，那时快，白花公主毫不犹豫地挥剑向江海俊劈去，江海俊急架相迎，两个人各执一口龙凤剑，就在城边上厮杀起来。因为白花公主经受几番的精神打击，又连夜马不离鞍，往返跑了百余里路程，人困马乏，心跳气短，斗不多时坐下马便不动了。白花公主看马力已乏，再斗下去恐怕有失，忙跳下坐骑，说道："你这贼徒，有本事你下来！"

江海俊的步战功夫比马上还强，他看公主离马，随后跳下来，狞笑道："凤剑是你亲手赠给我的，我用此剑宰了你父亲，今天我再用它宰了你，有点不够义气。你要能跟我同圆好梦，待我做了乌拉国王，封你为偏妃，你看如何？"

"你这逆贼！"白花公主肺都要气炸了。白光一晃，"你看剑！"江海俊的凤剑向上一迎，"叮当"一声，龙凤剑相碰，火星乱迸，两口剑并无损伤。白花公主怕击坏传国之宝，便不去硬碰，施展闪转腾挪。江海俊也不示弱，步步紧逼，不几个回合，白花公主心慌，手一松，"嚓"的一声，龙剑被磕飞。江海俊看她手中没有武器，便放心大胆地随后赶来："白花小姐，你往哪里走！"

正是：

国破家亡仇未报，岂知自己又遭殃！

第十五章　报　仇

且说白花公主手中的龙剑被凤剑磕飞，回身便走。江海俊见她手中没了武器，纵声大笑："白花，还不跪下投降，跟我返城去享福。"白花公主并不答言，向前跑了几步，见脚下一软，是个沙丘。她急中生智，假装摔倒，顺手抓起一把沙土。江海俊企图捉活的，窜到近前，刚要开口，不料"唰"的一声："看宝！"江海俊睁眼正要细看，霎时一把沙土扬在脸上，沙土面钻进了眼睛，江海俊眼睛登时迷住，再也睁不开了。

刹那之间，白花公主一个旱地拔葱窜到他的近前，一把夺过他手中的凤剑，顺势一剑刺去，江海俊"哎哟"一声扑通栽倒。这时，白花公主又捡起龙剑，冷笑道："江海俊，你这贼子，身为乌拉国人，却给单祁效劳，勾引敌人入寇，覆我宗社，害我父王，杀我百姓，你骗得我好苦，今日还有何说？"

江海俊腹部中了一剑，他也顾不得揉眼睛了，两手捧着肚子，像杀猪一样叫唤不止。

"公主饶命，公主饶命……"

求生的欲望使得江海俊不顾疼痛，跪在地上，叩头哀求。白花公主轻蔑地一笑："哼！你也有今日！我亲眼看见了你这反贼的下场！"她咬紧牙关，龙凤剑一齐劈下，江海俊的脑袋立刻滚落下来。白花公主提着江海俊的人头，又剜了他的心肝，向北边都城的方向跪下，痛哭道："父王在天之灵，不孝女儿为您报仇了！我可怜的父王，是女儿害了您，您惩罚你这个不肖的女儿吧！"伏在地上痛哭不止。将士们跑过来劝住她，她收住泪，吩咐把江海云的尸体埋了，她对土堆拜了几拜，祷告道："都是我的不对，害了你，你就是我的亲姐姐，愿你安息吧！"

接着，她又命令把江海俊的首级挑在高竿上，向单祁兵示众。

城内的单祁兵看见驸马江海俊的人头，军心慌乱。这时布哈屯的大兵已到，各路援军也齐聚在城下，陈大勇的人马也渡过江来，把一个乌拉城围得水泄不通。白花公主指挥各路军兵，发起猛攻，城内单祁兵走投无路，在元帅留彦的率领下，向白花公主投降了。

白花公主从单祁兵里查到单祁王子，她留下王子，放了留彦，让他回去通报单祁王，用乌拉王子来换单祁王子，如果乌拉王子不在了，那就要杀掉单祁王子抵命。

白花公主等人进了都城，打扫王宫，寻找到安西王的尸体，设祭安葬，忙了几日。她派人打听巴拉公的下落，几天之后，才知道巴拉公已被江海俊杀死在江边。她亲率侍卫，来到江边，从沙滩上找到了一具老年人的尸身，但无脑袋。经过辨认，确认是巴拉公的尸体，头颅已被江海俊送往单祁国报功去了。白花公主命铁匠铸造一个铁脑袋，安到巴拉公的尸体上。就在江边高搭灵棚，吊唁致祭。白花公主跪在巴拉公的遗体前，痛哭道："都是我不好，害了你老人家……"三军尽皆挂孝。祭毕，白花公主令三军将士们每人一撮土，埋葬了巴拉公。几千兵马，每人一撮土，霎时间就成了一座小山似的土丘，墓碑上镌刻着"乌拉国三朝元老巴拉公之墓"几个大字。从此，这一带地方就流传开一个"巴里铁头"坟的传说，此墓于前几年被松花江的洪水淹没，遗迹不存。

乌拉都城光复之后，国中无主，群臣和将士奉白花公主为国王，白花持着祖传的龙凤剑，君临天下，励精图治，发展生产，开拓边境，操练三军，使一个微弱的乌拉国，很快恢复起来。

时隔不久，单祁王派来使臣，这使臣就是被白花公主放回去的单祁元帅留彦，呈上国书，单祁王愿意送回乌拉王子，换回单祁王子，两国从此永息争端，各安生业。白花公主心中大喜，也派自己的舅舅布哈屯为使，随留彦去单祁国，双方约定交换王子的时间和地点，一切议和停当。单说到了这一天，白花公主全身披挂，登上点将台，点了三千精兵，用毡车载了单祁王子，一路保护着，向指定地点进发。这时单祁王在元帅留彦的保护下，也用毡车载了乌拉王子，双方就在边界上举行了一个互相交换的仪式，全军大摆筵宴，三军振臂欢呼，从此，两个多年敌对的邻国友好相处，再也不打仗了。

白花公主将哥哥换回国中，把龙凤剑交给哥哥，自己让位，扶持哥哥当了乌拉国王。乌拉国从此也逐渐由弱变强，后人无不称颂白花公主。乌拉古城内现在还有"白花点将台"的遗址，作为历史的见证。

一九八六年冬于长春乐群街寓所

白花点将

赵宇虹 整理

目 录

白花点将

赵宇虹　整理

第一章　人质风波

说的是北宋宣和年间，北方女真人建立的大金国，挥师南下，攻陷汴京，俘获了宋朝皇帝钦宗和他的父亲徽宗，北宋就灭亡了。

北宋灭亡，徽宗皇帝第九子康王赵构，被金兵追杀，逃到淮河岸边，河水汹涌无船可渡，眼看敌兵追近，这时忽然从庙内跑出一匹马来，赵构情急之下，跃上马背，这马竟从水面上飞驰过去，到了对岸，康王下马，不想他刚一下来，这马就瘫痪了，仔细视之，原来是一匹泥塑的马。康王知有神助，一口气跑到江南杭州，重新建立宋朝，称为南宋。康王登基，改杭州为临安，意为临时国都之意，他就是宋高宗，"泥马渡康王"从此传开。

且说追赶康王的金国领兵大将金兀术，亲眼见到从关公庙里跑出的泥马把赵构送过河去，也认为"天不灭宋"，收兵不追。

后来兀术封梁王官居太师都元帅，对宋用兵几十年，他始终对南宋无计可施。

他死后子孙却受到了打击，长子被害，次子被贬，他们这一支完颜氏皇族，从此默默无闻。

他次子名叫完颜玮，被流放到松花江，给了个海西郡王的称号，令其自生自灭。海西郡王传到第三代时，金朝在蒙古军的攻击下，国家灭亡，皇帝自尽。

金朝原本在按出虎水建国，黑龙江阿城的上京会宁府就是金朝的都城，可是在海陵王时代却迁都燕京，金源故地就舍弃了，听说金朝迁都时还放了一把火，把上京城烧毁了。

海陵王迁都，完颜氏皇族都不满，不久海陵王被叛军所杀。

金朝南迁后，北方空虚，完颜玮的后人招抚流民，聚拢氏族，形成一个部落，这就是乌拉国的前身。

在金朝未亡之前，海郡王已有了一定的势力，第四代海郡王名叫倭罗孙，被皇帝召回京城，依为膀臂，卫护宫廷。

南宋联合蒙古，并有西夏相助，三国联军围困金朝都城，金末代皇帝完颜守绪做出两个决定：一、把皇位传给宗室完颜承麟；二、令宫廷侍卫海西郡王倭罗孙突围北返，回金朝故土聚集力量，这两人有一人成功，就可以延续大金之皇统。

这是金末帝临自杀前的安排，结果完颜承麟战死，第一项任务失败。

完颜倭罗孙接受重托时，末帝完颜守绪赐给他一件传国之宝，是当年金兀术为太祖皇帝铸造的两口宝剑，一龙一凤，合而为一，分开为二，名"龙凤剑"，龙凤剑既是金朝镇国之宝，又是完颜氏传家之宝，当金朝面临覆亡之际，末帝赐剑是有深意的，一不想让镇国之宝落入敌手，二让它物归原主，对挽救金朝寄予厚望。

倭罗孙返回松花江，家人还在，部民还在，修筑城池，取名洪尼勒城。

倭罗孙死后，继任的海郡王把敖都部改为敖都国。

这时候的蒙古人正在向南方用兵，灭亡南宋，又出兵远征，一时还顾不到北方地区，这一地区就群龙无首，四下大乱。

在敖都国的西方，也兴起一个较大的部落，叫单祁国。单祁国是大辽的后裔，契丹人。大辽朝已经灭亡一百多年了，现在看到蒙古人兴起，天下大乱，也想趁混乱之机，恢复辽朝，他们占据陶温水、脑温江一带广大地区，建立个单祁国，单祁二字就是"契丹"两字谐音倒读，单祁国王姓耶律，辽太祖阿保机的后裔。

单祁王手下有三员大将。

第一个元帅留彦，辽朝宗室，也姓耶律，单祁王的同族。此人文武双全，有智谋，为人直爽，讲义气。

第二名叫江海俊，是个汉人，年轻英俊，虽然没念多少书，识字不多，却武艺高强，精于骑射，单祁王看中他一身好武艺又年轻英俊，把他一个族妹嫁给他为妻，招为驸马，官职不大，仅封他为行军司马。

第三名唐古丘贝，女真人，是金朝驸马唐恬辨的后人，唐恬辨虽是金朝驸马，他却参与一场弑君篡位的活动。金熙宗残暴好杀，引起朝野震动，他的从三兄弟[①]完颜亮趁机发动宫廷政变，杀死熙宗夺取皇位，就有唐恬辨参与此谋。后来，金世宗即位，追查弑君篡位一案，参与者都受了严惩，唐恬辨列入逆党，本人被处死，全家下狱，丘贝当时尚小，还是个孩子，也受到株连，判了个终身监禁，罚到冷山牢城营服苦役，后来越狱逃走，跑到大草原上投到单祁王门下。这个丘贝虽无太大的本领，却练就一手轻功绝活，飞檐走壁，翻墙爬城，无人可比，单祁王封他为先锋官。

单祁王有了这几个能人，再加上拥有十万之众，一时称雄草原，独霸一方。

他的东边是敖都国，跟他搭界，又听江海俊说，这敖都国紧临松花江，山环水绕，土地肥美物产丰富，怂恿单祁王出兵占据这块地方，同单祁国连成一片，那就无敌于天下了。

单祁王听其言，派元帅留彦领兵征伐敖都国。

敖都国边境上有一座雄关，叫作飞狐寨。飞狐寨建在飞狐岭上，地势险要，山岭连绵，无路可通，留彦元帅的大军被阻于岭下，不能前进一步，攻了几次，守寨将士就用滚木雷石防守，单祁兵伤亡很大，不敢再攻。

敖都国暂时保住了，这都是老臣巴拉公的谋略，边关修寨设防，利用山势防止骑兵入境，这确实是高明之策。

巴拉公何许人也？

巴拉公有个名字叫巴里铁头，是前代海郡王的侍卫，当年倭罗孙从京城返回的时候，就是在巴里铁头的保护下重返洪尼勒城的。他又是倡议建立敖都国的有功之臣，封为公爵，从此上下不准直呼其名，以巴拉公称之。

边关阻击获得胜利，并没令巴拉公高兴，他知道，单祁国大人多，带甲十万之众，他是不知虚实才有此败，从长远看，敖都国绝不是单祁兵的对手，为长远之计，两家和好，互不侵犯方是上策。

为此，他向海郡王提议，可以借初战先捷的机会，同单祁国讲和。为了永结盟好，效仿古代，双方互换人质，住在彼此都城，又便于沟通情况。再者，蒙古势力强大，早晚会经略北方，一国力量决抗衡不了，两国携起手来，力量就大了，可保境安民。

[①] 同父异母或同母异父的兄弟，叫"从三兄弟"。

敖都国派出使臣，来到单祁都城红土崖，单祁王认为敖都国使臣讲得有道理，而且是胜利之后主动求和，足见诚意。于是双方议定，互换王子，这样就可以防止一方渝盟，两家都放心了。不久，双方王子被送到彼此的都城。

两方结盟，单祁元帅留彦撤兵。飞狐寨也开放关门，允许两国商人牧民出入边境，经商做买卖，互通有无，皆大欢喜。

真是天有不测风云，人有旦夕祸福。不到三年，单祁王子患了一场重病，请遍洪尼勒城名医，访遍敖都国高人，都没能治好单祁王子的病，海郡王急遣使去单祁国通报王子病情，单祁王一听儿子病重，起先认为可能不服水土，派车去接，回国治疗。不料途中出了意外，单祁王子病死车中，拉回去的是单祁王子的尸体。

形势骤变，又出现了紧张状态。

单祁王怀疑儿子是被谋害，肯定是海郡王所为。一怒要用海郡王子抵命，被留彦元帅劝阻。他认为王子的死，确是有病，敖都国不可能加害，他的王子还在单祁，他要加害，必先召回王子，可海郡王没有，难道自己儿子也不要了？据说海郡王只有一个儿子。

听了留彦元帅的劝告，单祁王多少有点开悟，但他是气愤难平，暂时先放下不究，将来派人潜入洪尼勒城，了解清楚真相再说。

同时，令元帅留彦屯兵飞狐岭下，注意敖都国的动向。

第二章　筑台点将

单祁王子病死洪尼勒城，海郡王自感愧疚，知道单祁王不会善罢甘休，兵伐敖都国是迟早的事。再说，自己的儿子还在人家手里，投鼠忌器，他也不敢得罪单祁王。

边报传来，说边关以西单祁国商人不来做买卖了，留彦元帅又率领大军屯扎在飞狐岭下，有入侵敖都国之意，边关已经戒严，加强防守，让海郡王派兵增援。

海郡王本来就体弱多病，经此一番变故，更觉独立难支。他把老臣巴拉公召到宫中，共商保国安民之策。

其实，此刻巴拉公也已懊悔不已。主张两国结盟，互换人质，本来是为了永久的和平，谁想事与愿违，好心办了坏事。

海郡王召他进宫，他估计，王爷可能追究互换人质的事，无可推卸，自己承担责任就是了。他进宫来，拜见海郡王，口称："老臣知罪，送王子于虎口，都怪老臣虑事欠妥，才出现这样结果。"海郡王令宫女扶起巴拉公，坐在为他准备的太师椅上。

海郡王说话了："单祁王子之事，实属意外，本来是两全其美，彼此和睦相处的好事，也许上天安排，不令敖都国过太平日子，天意如此，非人力所为也。"

巴拉公离座站起道："还是错在老臣，令王爷寝食难安，王子身在虎穴，老臣也于心不安呐！"

"巴公爷不必自责，你还得多出主意，帮我支撑危局，治理这个国家。"

海郡王的真实想法，毫无保留地表示出来，无非是自己体弱多病，无力统领三军，一旦单祁发兵，何人领兵去迎敌？他要选一个能领兵破敌的大将为帅，代他执掌兵权。

巴拉公猜到了海郡王的心理，便说道："主上所虑极是，依老臣之见，殿下现在外国，公主已经长成，当务之急不妨让公主代主上统领三军，以安民心。"

海郡王叹道："我也想过，小女白花才智过人，可是年幼，况且又是女孩，怕她担当不起容易误事。"

巴拉公接言道："公主虽然年轻，却是女中豪杰，定能挑起重担，这一点主上尽可放心。"

海郡王高兴地从炕上爬起来说："看来，也只有如此了。她哥哥日后能回便回，要是回不来的话，就让她继承敖都国主好了。"

巴拉公双拳一抱："主上圣明，老臣也是这个意思。"

"不过我还有一事相求，"海郡王又说，"以后全靠你的教诲了。"

巴拉公一躬到地："老臣敢不竭尽全力，辅佐公主，以报主上三代知遇之恩。"

海郡王把公主托付给巴拉公，稍宽心点。这时巴拉公又说："老臣还有一个想法，也请主上定夺。可立即出榜招贤，不论出身贵贱，从中选拔人才，武艺出众者，可以授以官职，这样才能人人效力。"

"言之有理。"海郡王眼珠一亮，一声吩咐，"召白花公主来见！"

海郡王所生三女一男，两个女儿已外嫁，家里仅剩个小女白花，这一年刚满十六岁。

这天白花公主正在教场练武，忽听父王传唤，赶紧下马放下兵刃，随侍卫来到宫内，见巴拉公在座，就知道有大事，忙上前拜见了父王，又参见了巴拉公，转过身来对海郡王说："父王召女儿进宫，不知有何吩咐？"

海郡王未及开言，巴拉公忙离座笑道："恭喜公主。"

白花突然一怔，冲着巴拉公说："父王忧虑成疾，哥哥吉凶未卜，敌兵进犯边关，国内人心惶惶，喜从何来？"

巴拉公对着海郡王爽朗地一笑："公主出言果然不凡，忧国忧民，胸怀大志，日后必成大器，王爷可以放心了。"

公主一听巴拉公恭维她，立时柳眉倒竖，杏眼圆睁，质问道："巴公爷，你这是什么意思？是不是在挖苦我？"

海郡王咳嗽一声："花儿不得无礼！你怎么这样跟巴拉公说话！"

"女儿知错了。"公主低下了头。

巴拉公见此光景，倒吸一口凉气。他见这位小公主虽然气势很足，口齿伶俐，却单纯幼稚，他犹豫了："毕竟是个孩子，是个十分任性的女孩子。"

海郡王说话了："花儿，你母后去世得早，现在就剩下你们兄妹二人，你哥哥被囚单祁，至今生死不明。单祁王误会你父害死他的儿子，翻脸成仇，兴兵犯界，为父体弱多病，巴拉公又年迈，何人能领兵抗敌，女儿你看怎么办？"

白花公主一听，果断地说："有什么难办的！兵来将挡，水来土掩，父王不用担心，女儿出战抗敌就是了。"

海郡王点点头，瞅一瞅巴拉公，说："好，巴拉公保举你代父主管军务，统领兵马，保国御敌，你可有这个胆量？"

听了海郡王的话，白花公主才明白巴拉公方才那番恭维她的话里的含意，她忙跪下道："孩儿遵命。但孩儿年轻，恐怕不能胜任，误了大事。"

"你放心好了。"海郡王说，"以后遇事要多和巴拉公商量，多听听他的话。"接着又对巴拉公说："我们三代之交，花儿就交给你，拜托了。"

白花公主又对巴拉公行了一礼："刚才多有冒犯，请老人家包涵。"

巴拉公赶紧离座站起来，微微一笑道："公主有胆有识，老臣佩服！"

公主又说："敖都国弱势衰，兵力不足，这可如何是好？"

"公主不用担心，有办法。"巴拉公即把募兵招贤选拔人才的计划，对她说了，公主才多少有点放心。

大事确定下来之后，海郡王经过反复思考，怕女儿年幼，难以服众，打算把祖传镇国之宝又是传家之宝的龙凤剑授给女儿，赋予她先斩后奏的生杀大权，不这样也不能提高公主在军中的权威。

过了几天，海郡王病势好转，又来了精神，传令在教军场上，筑起一座三丈六尺高的点将台，并在台的一端建造一个小巧玲珑的两层阁楼，楼下是议论军机的场所，楼上是公主起居的寝宫。公主给这个议论军情的一楼取名为"百花厅"，列为禁区，任何人，不经传唤，禁止进入，违者就地处死。后来，又在点将台的四周，竖起木栅，南开一门，专人守卫，白花公主亲兵的帐篷就扎在四周，拱卫着点将台。海郡王的宫殿，就在点将台的后面，四周圈着土墙，就是王都洪尼勒城。洪尼勒城西北两面濒临松花江，东南两面青山围护，真是山环水绕，地势险峻，易守难攻的军事要地。

想当年，前代海郡王选择在这里落脚而没有返回按出虎水金源故地，是看中这里的山川形势，屯落毗连，人烟稠密，农耕渔猎俱佳的富饶之地。敖都国建立以后，风调雨顺，国泰民安，天下太平，人民拥护海郡王，已经到了路不拾遗、夜不闭户的程度。

老百姓哪里会知道，这个国家正面临一场前所未有的灾难，强敌已经大兵压境了。

海郡王出榜招贤，公主代父领兵的消息已经传布出去。

有点武艺的人，得知这一消息，认为出头露面的机会来了，投军效力，建功立业，是人人向往的好事，全国各地，四面八方，英雄豪杰都向洪尼勒城集中。

到了占卜选中的黄道吉日这天，海郡王登台授印。白花公主顶冠束带，披挂整齐，带着贴身女侍江海云，准时来到点将台前的教军场上。这时的教军场，旌旗蔽日，鼓角喧天，士兵排成方队，将士身披铠甲，一个个威武雄壮。各地来投军的英雄好汉们，挂号已毕，也都在四周等着。

点将台上，海郡王坐在正中，旁边坐着巴拉公，一阵乐奏之后，巴拉公站起来开言了："王爷今日把军国大事交给公主，天下臣民，同心同德，抵抗外敌，保护国家。文者出谋，武者献艺，不分贵贱，量才授职。"

接着就是授印仪式。海郡王特制一颗黄金元帅大印，授予白花公主。随着授印仪式，海郡王又把祖传的龙凤剑授予公主。白花公主接过这两件象征权力的宝物，拜谢完毕，缓步从石阶上下来。这时教军场上，千头攒动，万目睽睽，人人屏息，个个叹服。又是一阵号角齐鸣，金鼓大作，这是敖都国空前未有之盛典，军民都开了眼界。

三声炮响之后，就要比武选士了。

不料就在这个时候，忽然惊起一只乌鸦，从点将台的后边，"呱，呱"叫着飞过来，又在上空盘旋一圈，向东南飞去。

海郡王见这时候飞起乌鸦，心中好生不乐，乌鸦是不祥之物，偏偏这时候飞出来，似有一种不祥的预感。

这时候白花公主也不高兴了，心里暗骂："真是找死！"她急忙取出一张小弓，搭上仅有半尺长的袖箭，对准乌鸦"嗖"地就是一箭，那箭不偏不倚，乌鸦一个跟头栽下来，周围军士齐声喝彩。早有军士拣起乌鸦，送给公主。白花公主刚要把乌鸦献给父王，这时从人丛中钻出一个青年壮士，高声叫道："给我留下！那是我射的！"

白花公主心中十分不满，真是岂有此理！这怎么会是你射的？

可是等到军士又把乌鸦拿给公主验看时，不由得吃了一惊，原来在乌鸦的膀根下穿着两只袖箭。

这是怎么回事儿？

第三章　奸细封官

前文讲过，单祁元帅留彦屯兵飞狐岭下，飞狐寨扼住边里边外的咽喉要路，一夫当关，万夫莫入。两侧是蜿蜒起伏的高山峻岭，无路可通。单祁兵以马队为主，这就被阻于岭后。单祁王记得，两年前攻打过一次，终不能越过飞狐岭，反而折了许多人马。现在要是再从飞狐岭进兵，还不会得到便宜，怎么办？他即把几个心腹召集到一起，共同商量办法。

留彦元帅说，敖都国的内情我们不了解，对敖都国的道路我们又不熟悉，最好的办法是先弄清敖都国的情况，找到进兵的捷径，这样才能有胜利的把握。得派对敖都国情况了解的人打入洪尼勒城，刺探机密，以利于我们进兵。

驸马江海俊上前请命："在投奔大王之前，臣曾在敖都国住过，对洪尼勒城也比较熟悉，臣去敖都国最合适。最近听说，敖都国招贤选才，这正是打入洪尼勒城的好机会，臣愿去试一试。"

单祁王大喜道："驸马去是最合适了，可是要多加小心，早去早回。"

江海俊拜辞了单祁王，又同元帅留彦约定，探得机密，即时传来，暂扎营在山下不动。

江海俊暗带一把小型的硬弓，几只半尺长的袖箭，骑上快马，领了几名心腹，绕过飞狐寨，从一个缓坡上越境而去。

江海俊为什么不带兵刃，而暗藏一只小小的袖箭呢？原来这种东西不在十八般兵器以内，它和弹弓、飞镖都算暗器，携带方便，用以防身，藏在暗处，不被人注意。这种东西不但单祁国没有，就连强大的蒙古铁骑也没有，他们讲究的是"快马弯弓"。这种暗器原产生于中原，女真人也是从汉人学来，开始是用于游戏，后来成了防身之宝，应急之需。不过，这种东西看似简单，学起来并不容易，除了高人传授，还得勤学苦练。

这天，江海俊一行来到了洪尼勒城，他们各自分开，规定了联络办法，就假装互不认识，自讨方便。江海俊赶到教场，报了号，躲在人群中观察动静，正赶一只乌鸦飞过，他懂得女真之俗，凡遇大事或吉日出现乌鸦便认为是不吉之兆。乌鸦还有一个别名，叫"大嘴老鸹"。民间有谚语，一逢到乌鸦飞叫着，便谴称："大嘴老鸹啦又啦，不拉你爹拉你妈。"可见女真人把乌鸦看成是凶鸟。

教场选才，乌鸦从头顶上飞叫，江海俊知道海郡王会不高兴，他要露一手，作为进身之礼，好让人们注意他。于是从怀里取出袖箭，向乌鸦射去。不料这时白花公主也射了一箭，两只箭齐中，乌鸦掉地而死，却被公主拾去要献给父王。江海俊和公主，都认为自己射中，谁也没有发现对方的动作。当公主仔细验看两只小箭齐中乌鸦时，这一惊非同小可，心想，真是强中更有强中手，能人之上有能人。她打量一下这位壮士，只见他年轻英俊，一身猎人打扮，便问道："你是何人？从哪里来的？"

壮士答道："小子名叫江海俊，是分水岭下一个猎户，听说王爷招兵选贤，小子特来投军效力。"

公主看他谈吐清晰，心想，猎人里也有人才，草莽中也出英雄，真看不出出身贵贱来。

"那一箭是你射的吗？"公主把乌鸦向他展示一下。

"是小子射的。"

"本宫已经射了，你又为什么多此一举？"

"公主今日挂帅，如果这一箭不中，在众军面前出丑，让人笑话，所以小子助射一箭。"

"放肆！"

江海俊跨前一步，深施一礼，抱拳秉手，满面春风，说道："公主息怒，小子方才冒犯，恕小子猎户出身，不懂规矩，光有一片报国之心，没有想到有损公主威名，公主技法高超，小子佩服。小子确实多此一举，好心办了坏事。"说完，又深深鞠了一躬："请公主恕罪。"

白花公主怔住了，一时不知如何是好。她再端详一下此人，虽是猎人装束，仪表不俗，眉目清秀，更兼声音洪亮，语言流利，倒也产生一点敬慕之意。

坐在点将台上的海郡王和巴拉公看得明明白白，立命内侍，把他们都叫到台前。白花公主如实禀报了一切，海郡王心中大喜，国内有这样能人，何愁不能破敌！即问道："江壮士，你除了箭法之外，还会什么武艺？"

江海俊跪禀道："王爷千岁，奴才江海俊自幼从他人学习武艺，奴才以渔猎为生，闲时习文练武，就是等待有一天报效国家，为王爷出力。"

海郡王又问："你家还有什么人？你来投军效力，父母何人侍养？"

"回禀王爷，奴才自幼父母双亡，只有一妹，而且早年失散，如今不知去向，奴才孤身一人，并无牵挂。"

海郡王觉得像江海俊这样青年，又有一身好武艺，正是为国出力，建功立业的好时机，遂有提拔重用的念头，便又问白花公主："女儿，你看江海俊这个人，可否收留？"

白花公主一来看江海俊武艺高强，虽没下场比试，仅此一箭，足以服众。二来见他年轻英俊，谈吐不凡，有了好感，便说道："现在正是用人之际，像江壮士这样的人才，父王要多选拔一些才是。"

公主很聪明，她没有单独倾向江海俊，而是希望她父王"多选拔一些"像江壮士这样的人才，话说得得体，谁也听不出毛病。

一旁坐着的巴拉公，十分认真地听着他们谈话，他心中有了数，断定江海俊这个人不一般，举止言谈绝不像个渔猎之人，是一个见过世面，做过大事，上过场面的人，如此巧舌如簧，随机应变，对答如流，初次问答，时露谄媚之态，这是一个心术不正、察言观色、看风使舵、善于投机钻营的人。

又见公主在王爷面前推举他，巴拉公很警惕，他倒要看看海郡王父女如何安置此人。

海郡王见女儿推崇江海俊，也高兴了，连说"好好"，当即封江海俊为"禁军都尉"，负责保护王城。

江海俊刚要叩头谢恩，未及站起，巴拉公却站起来，连连摇手："且慢！"

白花公主和江海俊都吃了一惊，一齐瞪着眼睛盯住台上的巴拉公。老头子白花胡须一摆，对海郡王说："王爷慎重，宫廷重地，非同一般，江海俊武艺虽好，但来历不明，守卫王城，更非所宜。可令其先在外边供职，暂居军中。待以后立功方可升迁，这样应选之人才能口服心服。"

海郡王寻思寻思，也觉得有理，遂又改封江海俊为行军校尉，拨到公主帐下听任调遣。

江海俊望着台上，对巴拉公瞪了一回眼珠子，倒也无可奈何。同时，他也知道了巴拉公在海郡王面前的地位。他又重新叩头谢恩："奴才为国效力是真，不是为了升官，谢王爷提拔之恩，日后必以死报。"

白花公主对巴拉公的劝阻，也很不满，但又听父王改封为行军校尉，拨在自己帐下，也不说什么了。

江海俊站起来，又给公主行了一礼："末将愚昧无知，望公主殿下多多教诲。"

白花公主脸色微微一红，说道："委屈你了！"

敖都国经过几天的选拔比试，搜罗了一批人才，又招募了几千士卒，自此声威大振。白花公主日夜操练人马，边关要地，严加防范，单祁国都也无懈可击，双方处于隔山对峙状态。可是不知为什么，每当公主操练军士，都要叫过江海俊，让他协助指挥。江海俊也特别卖力，处处令公主满意。

一天，公主练兵回来，女侍江海云服侍公主回寝宫歇息。前边说过，自从点将台上建造了两层大殿之后，底部作为军机要地，命名"百花厅"。上部是公主的寝宫，有女侍江海云与公主同住。

几天以来，海云对那天教军场上的事情心里犯了狐疑。虽然她没有靠近点将台，而是站在远处瞭望，但听清楚了这个壮士叫江海俊。几天憋在心中的话，就想找个机会对公主说一说。可公主每天实在太忙，回来已经疲惫不堪，她不忍心再去增加她的负担，可她心里总放不下这件事。

今晚公主回来得比往日早一些。海云一边服侍公主，一边问："公主，今天怎么回来得这么早？按往常，还有半个多时辰才能完事。"

公主说："多亏那个行军校尉江壮士，他懂得操练，帮了我大忙，就不用天天贪大黑了。"

公主自己提到了江壮士，海云觉得这可是好机会，我正好想知道这江壮士的身世。顺便问道："可真的，公主，王爷那天封了官儿的江壮士，是哪里的人呀？他有那么好的武艺，半空中能射老鸹？"

白花公主一听提起那天射乌鸦的事，也来了兴致，即对她说："咱们敖都国的猎户，你看多有本事？父王就喜爱有本事的青年英雄。"

"听说他叫江海俊，是吗？"

"没错。"公主说，"他姓江，你也姓江，说不定你们还是一家子呢。"

"他是哪里人？"

"江北后山。"

江海云"啊"的一声："八成是我哥！"

书中交代一下江海云的来历。

在洪尼勒城西北是一眼望不尽的高山峻岭，是海郡王的围场，与都城隔江相对，距离不过三十里，它又是都城的一道天然屏障。山前山后住着一些猎户，形成几个村落，海郡王辟为围场之后，猎人从此不准进山，私猎就是犯杀头坐牢之罪。猎户们改行，有的种地，有的打鱼，那一望无边的山岭就成了禁区。

海郡王围猎多选在冬季，而且还要在下雪之后，松花江一带冬季雪大，天寒地冻。自从这位小公主长大懂事儿之后，喜爱白色，不许伤害白色动物，特别不准打野兔，海郡王就很少围猎去了。

公主十三岁那年，海郡王为了培养儿女早日成才，特组织了一次围猎，带上一双儿女，带领五百人马来到后山。当年冬天雪大，可是獐狍鹿等一个不见，这时不知从什么地方钻出一只小白兔，跑了几步陷在雪瓮里，白花公主见状，忙下马把小白兔抱起来，要带回宫中饲养，只听一个衣着褴褛的女孩子叫道："小白兔是我家的，你不能带走。"

问过之后，才知这个贫困的女孩子父母双亡，孤身一人，被好心邻家老夫妇收养，她就以小白兔为伴儿。小公主天性仁慈，让父王收留这个穷苦女孩儿，带回王宫，令其给公主当使女，这就是江海云的身世。海云比公主大两岁，那年十五了。

一晃三四年过去了，海云同公主感情融洽，陪公主读书、练武，认了字，又学了一身功夫，成为公主的得力助手，公主管她叫姐姐，形影不离。她除了感恩之外，也视公主为亲妹妹，百般呵护。公主不知海云还有个哥哥，今日听说，也很觉意外，自然她要详细询问一下她这个哥哥的来龙去脉。

江海俊果真是海云的同胞长兄吗？

第四章　丘贝行刺

白花公主说了："他姓江，你也姓江，说不定你们还是一家子呢。"不过是一句戏言，却勾起了海云的心事，她猜想"八成是我哥"。接着，她就把同哥哥失散的经过对公主说了：

"我父母去世时，我很小，大概五岁吧，哥哥比我大十来岁，不知什么原因，他自己就走了。十多年了，音信皆无，邻家老奶奶经管我几年，也老死了。从十二岁我就一个人了，还住老奶奶的破房子。吃穿靠屯中人照顾，我自己也挖山菜、拾榛子、打核桃，还拾蘑菇换粮米，慢慢也习惯了，倒也不觉得苦。那年公主救了我，我本想忘掉这个不长心的哥哥，专心侍候公主一辈子，谁想，王爷收的这位壮士也姓江，我就想起了我哥哥。"

"我怎么没听你提过？"

海云苦笑道："我倒希望没有这个哥哥，再说，我也不记得他长得什么样。"

"你知道他叫什么名吗？"

"不知道，我就知道我叫海云，是妈妈给起的名字。哥哥叫啥，早忘了。"

"那怎么会是你哥？"

"不是公主你说的吗？他姓江，我也姓江，我猜也有可能。"

公主想想："天下哪有这般凑巧的事，若真是的话，那可是神佛保佑。"公主又认真起来，问道："见了面，你能认出你哥哥吗？

海云摇摇头："失散的时候，他十七八了，我才五六岁，这么多年了，他长得什么样，我一点印象也没有。"谈到这，海云忽然加重了语气："哥哥耳朵后的脖子下面，长一个红疙瘩，叫瘊子，小时他背我玩，我还抠过，他生气了，把我打哭了，再也不背我了。"

公主笑道："你小时也够调皮的了。不过，验看人家脖子，成何体统，这事可不好办。"

海云也笑了："哪有那么巧，就会是他？天下同名同姓的人多着呢！"

公主最后说："那好吧，我给你留留心，如果不是，再派人四处访察，准会打听到下落的。"

江海云拜谢。

白花公主忽然又想起自己的哥哥来，敖都国的王子还在单祁国做人质，已经多年了，单祁王子病死在敖都国，单祁王一怒囚禁了敖都王子，也两三年了，现在生死不明。父王忧虑成疾，自己代父统兵。想到这，公主立命海云在院中摆上香火蜡烛，铺上拜垫，忙跪在香案前，对着当空的皓月祝告道："凡女白花，祈求过往神灵：一愿父王建康长寿，风调雨顺，国泰民安；二愿母后在天之灵，早日超度，升入西方极乐世界；三愿哥哥早日回国，永息争端，天下太平；四愿……"她本来想说四愿自己的终身大事，忽省悟，这是无法说出口的事情。从前女真之俗，女孩子自由择婿，也可以对天发愿，怎么想就怎么说，全无顾忌。从打南迁以后，学了中原汉人文化，接受了孔孟儒学，特别是女孩子自由择婿也受到限制了，基本上同汉人一致了。白花公主也就不好意思直接说出口，而就此打住。

海云看在眼里，见公主吞吞吐吐，欲言又止，便开玩笑似的问了一句："四愿什么？公主怎么不说啦？"

公主心灵嘴巧，忙说："四愿早日寻到你哥哥。"说完叩头站起来。江海云笑道："公主，这回你可说走嘴了，早日寻到你哥哥，这'你'指的是谁？神佛能懂得吗？"

白花公主认真地说："神仙佛祖明察秋毫，凡夫俗子心里想的事都知道，这就叫上天有眼。"

海云又笑了："公主，你可不是凡夫俗子，你是金枝玉叶。"

白花公主"哼"了一声说："王爷皇上也是凡夫俗子，在神佛眼里，跟平常人一样，都是尘世中人。"

江海云走向香案，跪在公主跪过的拜垫上，祝告道："公主有心事，无法出口，奴婢替她说了吧，第四，保佑公主将来招个好驸马。"

"胡闹！"白花公主嘴上斥责着，不知为什么，一个猎人装束射乌鸦的青年壮士又幻现在眼前，挥之不去。

这时，江上突然刮起一阵飓风，夹杂着飞沙灰尘，吹到点将台上，把香案上的蜡烛吹灭。海云忙将公主扶到屋中，公主十分扫兴。

光阴如箭，日月飞转，一晃几个月过去了。敖都国自得了几千军兵、一批将士之后，实力有所提高，公主不断在海郡王面前夸赞江海俊，说他帮助女儿操练军兵，是个难得的人才，希望父王重用。

由于国力增强，海郡王心情也好转了，他又提起让江海俊统领禁军，护卫王宫的事。巴拉公仍然坚持宫廷重地、护卫之责不能交给一个来历不明的人。江海俊虽然武艺高强，又有谋略，可我们对他的身世一无所知，不能听他一面之词，待了解详细之后再提拔也不迟。

海郡王不以为然，他始终认为，几个月来，江海俊忠于职守，没有看出可疑之处，可以放心。

巴拉公还是不放心。他说："单祁元帅留彦屯兵境上，几个月来按兵不动，不进攻也不后撤，他这是干什么？老臣认为，这里定有阴谋。再说，我已派人去分水岭访察，那里没有一个人认识江海俊，此人来历可疑，主上不可不防。"

海郡王听了先是一怔，继而笑道："单祁王看我力量大了，屯兵境上，不敢来犯，不足为怪。至于江壮士嘛，暂居行军校尉之职不动，他的事以后再说吧。"

"主上圣明。"巴拉公拜辞海郡王，出宫回家，海郡王也要回转寝宫休息。突然从御花园内，假山的后面窜出一个人来，擎着明晃晃的钢刀直奔海郡王而来，时已黄昏，园中没有人走动，海郡王见状大惊，急呼："抓刺客！快来人哪！"

刚走出园的巴拉公闻声返回。

"主上不要惊慌！老臣去叫禁军。"

这时在外巡防的几名禁卫闻声闯进来，可是已经迟了，刺客身手不凡，很快窜到海郡王面前举起手中刀，刚要砍下，就在这千钧一发之际，一条黑影从院墙上跳下，将刺客踢翻在地，夺了他手中的刀。巴拉公忙喊："刀下留人！且慢动手……"他后边的话还没说出"审问明白"，就看这个人回头瞅了巴拉公一眼，嘴里也不知嘟囔几句什么，就一刀把刺客的头砍了下来，血染石阶。

斩杀刺客的人，正是江海俊。

这是怎么回事儿？这个刺客是谁？为什么来行刺海郡王？

回头再说单祁王自派出驸马江海俊去敖都国刺探军情之后，已经很多天了，没有得到任何信息，连江海俊本人也失去了联系。单祁王不放心，即派遣先锋官丘贝前去洪尼勒城，同江海俊接头。如果海郡王防备严密，无从下手的话，可返回来，再想别的办法。丘贝来到飞狐岭下留彦元帅的大营，告诉他奉令去敖都国联络江驸马，请留彦元帅派人暗中保护。

单祁王知道丘贝有轻功绝技，单祁兵将无人可比，派他去最为放心。

丘贝躲过飞狐寨的盘查，从一个山谷钻出去，不多日来到洪尼勒城外。他本是女真人，会女真语又会说汉话，经过打听，知道江海俊已当上了海郡王的行军校尉。

有了江海俊的准信，知他现在洪尼勒城内，丘贝急于要同江海俊取得联系，当面向他传达单祁王的旨意。因他心急，没有等到第二天开门时进城，而是刚黑天，他就迫不及待地换上夜行衣，戴上头套面具，从一角爬上城墙。他不熟悉城内情形，进入了王宫的后花园。正赶上巴拉公从里面走出来，接着海郡王也回寝宫。丘贝断定这个人就是海郡王，认为这是个绝好的机会，只要把海郡王干掉，敖都国必乱，单祁王可兵不血刃地吞并这块土地。他根本也不会想到，他的行动已被暗中盯梢巴拉公的江海俊发现。江海俊不知刺客是谁，从何处来，他飞起一脚把刺客踢倒在地，刺客的面具摔掉，露出了脸面，江海俊吃了一惊，怒问道：

"你怎么来了？"

"王爷派我来找你。"

江海俊举起从丘贝手上夺下的钢刀，低声骂道："你误了我的大事！"

这时听见巴拉公在喊："刀下留人，且慢。"

江海俊抬头望了一眼巴拉公，一咬牙将刀劈下，丘贝临死只吐出一个字："你……"

巴拉公赶到近前的时候，刺客已经身首异处，巴拉公一跺脚："咳，误事，误事！也不问个明白，怎么就杀死了？"

江海俊理直气壮地说："明明是刺客，暗害王爷，还问他做什么？"

海郡王惊魂稍定，令将尸体拖出城外，在江边埋掉，将首级号令城门示众。江海俊忽地跪倒请求道："千万不要号令刺客首级，我们不知道他的来历，如果被他的同党知道，他要报复，我们防不胜防。"

海郡王也觉得有理，又吩咐："连首级一起埋了吧，就当今晚什么事也没发生。"

"王爷英明。"

海郡王重赏江海俊，特封为禁军都尉，统领禁军，卫护王城。巴拉公再有疑问，至此他也不会再说什么了。

江海俊捉拿刺客救了海郡王，这本是一件大事。但在洪尼勒城中，很少有人知道，这是江海俊的主意，就是有少数人知道点那天晚上发生的事，也被禁止传播，违者重处。过了几天，骚动了一阵，自然也就无声无息了。

海郡王更加喜欢江海俊，为人稳健，救驾立了大功，谦虚谨慎，不张扬。王爷欢喜，女儿自然欢喜，白花公主对江海俊更是另眼相看。

这一切被巴拉公看在眼里，更加忧虑。他除了对江海俊身世不明有所怀疑而外，还对江海俊能言善辩，见风使舵，善于投其所好，可见是个很有心机的人。特别是那天晚上，刺客明明被制服，不经审问就匆忙杀死，巴拉公印象最深的是，当他高叫"刀下留人"时，江海俊还向他张望一下，就迅速动了手。

按实说，杀贼救驾，大功一件，那为什么又如此消沉呢？凭江海俊的为人，办了这么一件大事，必然要耀武扬威，在将士中招摇一番，显示一下自己的本事，好令众人信服，可是他没有。

"这个人非同一般，不要小看。"

巴拉公又派出心腹，到界山，分水岭，各个村寨屯落逐一访察，竟没有一个人认识江海俊这个人。只在一个山村打听到一点消息，说有过一户姓江的，后来全家都不知去向，这已是十几年前的事了。

巴拉公暗自沉吟，如果这户江姓人家真是江海俊家的话，那么这十多年他又在哪里呢？怎么现在才想来挂号投军？看来，现在要动摇海郡王父女对他的宠信怕是不那么容易，需要找到十足的证据。

这证据怎么找呢？他踌躇了几天，终于想出来一个好办法："我何不同他来个正面交锋，摸一摸他的底细！"

第五章　夜闯禁地

巴拉公想出个什么办法呢？

这天，巴拉公在府内设了酒席，邀请江海俊赴宴。名义是"捉拿刺客，救驾有功"，又升官职，为他祝贺。

江海俊知道巴拉公始终怀疑他，从心里不想去，他还是去了。江海俊明白，巴拉公就是他的克星。他的所作所为，目的动机，一切都瞒不过巴拉公的眼睛。他盘算着，尽量同巴拉公和睦相处，争取他靠近自己，减少他的阻力。以后他还要干更大的事业。因此，他不敢不去，他不敢赴宴，说明心里有鬼，更增加人家疑问。他也想通过赴宴套套近乎，改变一下巴拉公的成见。如果实在消除不了他的敌意，那就找机会除掉他。

他怀着复杂的心情来到巴公府。

巴拉公热情迎接，说了几句客气、应酬的话。入席以后，巴拉公满面春风，只是劝酒，除了不住重复"江壮士年轻有为，救驾有功"，别的什么也不提。江海俊心想，这老头子是不是看海郡王父女器重我，而改变了主意，有心同我靠近？若是这样，那太好了，我没后顾之忧了。他心里暗自高兴，你巴里铁头也会看风使舵，向我示好……

江海俊排除戒心，尽情痛饮。他想通过这次酒席，来加深他们之间感情，消除误解。

巴拉公看江海俊已经微醉，忙停下手中杯，便说道："江壮士，年轻有为，又有救驾之功，将来定会在老夫之上，可喜可贺。"

"巴公爷过奖了。卑职初来乍到，寸功未立，虽蒙王爷信任，也怕众将不服，还望巴公爷成全。"

巴拉公笑道："哪里哪里。壮士救驾杀死刺客，功劳甚大，谁不敬仰？"

江海俊听巴拉公多次提到"救驾"，他警惕起来。他也笑一笑说："区区微劳，何足挂齿，还是不要提它吧。"

巴拉公听出来他是怕提这件事，便哈哈笑道："救驾之功，可以书竹帛，载史册，人们岂能忘记？江壮士不必客气。不过，有一事老夫不甚明白：出事那天晚上，刺客明明已被壮士拿住，为何不问明白就杀了？"

"救王爷要紧，一时激愤，没想那么多。"

"那么，老夫高叫刀下留人，你为什么还不住手？"

"没听见。"

"真没听见么？那你为何瞅我怔了一下，才急忙把刀砍下去？"

江海俊倒抽一口凉气，半醉的头脑也惊醒了许多。他稳定一下心神，冷笑一声道："这么说，巴公爷对我的误解太深了，莫非怀疑我跟刺客沟通是杀人灭口不成？"

"江壮士言重了，老夫不是这个意思。我们不谈这个了。"巴拉公又端起杯子，"请。"

几口酒下肚，一片寂静。江海俊心生闷气，一声不吱，只顾喝酒，又出现微醉的样子，他歪斜在太师椅上。

巴拉公看他已有醉意，又问了一句："江壮士到底是哪里人氏？"

江海俊睁一睁醉眼，他心里并没糊涂，遂答道："分水岭，界山。"

"那我派人到那一带打听，怎么那一带没有一个人认识江壮士？"

江海俊就在半醉不醉之际，突然说出一句令人吃惊的话："那一带的人，除了打猎、种田，都是山野村夫，他们怎么会认识本宫！"

"本宫？"

巴拉公吃惊地重复一句。江海俊忽然一阵明白，自知失言，依仗他心灵嘴巧，便又故作镇定地说："是啊，本宫廷校尉幼年离乡，拜师学艺，长期在外，那些村夫根本不会认识我。"

"原来如此。"

谎言说得再圆滑，也会漏洞百出。江海俊为掩饰"本宫"这句泄露天机的无心之言，却又不经意地亮出了"幼年离家"的老底。是啊，这些年干什么去了？都在哪里存身？巴拉公何等精明，不用再试探了。江海俊的底细已经基本掌握了一半，那就是来路不明。那么"本宫"什么意思？巴拉公百思不得其解。如果没有特殊身份，这"本宫"是随便轻易自称的吗？

巴拉公默默无言，也不再探问。江海俊两次失言，自觉心虚，便也无话可说，索性装作醉倒的样子。心里盘算着，酒后失言，说的话不算数，你总不能把我酒醉的话当真吧？你又没抓住什么把柄。

二人对坐，场面冷清，酒也不喝了，各自想着心事。

巴拉公想：这个人的疑点越来越多，"本宫"什么意思，要尽快弄清楚，好向王爷父女说明真相，以免误中奸计……

江海俊心里掂量：洪尼勒城不能久留，日后必有麻烦。丘贝临死前不是告诉我，单祁王让我撤回去吗？现在刚得到海郡王的信任，要办的事情一样也没办成，就这么回去，寸功没立，什么机密也没得着，他不甘心，又不情愿。

江海俊自有他的计划，也有他的野心。他的野心和阴谋，从后来事情的发展上就能发现端倪，暂且不表。

天很快就黑下来，时候不早了。巴拉公一声吩咐："送江壮士回去安歇。"他叫过两名家将，护送江海俊回下处①。

巴公府在洪尼勒城北门里，王宫的院外，江海俊的住宿地在南门外。从巴公府出来，绕过王宫，穿过"点将台"的侧面，就到了南门。海郡王有一项禁令，晚间不准在城内骑马，不论官民一律步行。因教军场在南

---

① 官吏临时住所叫"下处"，即"下榻之处"。

门外，自白花公主挂帅领兵以来，三更以前不关南门，公主和她的女侍可以骑马进城，他人不准。

巴拉公派出的家将，护送江海俊，从王宫墙外后花园转到"点将台"的西侧。周围古树参天，一片幽静，家将告别道："南门不远了，江爷自己出去，奴才们不准靠近'点将台'，恕不远送。"说完即将转身返回。按照巴公爷的吩咐，一人回府，一人留下，隐没在树丛中，暗中观察江海俊的动静。

江海俊对"点将台"始终有一种神秘的感觉。他到过台下也不止一次，从台两侧穿行多次，王宫院里也进过，就是没有上过一次"点将台"。台上有座小巧玲珑的建筑，白花公主议论军事的"百花厅"就在那里，除了海郡王和巴拉公等极少数亲贵老臣，任何人也不准上去，违者就地斩首。江海俊尽管有"救驾"之功，"禁军校尉"之职，要上"点将台"，进"百花厅"也比登天还难。可见"百花厅"何等机密和重要。

江海俊心想，今晚在巴拉公面前失言，日后凶多吉少。不如趁海郡王父女现在还没了解我的真实身份之际，潜入"百花厅"，看能不能发现点什么，也好为单祁兵提供点线索，早日攻陷洪尼勒城，灭掉敖都国。江海俊心里明白，要自己的奸谋得逞，也并不难。难的是敖都国军民不会服从自己，一旦弄不好，自己便没有退路，反遭杀身之祸。当务之急是，必须借助单祁兵灭掉敖都国，下一步自己就可以为所欲为，呼风唤雨了。

一句话，他是要当敖都国的国王。

那么，巴拉公今天请我赴宴，又派人送我到这里，为什么不令我骑马从城外返回，这不是有意试探我吗？"点将台""百花厅"这样禁地，错走一步都有杀头的危险，老奸巨猾的巴里铁头，其用心之险可想而知了。

江海俊正在举棋不定之时，忽然灵机一动。有了，这也许是他给我提供了成功的机会，不入虎穴，焉得虎子。我何不将错就错，偷上"点将台"，夜探"百花厅"，如果被人发现，我是酒醉误入禁地，如果追究起来，是巴拉公送我到这里来的，何况我还救过海郡王呢！

主意已定，他还是装作醉汉，顺着石阶摸上了"点将台"。幸喜无人阻拦。台很高，又很大，周围有护栏，不远便是"百花厅"。他顺利地摸到"百花厅"前。他犹豫了，进还是不进？"百花厅"是禁中之重，错走一步，就会没命，里边装没装暗器也不知道。已经走到这一步了，只有豁出一条命，你就是龙潭虎穴我也要闯一闯。他打定主意，摸进了"百花厅"。

厅堂外面，空无一人。这么重要的地方，怎么会没人看守，莫非都随公主去教场了？他迅速地闪进门内，刚往前迈出一步，冷不防旁边飞起一只脚，将他踢倒在地，一口明晃晃的钢刀对准他的脖子，低而有力地喝问："你是什么人？为什么私闯禁地？"

江海俊自料必死。忽听有人问话，声音还是个女的，他抓住一线生机，忙说："我是江侍卫，小姐饶命。"

不想侍女"哎呀"一声："还是你！快说，你怎么闯进来的？"江海俊见有了活命希望，慌忙跪地叩头，求饶道："小子一时酒醉，稀里糊涂撞到这里来，自己不知道，该死！该死！"

女侍是江海云。今日未同公主去教场，留守"百花厅"。"点将台"从来没有外人上过，更不用说进入"百花厅"了。江海俊这是破天荒的一次，也令她感到意外。按律条规定，不论任何人，不经召唤，私上"点将台"，就地处死。江海云知道他是救过王爷的人，又担任保护王宫的重任，她不敢轻易处置。她收住刀，往日的悬念又提起来，她借海俊跪地叩头之际，注意看了他的耳后，果然发现确有一颗不很大的红痦子，心里一阵翻腾，难道他真是失散多年的哥哥？即问道："江侍卫，你的父亲怎么称呼？家中都有什么人？"

"父名江占山，我自幼父母双亡，有一个小妹不知现在何处，如今也是生死不明。"

"你小妹叫什么名字？"

"小时候取名海云，乳名叫小花。要是活到现在的话，今年十九岁了。"

"如果现在见着，你还能认出来吗？"

"不能，离别时间太久了。"

海云扔刀于地，忙拉他起来："你看看我是谁？你是哥哥，我是小花，我就是海云啊！"

江海俊简直不敢相信自己的耳朵了，他站起来仔细看了看，室内烛光虽然明亮，他还是没有看清楚眼前这个女侍，但他确信这是很可能的。自古以来的离合悲欢，意外重逢的事情也多得很。可是他怎么也不会想到妹妹居然在海郡王家里，又是公主的贴身女侍，这可是个天大的喜讯。

这意外的奇迹，令江海俊又壮起胆来。兄妹二人久别重逢，悲喜交集，略略述说几句别后情景。海云告诉哥哥，自他走以后，先被邻家老奶奶收留。老人家死后，流落街头，乞讨为生，幸遇公主被带回宫里，待如姊妹，又读书识字，学会了武艺。海云又告诉他，公主也关心她找哥哥的事，最近还派人去访察呢。

面对妹妹的坦诚，江海俊不敢说实话。他还是重复"到处打猎，拜高人为师，四海为家，独闯天下"那一套谎言。海云信了，让他尽忠报国，建立功名。特别叮嘱千万要报公主关照我们兄妹之恩。江海俊应下，并表示道："将来一定干一番惊天动地的大事业，这一天不远了。"

海云没有听懂哥哥话里的含意，夸他有志气。

二人有说不完的离情，忽然发觉城外教军场喧闹的锣鼓声渐渐静了下来。海云意识到，这是公主操练三军收场了，公主要回来了。她便催促哥哥："哥哥，你私闯百花厅这是死罪。你赶快下去吧，以后千万注意，不可有下次。"

江海俊应下，刚要转身走出，忽听一阵马铃声，顷刻驰到台下。一个女侍高声喊道："公主回厅！"海云一看，一派灯笼火把从台阶上来。

江海云大惊失色，江海俊想走也下不去了，公主上来就会撞见。怎么办？海云急中生智，一拉"百花厅"中的帷幕，让哥哥藏在议事堂的屏风后面，小声嘱咐道："千万不要动，公主一会儿就走的。"

安排妥当，江海云还像往日一样，准备伺候公主上楼安歇。

第六章　公主痴情

上回讲到江海俊私闯"百花厅"本来想盗窃一点军事机密，以便提供给单祁元帅留彦，不料认下胞妹江海云。因为他们说话时间较长，白花公主练兵结束，迅速回到点将台上，来到"百花厅"的门口。按照惯例，她先卸去盔甲，放下兵器，在辉煌烛火的照耀下，更显得妩媚、英俊。

公主一见江海云情绪有点反常，又出迎较迟，心中狐疑，便问道："你干什么去了？怎么才出来？"

江海云显得有些慌张，语无伦次地答道："打扫一下厅堂……"

公主一听，分明是在说谎。晚间打扫厅堂，这是从来没有过的事。她迅速地走进厅内，这瞅瞅，那看看，没有发现异常的地方。再一看江海云，她今晚的举止非常不自然。公主觉得奇怪，正准备问海云，忽然闻到一股酒味。公主纳闷，莫非海云喝酒了？公主知道，她从来不喝酒，再说，"百花厅"内喝酒，这是公主决不容忍的事。她凑到海云面前闻了闻，并没嗅到酒味。公主立时沉下脸来："方才有谁来过？"

"没……"海云张口结舌，不知所措。

公主更加来气："这个人八成还没出这屋子，你们给我搜！"

公主一声令下，女侍们分头去各个角落搜查。江海俊听得明明白白，再也藏不住了，又怕连累妹妹。"凭命由天了"，他从屏后钻出来。公主见有人影晃动，拔出龙凤剑，不问情由，搂头便砍。海云眼见哥哥要丧命，不顾危险，忙叫："公主息怒，杀不得呀！"

白花公主惊愕之下，看清楚了，不是别人，正是她心中念念不忘的江海俊。

"好险！"她默念道，并没有说出口来。

江海俊晓得，又躲过了一劫。他忙跪倒公主面前，叩头请罪。他说自己酒醉，误入"百花厅"，决非故意违纪。当他清醒过来以后，自知有罪，忙欲退出时正赶上公主回来，怕冲撞公主大驾，故隐匿在屏后，这是实情，请公主开恩。

江海俊伶牙俐齿，能言善辩，铁石心人也能被他说动，何况公主一向对他还有好感呢。

周围的女侍们都看公主如何处理这件事，白花公主也意识到了，不禁容颜变色，板着脸说道："私闯禁地，不论是谁，不论情由，一律问斩。"她吩咐女侍们："把他绑了，带到台下，斩首示众！"

"遵令！"女侍们光答应却不动弹，有的还在笑。江海俊凭着他善于判断事务和察言观色的本领，就知道公主这是在做戏。他还有一种超过一般人的本领，那就是耍无赖，必要时还真管用。他把脖子一伸，真的耍起无赖来：

"末将甘当军法，就请公主就地处置，不必到台下去了。"

白花公主见此光景，反倒笑了：

"算了吧。念你有过救驾之功，又是初犯，将功折罪，饶过这一次，你快下去吧。"

江海云一直注视公主的态度，听了这句话，她心里一块石头落了地，赶紧跪下了："谢公主大恩大德。"

白花公主被弄糊涂了："怎么回事儿？你们真是……"

"他就是我失散多年的哥哥，刚才冒犯了公主。"

"啊，好哇！你们兄妹真的团聚了，可喜可贺。"

女侍们也一齐欢跃，为海云高兴。

江海俊拜谢之后，要走了。不知怎么，公主似有所失的样子，令海云把哥哥送下台。

江海俊走出"百花厅"，下了"点将台"，暗自庆幸，今晚险象环生，几乎送命。常言说："大难不死，必有后福。"用不了多久，这敖都国的江山，就是我的了。可是他信心不足，单祁兵不能早日攻破洪尼，我的美梦也是做不成，他反而急躁起来。

"不行，不把敖都国机密搞到手，我是不会甘心的，还得在白花公主身上打主意。她太年轻，也太单纯，对付这样的人，还用费多大的心计吗？"

江海俊毕竟是久闯江湖的老手，他忽然开悟，这小公主似乎是个有心思的人。从她那种暧昧的态度来看，是不是对我有点某种特殊的感情？我救过她父王，她不感激我吗……他一路胡思乱想，随着海云下了"点将台"。

海云告别哥哥，一再叮咛："今晚太危险了，以后要多加小心，千万少喝酒。"

江海俊反而问道："公主一向军令森严，人多不敢冒犯，不想今日却对为兄开恩，这是何故？"

他的问话，提醒了海云，她高兴地说："公主自那天教军场射老鸹以后，就时常叨念哥哥是个英雄，救了王爷以后，又叨念哥哥的好处，反正她是对你挺感激的。"

"是吗？"江海俊心中一动，机会来了。机不可失，时不再来，能否成功，在此一举，我一定豁出去了。他想到这，又翻身回转："我再去见公主。"

海云不知何意，想拦阻也迟了，哥哥已经上去了。她只得尾随赶来。

白花公主遣散了女侍以后，独自一人坐在议事堂上沉思。她等候海云回来，要上楼歇息去了。公主长这么大，还从来没有过像今晚心情这么复杂，江海俊的离去，她若有所失。究竟所失什么，她也说不清楚。女孩子上当受骗，往往都是在这种状态下发生的。她正在胡思乱想之际，不料江海俊又进来了。

白花公主心慌意乱，脸红心跳，嗔怒道："江壮士，为什么又回来了？"

江海俊跪下道："感谢公主对我们兄妹的恩情，公主以后有何难事，只管吩咐，末将万死不辞！"说完不住叩头。

公主镇定一下，轻盈地说道："你先下去吧，以后有用着你的地方。"

白花公主的一缕柔情，被江海俊看得明明白白，他要乘胜追击："末将善观气色，今日见公主坐立不安，心里必有难言之事。望公主实告，若用得着末将的时候，虽赴汤蹈火，在所不辞。"

白花公主沉吟一会儿，初开的情窦冲破了传统观念。她起身，红着脸从匣中取出一个长条的小包来。

"江壮士，我给你看一件东西。"

小包打开，江海俊惊得心花怒放而又目瞪口呆。

你当小包里是什么东西？原来是两支仅有半尺长的袖箭。

白花公主把这两件东西放在案上，低着头红着脸，一声不吱。江海俊怎么也想不到公主会保存这种东西，这是那日在教场射中乌鸦的两支箭，一支是公主的，另一支就是自己的。

公主精心保存两支箭，是何用意，久经世面的江海俊如何不明白。他凑到公主面前，流出了眼泪，仰起脸说："公主盛情，小子终身难报，久后要负公主，不得善终，必死于刀剑之下！"

白花公主如醉如痴，身不由己，怜爱地轻轻一拉："起来吧。"

江海云在后边追着哥哥，刚一进来，就见哥哥已经跪在公主面前，她不知二人说了什么，没敢进前，立在门口观察动静。她看见公主取出小包，亮出包里的两支小箭。这一切的变化，回想起平日公主时常提起江壮士如何如何，并流露出敬佩和感激之情，又一看今天这个场面，她的心里已经领悟了七八分。她忙走进，立刻提醒哥哥一句："哥哥，公主待我们兄妹的大恩，日后不要忘了。"

"一定，我方才发过誓的。"

江海俊这回心里有底了，你白花公主果然对我有情，这就好。看来，真是天从人愿，缺什么就来什么。要摸敖都国的底细，必须有海郡王的家人配合。这白花公主可是个掌管全军的重要人物，"百花厅"里机密一定由她控制，只要能接近她，何愁得不到想要的东西！

江海俊暗想：事情到了这个份儿上，就应适可而止，不要太过分。否则，会引起人家的警惕和怀疑。想到这里，他要离开，回去安歇，以后再说。没有想到，白花公主一副魂不守舍的样子，好像没有让他走开的意思，他的胆子又大了。他一转念，这么好的机会不能错过，以后再也不会有了。他横下一条心，千难万险大风大浪都闯过来了，离成功仅有一步之遥，放弃是太可惜了。

趁热打铁！

江海俊主意已定，大胆提出要和公主结百年之好，他又跪下对天盟誓，白花公主此时已完全被感情俘虏，也身不由己地随着跪下，祷告过往神灵，旁有海云作证，二人草率地在"百花厅"内私订了终身。

江海俊又求道："虽和公主结下百年之好，可是没有父母之命，媒妁之言，日后无凭无据，公主要反悔可不是玩儿的，请公主赐一物为证，小子便无后顾之忧了。"

公主也觉得有理，但一时又想不起来赠给什么东西为好。

江海俊说："小子本应纳礼，可我孤身一人，飘荡江湖，四海为家，身无财物，唯有袖箭是我的命根子，现已被公主珍藏，权当信物，也望公主以真诚相待。"

这下公主为难了。

海云从旁提示道："公主有两件随身之物，可赠给哥哥一件。"

她指的是龙凤剑。公主立时踌躇起来。这龙凤宝剑是传家之物，镇国之宝，百十年来从没落到外人之手，如何私自赠得？

江海俊久知龙凤剑之名，何不趁此机会得到此物？遂说道："公主金枝玉叶，尚能以身相许，若赠龙凤剑之一，足见公主诚心，我们将来是一家人了。"

白花公主此时也顾不得想那么多了，什么家规礼法全抛在脑后。她从腰间解下来一口宝剑，捧与江海俊。江海俊欣喜地伸手来接。公主忽然眼圈一红，停住说道："龙剑伴我，凤剑赠君，国宝外传，非同小可，望将军珍重，勿负此心。"

江海俊满心欢喜地带上宝剑，告辞下台而去。

第七章　泄露军机

江海俊心满意足地同白花公主订了终身，又获赠宝剑，这不是他最终目的，他还有更大的理想，实现他的狂妄野心。接近公主，取得她的信任，这仅仅是第一步，有了第一步，就会有第二步。第二步是什么？盗取军事机密。只有了解敖都国的山川关隘、屯兵要塞、道路、城堡这些基本情况，为单祁兵从捷径攻入洪尼勒城，灭掉敖都国，那就成功一半了。

再说白花公主自那天晚上和江海俊私订终身之后，好像变了一个人。她一日见不到江海俊，就像丢了一件值钱的东西。她想，这事暂时先瞒着父王，待敌兵不来进犯了，天下太平了，再告知父王，由父王做主，好与江海俊正大光明地结成夫妻，正式招江海俊为驸马，他们好协助父王治理好国家，预防将来蒙古人可能的入侵。

白花公主的想法没有错，错就错在她选错了人，误把魔鬼当天使，最终吞下的自然是苦果，这是后话。

且说公主正一步一步钻入江海俊为她设计好的圈套中，自己却浑然不觉，还在盲目地憧憬在热恋的幻梦里。

这么重大的事情，洪尼勒城里没有人知道，海郡王不知道，巴拉公不知道，敖都国王族大臣没有一个知道公主背着父母私订终身。

江海俊骗取了公主的感情，这仅仅是第一步。他马上着手实施第二步，那就是窃取军事秘密。

这一日早晨，公主正准备去教场操练士卒，忽见江海俊匆忙跑上了"点将台"。附带说一句，自公主与之私订终身那一天起，江海俊特被许可上台言事，但不准进"百花厅"，非有特召，不许擅入。公主头脑尚保持清醒，在这一点上仍然恪守家规。只要她没有同江海俊成亲一天，就不算海郡王的家族，仍然视同外人，这一点公主还是懂得的。为了避嫌，公主还是不允许江海俊随便上台，更不用说进入"百花厅"了。

江海俊不招而来，公主有点不高兴，即问道："不到教场等我，上来有事吗？"

"回禀公主，末将今早得到一份情报，单祁国三路大军，进犯边关，请公主速定御敌之策。"

公主一惊："我怎么没听说？你是怎么知道的？"

"末将有心腹之人往来边关，传递情报，所以消息灵通。"

公主半信半疑："边关既没有快马传警报，烽台又没有点烟火，这消息可靠么？"

江海俊急道："敌人是奇袭，等你发现就晚了。古人说，兵行诡道，就是出人意料。"

公主觉得有理，遂问："那该怎么办？"

"加强守卫，及早预防。"

公主笑道："这一点不用担心，防御十分完备，他敢来，我带兵迎敌就是了。"

"公主！"

江海俊这一声叫喊，吓了公主一跳。接着对公主说："老规矩不灵了，敌人会钻咱们空子，咱们的布防敢保证没有漏洞吗？"

"放心吧，咱们的边关防御，都是巴拉公制定的，万无一失。"说完，公主就要下去，"走，跟我去教场，照常演练。"

当天的操练，在江海俊的协助下，完成得非常理想，真是人人精神振奋，个个踊跃争先，公主对她训练的这支队伍，充满信心。

收操以后，天已大黑。"点将台"上灯火通明。"百花厅"内如同白昼。公主命人把江海俊叫到台上，对他说："今早你说之事，我想过了，很有道理。早上没有深谈，怕影响操练，动摇军心，引起慌乱，你明白吗？"

"公主深谋远虑，末将无知。"

公主扑哧一声笑了："别老末将末将的，这也不是在军营，你我相称好了。"

"遵令。"江海俊说，"我早晨的话都是真的，希望你能认真对待。"

公主说："实话对你说吧，边报早已传过来了，单祁兵犯边关，被阻于飞狐岭下，不能前进一步。过几天，我亲率大军去解围，你好好卫护王城，等我胜利的消息吧。"

江海俊暗中吃了一惊，他这才知道，公主虽与他暗订姻盟，在女真社会不明媒正娶就不算数，他这个"准驸马"能不能转正还很难说呢。从有些重大事情都不令他知道来看，在洪尼勒城里，他还是局外人。

江海俊平稳一下心情，他认为你白花公主再聪明过人，毕竟是个没见过世面的女孩子，对付你还是容易的。他不动声色，若无其事地说："公主机智，处事果断。但智者千虑，必有一失，我还是担心咱们的防务。"

"我找你来，也是为的这个事。把巴拉公也请来，布防图是巴拉公制定的，你帮他参谋参谋，看看有什么不妥之处。"

一听把巴拉公请来，江海俊暗说"坏了"。他要一来，我的所有心劲儿就白费了，一切计划就要落空。不行，决不能让巴里铁头知道，一定设法阻止。他略加思考，对公主说："这布防机密是巴拉公制定的。万一挑出毛病来，指出哪有不妥，哪有缺陷，他又是长辈，我怎么好当他面儿说三道四，那不是对老人家不尊重。"

公主说："你多心了。要不，你先看一看，看出哪有漏洞告诉我，然后我再找巴拉公商量。"

"这样最好！"

于是，白花公主的警惕性完全解除，对江海俊一百个放心。她把敖都国十分机密的布防图拿出来，令江海俊斟酌。

江海俊把万分喜悦之情埋在心里，装作若无其事的样子认真看图。

这是一张草图，是敖都国的疆域图，也是一张军事防务图，称作"布防图"。敖都国本来国土不大，是个东西狭长、南北偏窄的女真部落。松花江贯通全境，四周环山，土壮民肥，农耕渔猎俱佳的富饶之乡。敖都国建立后，利用山河险阻，四周险峻的形势，构筑了一些堡垒城寨，通衢处设关驻兵。所有的防务全反映在这张草图上。江海俊看得心惊肉跳，暗地叫好。怪不得单祁兵久攻边关不克，原来他仅知这一条通关大道，而对他处一无所知，不敢贸然深入，以致相持数年之久。

江海俊认真记下了几处紧要之处，连说："果然周密，并无疏漏之处，就不让巴拉公知道了，以免他产生误解。"

公主十分钦佩江海俊虑事周详，并深情地对他说："敖都国的存亡，我父女的命运，都在这幅图上，除了父王和我、巴拉公是制图人而外，你是看过图的第一人，望能珍重。"

江海俊说："我与公主，情同一体，你若有闪失，我怎么能活下去。"

公主听了，更受感动。

江海俊看完图，让公主收起。他顺嘴说了一句："图制得果然精细，公主天生将才，单祁国无人可及。"

这本是一句失言，是江海俊忘乎所以而说漏了嘴，可是白花公主并没有听出来，却使身旁的江海云产生了疑问。

"单祁国无人可及"，话从何来？单祁国，你怎么会知道？这句没头没脑的话却使江海云对哥哥产生了怀疑。十多年音信全无，你究竟去了哪里？难道你去过单祁国？她遂对公主说："公主，天不早了，应该让我哥安歇去了。"

公主虽不情愿，但见天色不早，怕被人说闲话，也只好打发江海俊离开，她还特地把他送到台下。公主站在下台的出口，望着他一步一回头地走下石阶。

江海俊刚要奔向南门，没走几步，只听有人叫了一声："请留步！"

巴拉公带着家将走过来。

巴拉公是怎么来的？

话说江海俊那天去巴公府赴宴，返回途经"点将台"，护送家丁躲在暗处眼瞅他登上高台，急回去禀报巴拉公。巴拉公听了，更觉得此人可疑，他黑灯瞎火上台干什么？知不知道擅自登台就是死罪，看公主能饶了你！先别惊动他，明日看结果。到了第二天，公主操练军士，还同往常一样，没有什么反常表现，江海俊依旧协助公主演习阵法，也没什么异样行为。巴拉公糊涂了，这是怎么回事？莫非家将昨晚看错了，再三询问家将，家将一口咬定，明明看见他上到台顶，绝没有看错。

从此，巴拉公更加留心江海俊的行踪，在"点将台"四周放了游动哨，只要发现江海俊上台，立即报告。今晚恰好被撞上了。

现在的江海俊可不是从前的江海俊了，他有了护身符，根本不在乎巴拉公刁难他。见巴拉公拦他，便笑一笑道："这么晚了，巴公爷不休息，出来散步啦？"

巴拉公怒道："我没工夫跟你扯闲白儿①，我问你，你上台干什么去了？知不知道这是禁地？"

"当然知道，不知道我还不来呢？"

"你私闯禁地，按律当诛，给我拿下！"

家丁上前围住江海俊，就要动手。江海俊呵呵一阵冷笑："看谁敢动！碰了本宫一根汗毛，我诛他全家。"

巴拉公今天又听他说出"本宫"两个字，他哪里知道内情，而且听他说得理直气壮，更加怒不可遏，喝道："给我拿下！快拿下！"

"放肆！"

白花公主走下台来，对着巴拉公愠怒地说："巴公爷，你屡屡纠缠江壮士，这是为什么？"

巴拉公倒吸一口凉气，谦恭地说："公主，你是三军统帅，这'百花厅'是军机重地，任何人不准擅入，这是王爷规定的。"说着一指江海俊："他，他这是怎么回事？"

"怎么回事？"公主冷笑道，"这是我们家事，你也要管吗？"

巴拉公愕然，连连后退："老臣不敢，老臣糊涂。"

"先糊涂几天吧，以后你就明白了。"公主本打算让家将护送他回府，可是江海俊却幸灾乐祸又煽风点火道："公主，这巴拉公也算咱们的大恩人。那天晚上要不是他把我灌醉送到这里来，怎么能同公主结百年之

---

① 松花江一带方言，闲聊、闲说话的意思。

好。"说罢即仰面狂笑。"不信吗？你睁开眼睛看看，这是什么……"他有意把凤剑向巴拉公显露一下，轻轻拍了拍。

这巴拉公一见镇国之宝"凤剑"居然挂在了江海俊的腰间，顿时惊得目瞪口呆，急得心跳气短，"哇"地吐出一口鲜血，昏倒在地。家将上前扶住。

白花公主被江海俊激得火冒三丈，她最怕有人提那天晚上赠剑和私订终身的事。她横了江海俊一眼，看巴拉公气成这样，也于心不忍，立命家将小心翼翼地护送巴拉公回府，并令江海俊赶快离开，今后不听宣召，不准再擅自登上"点将台"。

江海俊一边应着，一边心里说，我要办的事情都办成了，你这"点将台""百花厅"对我来说，毫无价值了。

江海俊回到住地，他没有睡觉，连夜写了一封密信，把在布防图上看到的重点，详细注明，派心腹死党，亮天开城，混出城快马加鞭，给单祁元帅耶律留彦送去。

第八章　敌军偷袭

再说单祁元帅留彦，屯兵境上已经几个月了，他过不了飞狐岭。边境全是高山峻岭，无路可通。他既不知路径，又不了解情况，不敢贸然进兵。大将丘贝前去打探，至今音讯皆无。他正在焦虑不安之际，意外地接到了江海俊的密报，他立即去见单祁王，说："江驸马已得到敖都国的实情，除了飞狐岭一处，还有几处捷径可通洪尼勒城。"

单祁王大喜：那就按驸马提供的信息，出兵三万，分两路攻取敖都国，务必拿下洪尼勒城。同时，又派另一位王子做监军，协助留彦元帅督兵东进。留彦元帅这时信心百倍，因为他已经完全掌握了敖都国的山川道路，城寨关隘。哪里防守严密，哪里薄弱空虚，都在他的掌控之中。所以一路并没有遇到大的抵抗，仅仅半个月就到达了洪尼勒城的外围，松花江的江西岸。

敌兵如同天降，突然出现在都城外围，立刻引起了一片慌乱。白花公主心里纳闷，单祁兵这么快，怎么神不知鬼不觉地进来了，莫非有天助？可她哪里知道，敌兵偷袭的军情早已被探马报上来，都被江海俊压下，公主不知，海郡王不知，巴拉公和所有将官都不知道，这令洪尼勒城措手不及。

白花公主立召所有将官到"点将台"上议事，一共是十二人。公主有八员部将，巴拉公、江海俊、陈大勇，这些都是公主心腹，依靠的力量。

江海俊先说话了："单祁兵偷袭实属意外，自古道兵来将挡，水来土掩，末将愿带兵去杀敌，为公主分忧。"

"不着忙。"巴拉公说话了，"单祁兵虽扎营江西，也不必紧张。我已下令封江，任何船只不准下水，民船一律上岸。敌兵再多，它不到冰封季节，是过不了江的，先不要去理它！我倒有一事不明，敌兵过不了飞狐岭，它怎么知道抄捷径绕道奇袭，钻了我们空子。试想，它是怎么知道我们国情的？请公主三思。"

白花公主自然会想到那天晚上给江海俊看图的事，她不觉冒出了冷汗。她不敢多想，她又不想把前前后后的事情连在一起。她沉默一会儿，便说道："现在大兵压境，我们还是先合计合计退敌的事情吧。"

"老臣已说过，江不封冻，他插上翅膀也飞不过来。就是江封冻了，老臣早已预设伏兵，他不撤退，一定杀他个片甲不回，这一点请公主放心。当务之急是清查内部，找出奸细，消除隐患。"

巴拉公的话，令江海俊惊恐万状，却引起了公主的不满。她明白，巴拉公的话是针对谁的，这无疑触动了她的隐私，她如何受得了。于是便愤言道："巴公爷之言，非无道理，可如今形势危急，退敌是重中之重，我们等不得封江。父王焦虑成疾。速退敌兵，以安父王之心，而尽女儿一点孝道。"

这无疑给江海俊解了围，他立刻来了精神，附和道："公主所言极是，末将愿出城一战，为公主分忧。"

陈大勇是个汉人将领，为敖都国效力多年，对海郡王忠贞不贰。海郡王提拔重用，公主也待之甚厚。他自然站在公主一边。他站起来先对巴拉公点点头说："巴公爷深谋远虑，待杀退敌兵之后，就按巴公爷说的办，查找内奸。"

这是同意先出兵。

八员部将没有自己的主张，唯有服从公主的调遣。巴拉公的提议没被采纳，当即决定出城一战，杀退敌人，以振国威。

白花公主决定出兵拒敌，需要选一位先锋官，这是古代行军的规律。先锋官的职责是逢山开路，遇水搭桥，保证大军通畅无阻。同时，也探听敌兵虚实，向主帅提供信息。单祁兵围洪尼勒城，中隔大江，它无法攻城。虽然相距不过数里，却有劲使不上，只能隔岸摇旗呐喊，无济于事。留彦元帅唯一的希望就是白花公主能出城迎战，她必渡河而来，可以夺取她的渡江器具，顺利攻城。

江海俊请求为先锋去破敌，应该是顺理成章，不想却被巴拉公阻止。巴拉公只是说江海俊从军不久，有些情况不太熟悉，做先锋不合适。江海俊是个很有心机的人，他请求为先锋是假，是为了取得公主的好感，也明知巴里铁头不会同意。今日果然巴拉公提出疑义，他正好搭阶下台，就此推辞。

"巴公爷所言极是，末将愿意听从公主调遣，必尽忠报效。"

公主从心里也不同意江海俊为先锋，她有她的打算。今见巴拉公一说，江海俊又自动请辞，也正合心意。于是她命令：

"陈大勇为先锋官，在上流江面窄、水流缓的地方搭浮桥，限三日内完工。待浮桥完成后，我自带兵去破敌。江海俊暂留下另有任用，待我出城之后，可防守王宫，巴公爷负责守卫都城，其余诸将同我出征。"

调派已毕，陈大勇领兵自去。江海俊自有他的阴谋，留下守卫王宫正合心意，今见巴拉公负责守卫都城又使他心里凉了半截。江海俊虽被海郡王封为"宫廷校尉"，管理王宫卫士，但这王宫护卫仅有五十人，王城不大，不过是个"郡王府"，他管这五十人也只是站岗放哨，巡逻盘查，没有实力。要干大事，派不上用场。只有取得守卫都城的权力，才能如鱼得水、任意而为。在江海俊的眼里，巴里铁头就是他的克星，前进路上的绊脚石。不搬掉它，就不会有通畅的路子。同时，江海俊也隐约感觉到，白花公主似乎对他也产生了疑问，一旦破敌回来，深究起来，难免露出破绽，那么一切心思就白费了，所有计划全成泡影。他不甘心，单祁大兵已千里来袭，成功就在眼前，决不能半途而废，这样机会不会再有了。

怎么办？除掉巴里铁头！

除掉巴里铁头谈何容易，他是海郡王父女倚重的三朝老臣，又手握卫护王城的权力，手下上千将士，我一个仅能调动五十个人的宫廷校尉能除得了他吗？看来，只有借白花公主之手，消除我的心腹之患了。快，必须在公主出城之前，办好这件大事。江海俊想了两天，终于想出了个好办法，只待机会了。

陈大勇先锋带兵走后，江海俊立即把情报送过江去，通知单祁元帅，告诉他造浮桥的地点，趁其不备，夺取浮桥，顺势夺城。这一切白花公主全蒙在鼓里，她根本也想不到江海俊不仅有随来的同党，又在洪尼勒城收买一部分人为他办事，收取他的好处。洪尼勒城紧靠松花江，居民以渔业为主，水性好的人太多了，他们渡水如履平地，为江海俊传递信息，送交蜡丸①，防不胜防。

单祁元帅留彦得到江海俊送来的密报，自然是欣喜万状，于是调兵遣将，准备以逸待劳，埋伏人马，夺取浮桥了。

三天以后，陈大勇派人来报，浮桥已经造好，请公主过江御敌。公主立即集合人马，准备出城破敌。令军士晚上饱餐一顿，定于次日辰时出征。

为了激励将士，特在"点将台"上摆了几桌。公主部下心腹将士，德高望重的元老贵戚，均在台上入席。为了调节巴拉公和江海俊二人的矛盾，特地把二人让在一起，坐在首席。这正合江海俊的心意，可是巴拉公却不很高兴，但碍于公主的面子，只好勉强坐下。江海俊十分谦恭，笑容可掬地谄媚巴拉公："巴公爷三朝元老德高望重，是咱们敫都国的柱石，虽有单祁大兵压境，只要有巴公爷在，敌人就会闻风丧胆，那还用说吗？"

巴拉公一听江海俊恭维他，心中暗笑："嘴甜心苦这一套把戏我见得多了，你那伎俩只可对付三五岁的小孩子。"

公主听江海俊主动同巴拉公套近乎，也很高兴。她见巴拉公不以为然，便从中和解道："江壮士，你对巴公爷有过不礼貌，巴公爷心怀宽广，不与你计较。今日你要当着我的面儿，向巴公爷认错。日后同心协力，保国杀敌。"

江海俊很知趣，忙站起来对巴拉公行了一个抱拳礼："江某无知，过去有冒犯巴公爷的地方，请看在公主面上，恕小子愚钝。"说完又施一礼。

巴拉公看在公主面上，也只得压下心中的不满情绪，表面上客气几句："江壮士果然文武双全，老夫以后多有依赖，你我二人同心抗敌报国，为王爷和公主分忧，只要摒弃前嫌，心存忠义，那就是敫都国人民的福音。"

江海俊不住点头称是。白花公主见二人和解，抛开成见，一心为国，也觉高兴。

---

① 早先，为了传递重要情报，把密信揉成团、用蜡密封，防止水浸潮湿，通称"蜡丸"。

江海俊陪着巴拉公，大碗喝酒、大口吃肉，尽醉方休。

巴拉公有个毛病，就是贪杯。他高兴时喝酒，生气时也喝酒，心里憋屈时喝闷酒，并且一喝就醉。今晚的酒宴，不知巴拉公是高兴还是心里不痛快，他毫无顾忌地喝多了，已露出八分醉意。

江海俊却留个心眼，他殷勤地左一杯右一杯向巴拉公敬酒，自己却不喝。这工夫他的心里正盘算着一宗大事，他当然要保持清醒。

夜阑人静，酒席已残，军士奉令休息，将士散席归营，做明日出兵的准备。台上的桌已撤，除了江海俊陪巴拉公而外，众人早已离去。白花公主不饮酒，平时也不许将士喝酒，只是次日要出兵打仗，这回是破例，也是她犒劳部下，激励将士奋勇杀敌，用意是好的。

江海俊故意灌醉巴拉公，白花公主不明事理，便对巴拉公产生一种厌恶心理。她对江海俊说："我到各营去巡查一下，你把巴公爷护送回府，明日一早到台下听令。"吩咐完，公主叫过江海云等几名女侍："随我下去巡营！"

公主一行下台走了。台上只剩下江海俊和醉酒的巴拉公。

不是说，"点将台"是禁地，"百花厅"是军机要地，不准他人进入么？但对江海俊早已不是禁地了。自那天公主私赠龙凤剑，又给他看草图之后，江海俊就被认为是这里的主人，对他无所谓什么秘密了，这是王宫上下尽人皆知的事情。公主虽然也规定禁地不准擅入，江海俊也不例外，可是没人当真。

江海俊见台上空无一人，巴拉公喝得烂醉如泥，他耳边还响着"把巴公爷护送回府"的话，不觉暗自笑道："送巴公爷回府？好吧，我送你去个最好的地方……"

说时迟，那时快。江海俊立即抱住巴拉公，把他拖进"百花厅"，并把他的衣甲卸下，连裤子也扒下，放在一边。巴拉公人事不省，赤条条地躺在了地上。江海俊奸笑一声："好好歇着吧，待一会儿就有好戏看了。"说完，掩上门，下台而去。

第九章　误杀铁头

白花公主巡营回来，刚走到"百花厅"的门口，就听里边传出打呼噜声，鼾声如雷，公主停下脚步问："什么声音？"

海云听了听:"好像是有人睡觉打呼噜声。"

公主大怒:"什么人如此大胆!敢在这里睡觉。"

海云说:"我先进去看看,公主先等着。"

江海云招呼一个女侍,同她一起,推开门进入厅内,这一查看不要紧,只惊得"哎哟"一声,忙退出来。她看见的是一条汉子赤身露体躺在地上。

"怎么回事?干什么大惊小怪的。"

"公主,还是别进去了。"海云忙吩咐女侍,"你快下去叫人,上来清理屋子。"

公主更加疑惑,喝住海云:"到底怎么了?屋子出了啥事?"

"公主,不知是谁,太放肆了……"

白花公主见海云鬼鬼祟祟,神色慌张,更觉心疑。她上前"哗啦"一声把门推开,一脚迈了进去。她看到眼前这一幕,先是惊呆了,继而怒火中烧,什么人如此无礼,真是胆大包天。她一个女孩子家,简直羞得无地自容。她不敢上前,又无法退出,像钉在那里,心情慌乱,生过气之后反倒没了主意,不知如何是好。

一个女侍拿起放在旁边的衣物,盖在这个醉卧的汉子身上,仔细辨认一下,不觉惊叫道:"哎呀,怎么是他?"

公主这回看清楚了,醉卧这个人原来是巴拉公。她心想,我不是已经吩咐江海俊送他回家吗?怎么睡在这里了?她稳定一下情绪,命令江海云:"下去找一找你哥哥,把他给我叫来!"她来到外边,"我就在这等他。"

江海俊并没有离去,他要看结果,始终围着台转悠。台上说的话他都听见了。这时他不紧不慢地上了"点将台",故作不知地问道:"公主传唤末将何事?"

"我问你,巴拉公是怎么回事?"

江海俊道:"巴公爷?我奉公主命令,已把他送回府去了。"

公主怒道:"怎么会睡在百花厅里?"

江海俊故作惊疑地说:"不会吧?是我亲自送他回府的。"

"你自己进去看看吧!"

江海俊装模作样地进了屋,随即退出来:"太意外了!想不到巴公爷还是这种人。"

公主怒道:"你说什么?他是哪种人?"

江海俊假装叹了一口气："唉，真是知人知面不知心哪。这要传扬出去，不但有损公主英名，就是三军将士也会心生疑虑。何况大敌当前，涣散军心啊。"

这火上浇油的几句话，气得白花公主暴跳如雷。她如何承受得了这么大的刺激，像疯了似的，果断地命令道："将私闯禁地的不法之徒立即斩首示众！"她令江海俊把巴拉公拖到台下，就地处决。一位忠心耿耿的三朝老臣巴里铁头，就这样不明不白地死在了江海俊的"凤剑"下，这也是他好酒贪杯惹的祸。后来松花江一带流传出两句民谣：

"白花公主一十七，

巴里铁头死得屈！"

次日天明，白花公主当众宣布，巴拉公私闯禁地，违犯军令，其罪当诛，不论什么人，只要违犯军令，定斩不饶。

因其已定下出兵日期，不能更改，白花公主披挂整齐，带着八员部将，江海云领着女侍们卫护周围，大军出南门而去。

军情紧急，来不及慎重考虑，临时任命江海俊为护卫王城总管，替代巴拉公之职。江海俊终于如愿以偿，他要实施他盘算已久的更大的阴谋了，他的野心即将实现。

白花公主一怒斩了巴里铁头，又没有得到很好的休息，疲劳加上气恼，这样的出征本是兵家的大忌。可是出兵的命令已下，人人都做出了杀敌保家卫国的准备，士气高昂，气可鼓而不可泄，公主在这种氛围之中，别无选择，唯有与敌兵决一死战。当大军过了江直奔单祁兵大营，一路并没遇到什么抵抗，很顺利地抵达敌营，不想扑了个空，单祁兵早已人去帐空。公主猛醒，我们中计了，快撤回都城，可是晚了，单祁兵不知从何处钻出来，夺了浮桥，杀散守桥军士陈大勇部，并牢牢地控制住浮桥，反把白花公主隔在了江西岸。

这是单祁兵最狠的一招棋。

留彦元帅分兵两路，一路杀奔洪尼勒城，一路围攻白花公主。白花公主欲回救都城却回不去，只得与单祁兵相拼。结果是寡不敌众，白花公主败下阵来。白花公主带着残兵落荒而逃，遭到单祁兵的追杀，部下军士多半四散逃走，白花公主的随身女侍也下落不明，只有江海云保着公主闯出重围，逃向一片深山密林中。

看看天色已晚，追兵已经远去。她们二人跑到一片树林下，前面是一座小山岗，二人急忙进入林内，下马休息。公主十分懊丧，后悔说："想不到搭了浮桥却帮了敌人，单祁兵强将勇，我们以少击多，注定不是对手。可是我觉得事有蹊跷，留彦元帅怎么会知道我浮桥搭造的地方。陈大勇禀报说，浮桥搭在一处秘密的地方，离单祁兵营约三十里，他怎么会知道得这么准确，莫不是有人泄露机密？"

海云不想让公主绝望，便安慰她道："公主不必忧虑，胜败乃兵家常事，只要有公主在，咱们还能重集人马，杀退敌兵。"公主默不作声，想着往事。待了一会儿，公主自言自语道："悔不听巴公爷之言，他主张固守。敌人势大，不可与战。待他粮草不济，等不到冬天就退去了。可是我性急，非要一逞，才有此败。"

海云心中说，巴公爷醉卧百花厅，你不问情由就把他杀了。未出兵先斩大将本来就不吉利，现在后悔又有什么用。她深知此时的处境不是争论是非对错的时候，在这紧要关头，决不能让公主过分伤感，应该振作起来，以便挽救残局。她从囊中取出"糇粮"，是一块干饼，递给公主："先吃点东西，咱们再找个歇脚的地方，总不能在树林里过夜。"

公主说："我不饿，吃不下，你先垫补垫补①吧。"

"公主不吃，那我也不饿。"海云收起干饼，向上一望，见不远处有石板铺的甬路，便说，"山里有人居住，咱们去借宿。"

白花公主站起来，望一下正在吃草的马，说："宝贝，不要远走，一会儿来接你。"两匹白马皆通人性，嘶叫一声，像是答应，便照旧低头吃草。二人奔向石板路，只见石板路两侧摆着石人、石马、石狮子等物。她们走到石板路的尽头，是一个围墙圈起的院落。大红门上竖着一块匾额，蓝地金字，细看乃"祖陵"两个大字。她明白了，这是公主常听父王提起的，自己从未来过的祖先墓地，里边埋葬着敖都国完颜氏历代先人，称作"王陵"。

白花公主无意中来到祖陵，一时百感交集，五味杂陈。自己兵败，部众散失，洪尼勒城吉凶未卜，无意中跑到祖陵来避难，今日有何脸面见祖宗在天之灵。她跪在陵前恸哭失声，海云劝说不起。

这时惊动了守陵的两位老人，他们听外边有哭声，忙出来问道："这是何人如此哀恸？"

海云代答："这是公主，与敌交战不利，来这避一避，你给我们收拾一间屋子，我们歇一宿就走。"

---

① 垫补垫补，土语，意为简单吃点食物，还有说"对付对付"，意思相同。

老人劝道："公主莫要悲伤。昔汉高祖同楚霸王争天下，高祖屡败。最后一战而胜，楚霸王自刎乌江，汉高祖得了天下。公主不要灰心，敖都国人民都效忠王爷，公主智勇双全，定能重整旗鼓，驱逐强敌，保国安民。"

在老人的劝说下，白花公主止住悲戚，对祖陵发誓道："不肖孙女白花，一定赶走入侵之敌，保住国土，以慰祖宗在天之灵！"誓毕起身，又拜谢了老人指教。

两位守陵老人均来自江南。原在宋朝做地方官。看到宋朝君昏臣弱，毫无忧患意识，知其必不能久，遂辞官避世，云游到关外，来到松花江边，见这里土壮民肥，山川秀丽，遂投奔海郡王留了下来。海郡王知二人博学多才，欲授其官职，二人固辞不受，情愿做奴仆杂工，有口吃的，以延天年。海郡王没办法，令二人守护祖陵，不想正合二人心意。从此，他们就成了完颜氏的守陵人，自己开荒种地，收获粮菜，自给自足。海郡王定期送一些日常用品，倒也逍遥自在，丰衣足食。当时被称为"世外高人"。这二人直到敖都国灭亡后，仍坚守陵园，不离不弃，终老泉林。

公主同海云二人在陵园内守陵人的茅庐里休息安歇，她们哪里能睡得着，各自想着心事。特别是江海云，近来发生的一系列事情，使她犯了寻思。自从她哥哥江海俊来到洪尼勒城以后，这里就没安静过。从他比箭射乌鸦开始，受到王爷和公主的器重，到私闯"百花厅"，公主赠宝剑，单祁兵突然入侵，最后想到巴拉公不明不白地被杀。这一切一切，好像有一个东西在暗中作怪。江海俊是什么人？海云越想越害怕。他现在手握保卫王城大权，取代巴拉公，他要是……海云不敢想下去了。她提醒公主道："敌兵已到城下，公主赶快召集人马，去解王城之围，去晚了要出事儿。"

"这个我知道。"公主说，"洪尼勒城有你哥哥防守，暂时不会有事。我们分头去联络，你去找陈大勇他们，我去依罕山找我舅舅，请他出兵援助。"

海云心中说，不提我哥哥还好些，一提他，我更不放心。她无法直说，策略地提示道："我哥哥手下的人马不多，怕是抵挡不了，咱们还是及早回去为好。"

"对。马上走，你向南，我往东，快去快回。"

她们约完了集会地点和时间，骑上战马，分头自去。

在洪尼勒城东方，有一座高山，山下一条河，叫伊罕河。山叫伊罕山，山上有城，也叫依罕城。城为前代所建，依山临河，形势险要，城主布哈屯，是白花公主的亲舅舅，本是女真部落酋长，占据伊罕山城，手下精兵六千，为敖都国守护着东境。伊罕山到洪尼勒不足百里，但是山岭连绵，坡陡路窄，通行不便。沿途设有烽火台，都城有事儿点狼烟① 报警，这还是古代的老办法。因交通不便，信息不灵，辽金时还在沿用。

白花公主单人独马来到依罕山，进了依罕城，见了舅舅布哈屯，述说兵败经过，请求舅舅出兵解围。布哈屯立即点起精兵三千，准备随时出发。公主暂在伊罕城中等待各地消息。

两天过去，敖都国的将士得知公主在依罕山的准确消息，纷纷来聚。江海云也找到了失散的女护卫，回来八名，尚有两人下落不明。先锋陈大勇也带残部赶来，加上猎户渔夫乡民，又汇集了四千多人马，加上依罕山的兵接近万人，足可以跟单祁兵较量一番了。

公主有了这支队伍，信心倍增。她派出几伙人去洪尼勒探听情况。她相信江海俊能守住城池，只要她带兵回去，里外夹攻，打败单祁兵是不成问题的。

到了第三天，还没有都城方面消息，也没有焚狼烟举火为号。她估计洪尼勒方面不会出事，于是誓师出兵，两股兵合为一处，统归公主指挥。还是陈大勇为先锋，舅舅布哈屯殿后接应，自己率几千人马沿着山路，向洪尼勒方向杀来。

大军来到离洪尼勒城二十里的一个土岗下，停止了前进。陈大勇先锋飞马来报："洪尼勒城已经失陷，单祁兵在城内杀人放火，请示公主怎么办？"

公主大惊道："消息可靠吗？王爷怎么样了？奉命守城的江海俊在哪里？"

陈大勇说了一声："一切都不清楚，末将去了，一定夺回城池，公主速拿主意。"

公主半信半疑地率军疾行，她还认为江海俊有勇有谋，一定能守住城池，等她回去解围。

转眼间人马行经一座城池，城墙高大。公主知道，此城是洪尼勒城的南大门，叫伏勒哈城，与洪尼勒城相距二十里，有敖都国将军把守，

---

① 晾干的狼粪。

驻军两千。中间隔一条大河,单祁兵来到河岸又退回去了,它过不了河。其实,公主搭的浮桥就在距江口不远的柳林间,此处江面较隐蔽,江中有沙丘。单祁兵不熟悉情况,夺了浮桥直奔洪尼勒,伏勒哈城逃过一劫。公主把两千驻军收入麾下,又壮大了力量。

公主在伏勒哈城做暂短停留。等待洪尼勒城的确切消息,怎奈只有谣言,无有准信,公主忧心如焚。仅仅几天工夫,十七岁的白花公主好像变了一个人,她成熟了,遇事沉着了,不管心里怎样急,也不让部下看出她着急上火的样子。此时她最担心的,就是她的父王,都城陷落,单祁兵会对他怎么样?

不幸的消息终于传来,从洪尼勒逃出的人来报:江海俊刺杀王爷,开门放单祁兵入城,王宫已被江海俊占据了。

第十章　郡王被害

接着前回讲。

前回讲到江海俊骗得海郡王父女的信任,尤其是白花公主与之私订终身,赠予传家之宝龙凤剑,又被他偷看了军事秘密布防图,向单祁国传递情报,留彦元帅绕过飞狐岭,从间道偷袭敖都国,兵困洪尼城。然后又把造浮桥的事通报留彦元帅,单祁兵夺了浮桥,又击败了白花公主。更为严重的是,他又设计促使公主杀了巴里铁头,取得了守卫洪尼城的大权,这一步步的成功,更令他丧心病狂,要达到目的,借单祁兵的力量,灭掉敖都国,最后背叛单祁王,自己霸占松花江,先称王建国,继而投降蒙古,做一个大元朝的藩属,可保子子孙孙永远富贵。他知道,单祁国肯定不是蒙古的对手,蒙古大军一来,单祁王不投降也会束手就擒,灭亡是避免不了的,自己先走一步,免得出现被掳为奴的下场。

这是一个对谁都不忠的阴险小人,也是一个为实现狂妄野心而不择手段的无耻之徒。

单祁兵来到城下,江海俊即令开门放留彦元帅入城。他见了留彦元帅,谎称单祁王已允许他妥善处理好敖都国的事,别人不要插手,由他直接向单祁王报告请示。因他是单祁国的驸马,留彦元帅自然要让他三分,反正城池已攻下,就是大功一件,后事怎么处理那是你们的事,自己乐得喝胜利喜酒、逍遥自在,遣使向单祁王报捷。

江海俊令人守护王宫，断绝里外出入，单祁元帅留彦以下，皆不准入内。

洪尼勒城乱了两天，渐渐平静下来。海郡王被困宫中，对外边实情一点不了解，身边没有一个听使唤的人，他本来是个急性子，脾气更加暴躁。

两天以后，江海俊带着军士来到宫内，他还向往常一样谦恭，行过礼说："王爷受惊了，江某未能守住都城，而我跟单祁元帅达成协议，保证王爷一家安全。"

海郡王生气地责问道："单祁兵怎么这么快就攻陷城池，我的花儿现在何处？你说，我父女那么信任你，你却令我失望。"

江海俊笑一笑道："王爷不要怪我，要怪就怪你那宝贝女儿，是公主给我的机会，俗话说：'皇帝轮流做，今年到我家'，你也该让一让位了。"

"什么？"海郡王勃然大怒，喊道，"来人！"

没人应。江海俊又冷笑道："别喊了，喊破嗓子也没用。"他指一指军兵："人，都在这，可不能听你的。"

海郡王绝望了，这时他才意识到自己已经当了俘虏。江海俊是个什么人，至此他才如梦方醒。他也苦笑道："看来我错看你了。说吧，你想把我怎么着吧？"

"我江海俊是个知恩图报的人，没有王爷的提携，就没有我江某人的今天，我要保护王爷渡过难关。"

海郡王的嘴角露出一丝轻蔑的笑纹："怎么个保护法？"

"很简单。只要你宣谕全国，将王位传让给驸马江海俊，自愿退位，颐养天年，这就行了。"

"驸马江海俊？这是哪里的话……"

江海俊见海郡王一时没有反应过来，他一搂衣服，亮出了凤剑："看看吧，这就是公主给我的订亲信物。"

海郡王一见传家之宝龙凤剑居然有一只到了江海俊的手里，这一惊非同小可，他误以为女儿已经遭到不测，宝剑才落到他的手里。他火冒三丈，骂道："你，你这披着人皮的狼，你这骗子！"

江海俊霎时变了脸："你骂也没用，现在你只有一条路可走，乖乖地颁布传位谕令，等我坐上王位，封你女儿为偏妃，你还是我的老丈人。"

"你休想！"

江海俊命令军士："上！"

十几名军士亮出刀来，围住海郡王。海郡王闭上眼睛，摇了摇头。

"再问你一句，传位谕令你倒是发不发？"

海郡王沉默无语。

"我最后问你一句：你是想死还是想活？"

海郡王仰面大笑道："我完颜氏三世基业，万民拥戴，你敢夺位，敖都国人民定会将你碎尸万段，扔在江里喂鱼鳖！"

江海俊抽出凤剑对准海郡王刺去，海郡王应声倒地，须臾而死。江海俊令抬出尸体，打扫厅堂，从此他就成了这里的主人。不过他未敢公开称王，一来单祁元帅留彦还在城中，他怕单祁王生疑；二来白花公主下落不明，他心里没底。

为了掩盖刺杀海郡王的真相，江海俊对外宣称，海郡王是自杀身死。无论是单祁兵还是洪尼勒城的居民，人们都相信了这一谎言。若要人不知，除非己莫为。尽管江海俊做得十分周到，自信无半点破绽，可还是有人知道底细。江海俊刺海郡王的真实情况还是传出去了，这才出现知情者找到公主报信的事。

都城陷落，父王遇害，这是千真万确的了，公主除了悲恸还是悲恸，众人劝解安慰。舅父布哈屯忍住伤恸，劝解道："事情已经发生了，哭也无益，还是想办法报仇，驱逐敌寇，收复国土。"

公主止住悲伤，咬牙发誓："江海俊这十恶不赦的奸贼，杀父之仇不共戴天，不拿住你祭父亡灵誓不为人！"

公主稳定一下情绪，叫过江海云："你哥哥到底是什么人？是不是你兄妹串通好了陷害我？你今天给我说清楚！"

海云忙跪在公主面前："奴才知罪，我不该认下这样一个哥哥。自他来到洪尼勒以后，就没有安静过，发生的怪事太多了。奴才今生难报公主大恩，死而无怨。"

海云的话，触动了公主的心事。她要不是对江海俊产生爱心，私订终身，又是赠剑，能发生那么多的事吗？这能怪海云吗？

公主消一消气，说道："你起来吧。这事都怪我，怪我有眼无珠，看错人了。你还是我的好姐姐。"

海云伏地痛哭不起。

"我对不起公主，我早就有怀疑，几次想对公主说，可是我不敢。现在晚了，说什么也没用了，公主受这么大的伤害，海云有罪！"

公主一把拉起海云："你有怀疑，为什么不早说？你有什么不敢的？"

海云说："下人不准议论国事，宫人不许参与军机，违者处死，这是王爷定的律条，我敢冒犯吗？再说，就是我说了，公主肯听吗？说实在的，江海俊是我亲哥哥不假，可他离开时我还小，十多年没有音信，他上哪儿去了，都干了什么，我是一无所知，记得巴公爷对他产生怀疑时你问过我，我说对他的一切全不了解，公主没往心里去，那我就再不敢多嘴了。"

公主听了海云的一番话，凄然道："真是入阵者迷，我当时鬼迷心窍，真像中了邪了。"

布哈屯过来说："现在不是计较对错的时候，当务之急是如何退敌保国，为国王报仇。敌兵人多势众，我们难以取胜，需要搬兵求救，请求外援。"

"对。"公主说，"着急也不当事，光靠咱们自己是没有把握，搬取救兵是个好办法。"

他们商议了求援的去处，原来白花公主有俩姐姐嫁到外地，大姐红花嫁给白山国王子。白山国老王爷去年病死，王子继位，红花已是王妃。白山国距离遥远，常言道"远水救不了近火"，大姐红花指不上，唯一希望就看二姐黄花这一路了。

二姐黄花刚满二十岁，被父亲海郡王嫁给席北部。席北部在敖都国的西方，相距二百余里，两国毗连。席北部人强马壮，国富民强，海郡王当初看中席北部的势力强大，才与之联姻以图自保，今日有难，该是他伸出援助之手的时候了。

商议已定，由布哈屯亲自出面求。另有陈大勇去搜集旧部，招集流散的士兵归队。

单说二公主黄花知父王被害，急率三千席北兵赶来，见了白花，姐妹抱头痛哭一场，遂调齐了所有前来的队伍，伊罕山兵，陈大勇搜集的队伍，白花公主所部，加上席北部人马，总数在一万五千人以上，足可以同单祁兵对抗一阵了。于是就在伏勒哈河岸，搭了一个临时简易的土台，各路军兵全聚会到这里，白花公主全身披挂，登上土台，誓师出兵，收复国土，扫灭入侵之敌。众军振臂高呼，声彻天地，誓师已毕，大军驰向洪尼勒城。

单祁元帅留彦得知白花公主带兵来讨战，他也没把她放在心上，即出城与之交锋。单祁兵虽多，可是军心懈怠，已没有乍来时那股锐气了。白花公主的人马个个勇敢，人人争先，他们是誓过师的，许过愿的，目标非常明确，赶走敌人，收复国土，为国王报仇。再加上二公主黄花的三千席北兵是一支能征惯战的队伍，经过两三个时辰的较量，单祁兵渐渐支持不住，乱了阵脚，留彦元帅知道难以取胜，退入城内死守，双方伤亡都很大，光单祁兵就损失了上千人。

白花公主初战告捷，自己也损失了数百人马。她还没有攻城的器具，滑车、云梯一时来不及建造，只有扎营围困，等待敌兵出城交战，乘机夺门。

休兵了两天，第三天一早探子来报：昨天夜里单祁兵神不知鬼不觉地撤走了，不知何故。公主很觉意外，这单祁兵又玩什么鬼花样，她一面令人再探，一面令部下提防，注意监视城里动向。

傍晚，多起探马回报一个情况，单祁元帅留彦确实带兵走了，留守洪尼勒城的只剩下江海俊的三千人马。城内粮草充足，江海俊坚守不出，我们拿他也没办法，请公主拿主意。

单祁兵偷偷撤走，这不是一般情况，国内肯定有事。

单祁国真的有事。

原来单祁王得到密报，蒙古大军灭了金朝之后，兵分两路，一路入侵南宋，一路北返，扫荡北方各部族，头一个目标就是单祁国。单祁王惊慌失措，留彦元帅大军在外，国内空虚，急调留彦元帅放弃洪尼勒，回国自卫。留彦元帅不敢怠慢，立即同江海俊商量，江海俊提出好不容易灭了敖都国，绝不能放弃，他这是有他的打算。留彦元帅认为他说的有理。于是分兵三千，随江海俊守城，点起全部人马，连夜返回陶温水草原去了。

江海俊利令智昏，野心毕露，他的死期也到了。

第十一章　锄奸复国

江海俊不愿同单祁元帅留彦返回，自有他的目的。这蒙古大军势不可当，单祁国肯定抵挡不住，我不能随你们同归于尽。再说，敖都国已灭，海郡王已死，这正是我接替他立国称王的大好时机。蒙古大军要来，我以国王身份献城投降。就凭这一条，蒙古皇帝必定优礼相待。我就做个大元朝的藩属，子子孙孙永保富贵，也能名留青史，不枉我争名夺利一场，这一辈子也算值了。

白花公主大军攻城，他并没有放在心上。洪尼勒城高池深，你白花那点兵马，休想靠近一步，我只坚守不出，你能奈何？等你兵疲力尽，军心懈怠时，我率兵出城与你决战，定能打败你。到那时，你白花还不是走投无路前来投奔？念你赠剑订盟之情，我会信守诺言，娶你为妃，你我共治国政，单祁国我就不回去了。蒙古兵不久必来，到那个时候，你就知道我的远大理想，生平抱负，一步一步都实现了。

江海俊正在得意忘形，兴高采烈，为自己的阴谋得逞而陶醉的时候，守城军士来报："城外来一女子叫门，指名要见将军。"

江海俊心想，我正想着白花公主，她这么快就亲自送上门来。

"来的人是谁？他们几个人？"

"禀驸马爷，就一个人，说驸马爷是她哥哥。"

江海俊一惊，心中说："是海云！也好，海云是公主的贴身侍卫，她准了解公主现在的情况，正好探一探她们的底细。如果是白花公主派她来，问一问她的用意，想到这里，江海俊叫把她给我领进来。"

被领进来的，正是江海云。

江海云才离开都城仅仅半个多月的时间，回来一看全都变了样子，城里人烟稀少，繁华的市肆不见了，大街小巷全是单祁兵在巡逻。点将台还在，台上一片狼藉。王宫的护卫都不见了，全是单祁兵在把守。王爷议事的正殿现在成了江海俊的起居之所。海云勉强压一压满腔怒火，对着高坐堂上的江海俊说："哥哥，王爷、公主是我们的救命恩人，你怎么能做出这等事来！摸一摸你的良心何在？"

江海俊听了，虽然生气也不便发作，他苦笑一笑说："小妹，哥哥所做的一切，你以后就会明白，大丈夫生于世间，一定要建功立业，做个顶天立地的大英雄。哥哥我正在实现谋划已久的雄心壮志，第一步已经达到了。"

海云说："雄心壮志我不懂，可我就知道，做人要讲诚信，要讲良心。人在做，天在看，离地三尺有神灵。"

江海俊笑道："干大事不拘小节，胜者为王，败者为寇，什么神灵不神灵，我不信那一套。说吧，是不是公主叫你来的？找我什么事？她现在哪里？她手下还有多少人马？"

海云说："别的你什么都不要问，公主派我来给你捎个信儿，她要单独跟你见面，问你敢不敢见她。"

"真的吗？"江海俊大喜道，"太好了！我愿意和她见面，我知道，她心里有我。"

"她心里当然有你。"海云轻蔑地瞥了她哥哥一眼，"那就一言为定，日期、地点由你选。不过先讲好，公主说了，只同你一个人见面，双方都不带兵马。"

"好好好。"江海俊决定了，"明天，东门外，离她的大营远一点，到时我自己去，叫她不要负约。"

"当然。"海云一拱手，"告辞！"

海云被单祁兵送出城去，回归大营，向公主报告。

江海俊送走妹妹，心中有种说不出的千言万语，不知向谁诉说是好，亲骨肉的同胞兄妹，今天见面会是这个样子，这哪里有一点亲情？怎么造成的？他不去考虑，他所想的是，只要白花公主能乖乖地同我回城，我就是名震天下的大英雄了。

一宿无话，到了次日，江海俊按照约定，准时出了东门，奔向约定地点，去会白花公主。远远就望见白花公主独自一人，端坐白龙马上，正在等候。他又向四周望一下，高大巍峨的洪尼勒城，平静流淌的粟末水，远处高耸入云的马大山，真是个山明水秀的好地方。他心中暗喜，这块地方现在是我的了，只要把白花公主制服，敖都国从此就姓江了。今日会见她，是成败的关键，一定要格外小心。他怀中藏了暗弩，必要时可以发袖箭射死她。

再一看公主的大营，隐约在十里之外，地势开阔，无法藏匿。现在是秋后季节，粮谷收割完毕，平川旷野，显得空荡。他放心了，谅这里也不会有埋伏。江海俊暗笑道：就我俩，一对一。来文的，你说不过我；来武的，你斗不过我。你龙凤剑厉害，我也有一把，今天我制服你是毫无悬念的了。

想到这里，他拍马上前。

书中交代一下，白花公主为什么要跟江海俊单独会面呢？前文讲过，公主凭借舅舅和姐姐的两支援军，赢了头一阵，打败了单祁元帅。不想单祁国有事，留彦元帅奉召撤兵，回单祁国去了，江海俊坚守不出。攻城难以奏效，又得死不少人。白花公主心生一计，要早日收服洪尼城，必须把江海俊调出来。只要他能出来，这就好办。调江海俊出城，并不容易，他为人奸诈又多疑，轻易不会上钩，这才想到江海云。海云早已对哥哥痛恨万分，这是一个毫无人性的豺狼，勾结单祁兵，灭了敖都国，害死了王爷，令公主流离颠沛，这也有我的过错。如今她唯一的心愿，是帮助公主早日收复都城，报仇雪恨，杀死这个无情无义的叛国之徒。到现在，海云还不知道她哥哥本是单祁国的奸细，已在单祁国招了驸马，来洪尼勒是刺探军情卧底的。

她向公主保证道："公主放心，我一定把那负心的贼子调出来，让他同公主见面。"

"我相信你，除了你去，别人是进不了城的，只要他答应同我会见，那咱们就有希望。"

海云不负所望，真的把江海俊引出城来了。

公主临行，嘱托舅舅布哈屯和二姐黄花，只要江海俊一出城，大军分三路立即包抄过去，把城围住，不令江海俊回去。江海俊由我对付，你们不用管，全力阻击单祁兵就可以了。

一切布置停当，公主这才轻松地单人独马来会江海俊。

江海俊见了公主，开始也感到心里不安，他毕竟做了亏心事。既然已经做了，那就一不做，二不休，没有退路。二人相距不远，各自立住。江海俊先开口了："你今天找我来，想说点什么？"

"我来找你算账！你害得我好苦。"

江海俊笑了："公主，你误会了，王爷的死，是自杀，与我无关。本来我是想保全他的，可谁知王爷气性大，等我发现，已经晚了，没救了。"

"你住口！"公主大怒，"现在你还骗我，你这个魔鬼！"

江海俊的意图落空了，知道公主得悉内情，她这是报仇来了，于是便露出了真实面目，冷冷一笑说："我实话告诉你吧，我就是单祁国的驸马，单祁王把敖都国赐给我，你要愿意跟我，我看在你赠剑的情分上，封你为偏妃。"

公主压住心头怒火，苦笑道："好哇，你终于撕去伪装，露出真面目了。算我有眼无珠，上了你这骗子的当，我不怪你。你我的事情，今日做个了断。"说着，公主翻身下马，望一望城门方向，见没有动静，便说："你敢下来跟我较量一下吗？"

"奉陪。"江海俊也跳下马来。

二人各亮出"龙凤剑"，就在离江边不远的一片小树林的边儿上，厮杀起来。

公主且战且走，目的很明确，就是要把他引开，远离城池，远离战马。江海俊并不了解公主的意图，步步紧逼。正在这时，猛听得号鼓连天，人喊马嘶。江海俊一惊，注目一望，见无数兵马如风驰电掣一般，霎时把洪尼勒城团团围住。

"坏了，上当了！"江海俊如梦初醒，才觉得自己远离城池，实在失策。他想骑上战马往回闯，回头一看，战马已被人牵走，这个牵走马的人不是别人，正是自己的亲妹妹海云。她什么时候来的，没有注意。没有了战马，江海俊未免有点惊慌。眼瞅大军围城，他在外头。同城里联系不上，回又回不去，战又没兵马，当下只有一线希望，拿住白花公主，把她控制在手里，就好办了。

求生的欲望使江海俊增加了勇气，他盯住公主，步步紧逼。江海俊此刻像输光了的赌徒，只有破釜沉舟似的拼命了。

常言说：勇的怕愣的，愣的怕不要命的。江海俊像疯子一样拼了命，白花公主却也格外小心。

站在远处的江海云，望见公主处于下风，怕她有闪失，搭马上前来助。

江海俊一见妹妹骑马奔来，恨得咬牙切齿，你们同谋把我骗出城来，我岂能饶你，当下最要紧的是速回城里。回城需要马匹，自己的马匹不见了，他见海云骑马奔来，眼看来到身前，他凭着在草原上练就的跃马的功夫，飞身一跳，跳在了海云的马上，顺手把海云推下马去。这一举动如此突然，海云猝不及防。她被推下马的一瞬间，立刻意识到江海俊这是夺马要跑，她紧紧攥住马缰不撒手，马挣不脱，就地打转。

"公主，他要跑！"

公主回身奔来，江海俊一看大事不好，手中的宝剑对准妹妹刺去，海云"哎哟"一声，刺透胸膛，倒地而死。公主紧跑几步，来不及了。

"我的好姐姐！"

奇怪的是，海云至死也没撒手，马缰还在腕上缠着。公主上前照着江海俊就是一剑。江海俊在马上来不及躲闪，急着用手去迎，不想公主一变招，正砍到他的胳膊上，这只握剑的手立时掉下来。公主忙捡起离身已久的那口"凤剑"，扯着一只脚把江海俊掀下马来，重重地摔在了尘埃地。

"你这十恶不赦的奸贼，也有今日！"

此时的江海俊，丢了一只胳膊，鲜血直流，他疼得爹一声妈一声的喊叫。公主又把他脚砍掉一只，怕他逃跑。然后她扶起海云，见她胸部中剑，已经气绝。公主跪在海云身旁，大哭起来：

"我的好姐姐，是我害了你……"

接应公主的将士们跑来了，二姐黄花也来到近前。他们劝住公主，见旁一男子血迹模糊，坐在地上号叫。公主说："不用管他，他就是杀害父王的凶手，今天是罪有应得。"

江海俊求饶不成，被就地斩首，他终于应了前日的誓言，一个奸诈的狂妄之徒，得到了应有的下场。

公主一行人挑着江海俊的人头，去城下招降。守城的单祁兵被困在城里，出不了城，救不了江海俊。今见江海俊已死，群龙无首，只得开城投降。洪尼勒城失而复得。

白花公主同姐姐、舅舅一起，找到了海郡王尸体，为之治丧、安葬，又特为巴拉公建造一座坟墓，立碑、刻铭。用海云陪葬海郡王，埋在祖陵旁，以表彰她为敖都国献出了年轻的生命。

三千单祁兵，白花公主优礼相待，发还马匹兵器辎重，放他们回国，众军感谢。

忙乱了几天，洪尼勒城恢复了秩序，打开库藏，犒赏了依罕山和席北两支援兵。当姐姐和舅舅双双别去之后，白花公主才感到孤苦伶仃，是那么的无助。

经过这么大的变故，白花公主开悟了。她看破了人生，看破了红尘。人生在世，争强好胜，争名夺利，打打杀杀，冤冤相报，往复循环，前因后果；岁月无情，人生易老，红尘苦海，太没意思了。

被放回国的单祁兵，回去把江海俊在洪尼城的所作所为传播出去，又称赞白花公主之德。单祁王以礼送回金花王子归国继位，白花公主辅佐哥哥登上王位。国内一切平静下来之后，她托词外出拜师学艺，云游深山古刹，从此一去不返。她的行踪成了后世之谜。

二〇〇八年十二月于长春

白花点将台

赵 月 搜集整理

目录

白花点将台

赵 月 搜集整理

第一章

老辈人传说，在几百年前，松花江岸边有一个部落，叫海郡国。海郡国的国王称作海郡王。海郡王五十多岁，只生了三个女儿。大女儿叫黄花，二女儿叫红花，三女儿叫白花。大女儿、二女儿都嫁到他国去了。就剩下小女儿白花，是海郡王膝下唯一的女儿，特封为白花公主。这公主不但长得漂亮，又聪明，心地善良，忠厚老实，孝顺懂事，海郡王和王后夫妇甚是喜欢。海郡王没有儿子，何人继承王位？当然是白花公主了。

为了培养白花，海郡王给她请了多才博学的汉人先生，从小教她学习汉文。同时，又请武林高手，女真巴图鲁传授武艺，教会她文武双全的本领，将来好掌权治国。

白花公主从小喜欢白色，白色是北方女真人崇拜的颜色，白色象征着圣洁，女真人的传统习俗是"贵白而贱红"。这里还有一说，女真人认为红是凶兆，流血是红色，红色即血色，是不吉之色。

白花公主喜爱白色，也与民族习俗有关。她穿的衣服是白色，骑的战马是白色，又特制一杆亮银枪也是白铁打造。

这公主还有个怪癖，她还喜欢白色的小动物，凡是带白的都不许伤害。狩猎时，规定不准打白兔，不准杀羊，不准杀白鸡、白鸭、白鹅。在别人看来，这小公主有些任性。议论归议论，国人都不敢不听从，因为她是国王的爱女。

小公主白天在武厅练习武艺、各种兵器、骑射技术，晚上在书房里受教念书。由于她聪明又好学，上进心很强，进步很快，到了十七岁时，就已经文武全能了。

公主才智长进了，可是海郡王不但没有喜悦之感，反而更加忧虑。

究竟何事令海郡王发愁又着急上火？

原来海郡国的西面有个大部落，叫蒙兀儿就是后来的蒙古国。蒙古国兵强将勇，势力大，几年时间，草原上大小部落全被征服，它控制的地盘已经同海郡国搭界了，眼看下一步就要侵犯海郡国了，海郡王能不犯愁吗？

可犯愁又有什么用呢？

第二章

蒙古人原本是游牧民族，后来侵地多了，势力大了，打到长城以里，在北京登基坐殿，建立了元朝。

关外还有一部分金朝的残余势力，这海郡国就是一个，他们是金朝皇族。不扫除这股势力，元朝是不会罢休的，于是派出几十万大军，进攻海郡国。

从前也来过蒙古兵，不过那时来的人马不多，海郡王严守边关，把蒙古兵挡在了边外，海郡国倒也安静了几年。这回不同了，蒙古兵可是几十万呐，海郡国能抵挡得了吗？

蒙古兵长驱直入，突破边界，杀奔海郡国的王城。海郡国兵将抵挡不住，死伤无数，眼看就要杀到都城了。

海郡王无奈，只有亲自领兵御敌。他集合三军，跨上战马，一定跟蒙古人拼个你死我活，也让蒙古人知道，女真人没有软骨头，海郡国也不是好惹的。

尽管决心已下，海郡王心里也是没底，这蒙古几十万大军，此去非同儿戏，弄不好，能否回来都难说。因此，他临行前对后事做了安排。

海郡王叫来白花公主嘱咐道：“敌人势大，我不能坐以待毙，要跟他较量一下子，也要让蒙古人知道我的厉害，海郡国也不是好欺负的。可是我们力量相差悬殊，万一我回不来，你要把军民撤到江东去，不要和他硬拼，保存实力，等力量壮大了，再收复失地，重建家园。记住！记住！记住家乡故土！”

海郡王嘱咐完毕，命令开城！便率领几千兵冲出去。

你想，海郡王仅有几千兵马，蒙古兵是几十万，力量对比天壤之别。

何况蒙古兵是草原游牧民族，海郡王的人马很快就被围得铁桶一般，部下大半战死。海郡王左冲右突不能得脱，蒙古兵反而越围越多。

海郡王不认输，他要拼命了。一来海郡王上了年纪，体力不支；二来部下伤亡殆尽，不利再战，他便寻找机会突围。

就在这时，一支生力军突然杀入阵中，高叫："父王莫慌，女儿来了！"

原来白花公主在城头上看得清楚，见父王陷入阵中，手下军兵所剩无几，她立即下了城楼，提起亮银枪，跨上白龙马，领着一支队伍杀出城来。眼看进入核心，接应父王，不料突然一只冷箭把海郡王射下马来。白花公主见状，急拉弓搭箭，对准蒙古军帅字旗射去，"哗啦"一声帅旗落下来。蒙古兵见帅旗射落，一阵慌乱，白花公主趁机救起海郡王，冲出包围圈，率领残兵向城里退去。

第三章

海郡王被冷箭穿透后心，伤势过重，进城就死了。军民人人伤心，个个落泪，满城挂孝，一片哭声。可是白花公主忍住悲恸，领着文官武将、军民人等，把海郡王草草安葬在城外后山根。将士们发誓为国王报仇。白花公主记住父王的嘱托，她安慰将士们说："仇是要报，可现在不是时候。敌人兵多，咱们兵少，打不过人家，这么拼下去，只能拼个国破家亡。父王生前嘱咐我，让咱们暂时撤到江东去，保存实力，招募士卒，操练兵马，等到势力强大了，再起兵收复失地，报仇也不迟。"

既然老王爷留下遗言，那就按遗命办，众将一律遵行，一切听从公主安排。

撤，一律撤。撤退那天，所有军民人等每人背上一包家乡土，咱不能忘了国忘了家，一定要打回来。于是男男女女，扶老携幼，跟随着白花公主，撤到了松花江的东岸乌拉街这个地方。

白花公主带领众军民撤到江东，她就让把大家带过来的土堆在了一起，堆呀堆，堆呀推，一气堆成了一座好几丈高的土台，作为白花公主的点将台。土太多用不完，又把剩下的土筑成了三道城墙。里边的一道为禁城，白花公主就住在这里；二道叫内罗城，住着当地居民和跟过来的百姓；三道叫外罗城，住着全体军士和将官，他们负责看守城门和保护老百姓的安全。

修好城墙以后，白花公主就领着三军操练武艺，演习排兵布阵。与此同时大量招募军士，又出榜招贤，大批武勇之士都投到公主的帐下。

白花公主又在教军场演武厅设立擂台，让人打擂比武，从中选拔人才。不论什么人，只要有本事，武功好，就可封为将军。天天练天天选的结果，就选出了八员大将来。头一名大将叫江海俊，是公主手下一个宫女的哥哥，过去开过鞭炮铺，会做火药，会造火炮。自从他归了白花公主，用火炮打退了好几次蒙古兵从江上的进攻。公主见他人才出众，忠厚老实，从心眼里喜欢他，就封他为第一员大将。第二名大将叫巴里铁头，过去是老王爷手下的一名老将。这人长得膀大腰圆，像半截黑塔似的。都说他力拔千金鼎，手使千斤锤，以前王宫里斗牛，他能抓住牛犄角，把两头牛分开。这样大的力气，自然是人人敬畏，个个佩服。可是铁头这个人仗着力气大，特别骄傲，心术也不正，好使坏。他见江海俊当了第一名大将，心里不服，他想：一个穷手艺人，居然排到我前头，凭什么？他不服气，瞧不起江海俊，又见白花公主喜欢他，心里更不自在。

走着瞧！

从此，铁头开始暗打主意，非找机会治一治江海俊不可。

第四章

蒙古兵又来讨伐。这是有备而来，准备了渡江的用具。

白花公主点名指派江海俊前去破敌。江海俊果然不负所托，利用火药铁炮的优势，打沉了一只战船，蒙古兵退回去了。

乌拉街又保住了。

白花公主自然高兴，论功行赏，封官晋爵，当着全体将士的面儿，特封江海俊为副元帅，一人之下，万人之上，所有军民将士都归他调遣。

巴里铁头一听江海俊升了副元帅，不由得吃了一惊，心里更不服气。从点将台回来，铁头叫住江海俊说："恭喜你老弟，从今以后你就是全军副帅了，愚兄佩服，佩服！"江海俊谦逊地说："全凭公主抬举，还望老兄支持。"

"不敢当。"铁头假惺惺地说，"贤弟今日荣升副元帅，是个大好的日子，不能不庆贺呀？来，愚兄做东，咱们去喝几杯庆功酒，你看怎样？"

江海俊不想去，就推托道："多谢了。现在不行，改日吧，我还得检查一下，两尊大炮修理得怎么样了。"铁头一把拉住说："走吧，修大炮那还不赶趟，反正蒙古兵已被你打退，一时半会儿怕是不敢来了。"

江海俊就这样，被铁头连拉带扯拉进帐篷里。

二人喝起酒来，却不知铁头在酒里下了迷魂药，这种药又叫蒙汗药，下到酒里，一喝进去，被麻醉得不省人事，所以又叫"迷糊药"。江海俊喝了蒙汗药酒，自然醉得不省人事。这时候天已经黑了，按惯例，每到这个时候，白花公主必登上点将台，向江西方向瞭望，表示思念家乡，怀念故国之意。铁头估计，白花公主此时还在点将台上，他把醉得不省人事的江海俊悄悄架到公主的寝宫，放在公主的床上，又把他衣服扒光，盖上公主被子，就溜了出来。他是想使公主蒙羞，一时恼火，处置海俊，实现自己借刀杀人的阴谋。

白花公主从点将台上回来，忙碌一天，她要休息了。不想刚进屋，就听见有人打呼噜声。"谁？"公主拔剑在手喝问道，不见有人应。宫女这时点上灯烛，看清楚了，原来床上躺着一个男子。公主的气不打一处来，什么人如此大胆，竟敢这样无礼！她举起手中的剑就要劈下，宫女忙叫一声："公主息怒！"她托住公主举剑的手跪下了。

"公主，你看他是谁？我哥哥。"

这时公主也看清了床上这个人就是刚封过副元帅的江海俊。

公主插剑入鞘，吩咐宫女："你快去问问他，怎么这样无礼，是怎么进的这个屋子？"

第五章

江海俊这时的药劲酒劲已过，心里也有点明白了。发现自己睡在软床上，我这是在哪里？又发现自己赤身露体，身上的衣裤被人扒光了。方知晓被人暗算，上当了。又听见公主在说话，更惊魂千里，知道闯下大祸了。他赶忙穿好衣服，跪到公主面前，叩头赔罪，任凭公主处罚，死而无怨。

公主猜到其中定有隐情，问："到底怎么回事儿？你如实说清楚。"

"我该死！我不争气。"

江海俊即把铁头硬拉他喝酒，不知怎么，就喝得不省人事了。怎么进的公主屋子，自己也不知道。

白花公主听清楚了，也听明白了。她心中十分恼火，拉起海俊，命令道："你快去领几个人，把铁头给我抓来，非问他死罪不可！"

宫女劝道："公主，杀不得啊。"

"这样人栽赃陷害，又想借刀杀人，明明是妒忌你哥哥，你还为他求情？"

宫女说："杀了他倒容易，可是眼下敌人进犯，咱们力量还小，正是用人之际；那铁头英勇无比，收复国土，还能派上用场。再说，两国交兵，先杀大将，会动摇军心。"

白花公主听了这番话，既是感激又是伤心，她想到了父王的惨死，又想到国土何日能收复，一时百感交集，半晌无言。

宫女知公主伤心，让她平静一下，待她情绪有些好转，慢慢提醒道："天不早了，公主安歇吧。"

公主一把拉住宫女说："我的好姐妹，你提醒了我。有你在我身边，我心中有底了。"

接着，她把江海俊教训一顿。叫他以后别再喝酒，今晚发生的事，不许声张，暗地里注意铁头就是了。江海俊很是愧疚，向公主发誓，一定彻底戒酒。然后拜辞退出，回归军营。

第二天一早，铁头就到处打听江海俊的下落。心想，你昨晚一掉脑袋，今天就是我顶这个位子，叫你小子逞能！

没有想到，今天的演阵操练照常进行，还是由副元帅江海俊指挥练兵，就像昨晚什么事也没有发生一样，一切按部就班，有条不紊地进行。铁头心中疑惑，江海俊这小子是怎么躲过昨晚这一劫的？莫非他的计谋被人识破？还是这小子有神灵相助？他这时得到了公主传唤，令他去教场演练，没有改变计划，他害怕了。去还是不去？不去会使人生疑，去又有危险，万一公主得知真相，那可是掉脑袋的罪。后来铁头一想，你们好像没事儿，我也装作没事儿，万一出现异常情况，我铁头也不是好惹的。公主手下那几个大将，哪一个也不是对手，就是你们七个人一齐上来，也奈何不了我！我怕什么？至于公主，一个女流之辈，能把我怎样？

他放心了。到了教场，一切如常，操练人马有序地进行，根本也没人提起这个事情来。一连几天，都是如此。公主对他一如既往。

巴里铁头心想，"这是唱的哪出戏呢？"

越是平静如常，铁头的心里越是波澜起伏，他干的事情自然不会忘记，也自然心中没底儿，不一定哪天把事情挑明，公主摊牌，到那时给你来个措手不及，预防那就晚了，不行，得赶快想办法，以免灾祸临头。

铁头又想出了什么鬼点子呢？

第六章

铁头心想，白花公主手下就那么一点点兵马，还想收复失地，打回江西岸，这怎么可能？我不能再跟他们胡闹下去了，我要另寻出路。蒙古兵不是拿不下乌拉街吗？我帮他拿下，里应外合，事情成功了，我铁头从此不受你们管束了，也就不受江海俊那小子的气了。他越想越得意，就起了反心。他找个机会，派人出城，偷偷给蒙古军营送去一封密信，信上表示愿意投降大元朝，作为内应，接应蒙古兵攻入乌拉城，把白花公主献给元朝皇帝做妃子，自己愿做大元朝的臣子。

蒙古兵的将领正因为久攻乌拉城不下，受到元朝皇帝责备，限令务必攻克，否则要杀头。就在这个当口，收到了铁头投降的密信，当即乐不可支，铁头简直是救星，他立即回信，许诺保铁头当大将军，并给他送去不少金银财宝等礼品。铁头收了财宝，高兴极了，他要死心塌地地为蒙古人效力了。接着，又派心腹死党过江，给蒙古领兵官送去回信，约定八月十五蒙古兵攻城时，他里应外合，献城投降，接应蒙古兵入城。

可是铁头的行动早已被秘密监视起来。他派去送密信的人也被盯上，他到江边，还没等上船就被拿下，搜出了密信，斩了送信人。公主把八月十五改成八月十六，另派两人把信给元军送去。

白花公主连夜召开会议，把七个领兵大将都找来议事，唯独不令铁头知道，会议是秘密进行的。

公主把发生的情况当大家说了，铁头背版先王，卖国投敌，当如何处置。众将一听，很觉意外，也都很气愤。有的主张应立即把铁头抓来，当众审问明白，明正典刑。公主说："先不要惊动他，这家伙力气大，晚上不好对付，今晚就当什么也不知道，严守秘密，等到明天一早点将时，你们听我的号令，我说动手为号，你们一齐上，当即把他绑上。"

抓捕铁头的计划，就这么定下了，一夜平静无事。到了次日一早，乌拉城响起了紧急的牛角号声。将士们照例到点将台下集合。铁头做梦也没有想到，他的事情会败露得那么快，他心里一点防备也没有，还像往常一样，总是慢慢腾腾最后一个来到台下。

可是今天的气氛却同往日大不相同，台下人山人海，军士成行成队，七员大将齐聚台下，公主端坐台上，态度严肃，威严毕露。铁头一见这副架势，心里也有点发毛，今天这是怎么了？是不是要翻腾江海俊私闯卧室的事？这对你公主也不是光彩的事，何必兴师动众？你公主是聪明人，不会不知家丑不可外扬的古训吧。铁头什么事都想到了，就是不承想他私通元军的事。他正在胡猜乱想，忽听台上一声断喝：

"铁头将军！"

"末将在，参见公主。"铁头向台上鞠躬。

"你可知罪？"

"末将不知。"铁头以为真的要抖落那天晚上的事，冷笑一声说，"公主，这事与末将无关，要怪，就怪他江海俊自己，酒后无德。"

"你住口！"公主一声命令，"来人！给我拿下。"

七员大将忽拉一声齐上前把铁头按倒在地，上了绑绳。铁头力气再大，好虎架不住一群狼，何况他还没有防备，事发突然。但他还是不服气："末将无罪！"

"你私通蒙古，叛国投敌，还说无罪？"公主命令，"就地处决，斩首示众！"

第七章

铁头被就地斩首，脖子里冒出的是黑血，人都说血是红的，铁头心黑了，血也是黑的。为了不让他再转世，把他装到石头棺材里，埋在乌拉城外的江边，一个叫巴里的地方，现在那个地方还有巴里铁头的坟呢。

元兵接到铁头的信，高兴得不得了。便按照信上约定的日期，八月十六一早就把兵马集合到江边的芦苇塘里，等待铁头发出的信号。不大一会儿，果然有一队战船开过来。蒙古人以为是铁头来接应他们，就树起了信号旗。谁知船还没等靠岸，船上火炮就响了，一片火光，大炮对准信号旗，咕咚响个不停，周围芦苇都着起火来了。蒙古兵被烟火围在里边，跑出几名也被船上乱箭射死，跑不出来的就全被烧死在里面。待大队蒙古兵赶到救援的时候，已经晚了，海郡国的船不知去向。

从这以后，蒙古人对白花公主有所畏惧，再也不敢轻易来犯乌拉城。

自从斩杀了铁头，火烧蒙古兵以后，白花公主更加喜欢江海俊，就同他结了婚。转眼过去五年，白花公主生了五个儿子。可她总也忘不了江西岸，忘不了收复家乡，还是日夜操练人马，准备过江。

又过了好几年，白花公主力量大了，兵强将勇，国势大增。收复失地，进兵江西岸的时机成熟了。

到了出兵这天，乌拉城又热闹起来，安静了多年的乌拉城，又响起了牛角号声，炮声震天地动，松花江水也被吹成像小山一样的浪头，真是上天有灵，大地感应，江水也为之助威。

白花公主又戴上银盔，披上银甲，绰起亮银枪，跨上白龙马，率领千军万马，向江西岸进发。江海俊列炮于江岸，向江西岸不断轰击，岸边变成一片火海。白花公主催动坐下白龙马，从江面上驰过去。蒙古人见这批兵马从水面上杀过来，疑为天兵降临，一时乱了阵脚，不敢抵抗，走的走散的散。不到三天，就打到了海郡国的旧都城。

然而，令他们没有料到的是，元军也会造火炮，从城上往下打，江海俊领着五个儿子，也来助战，一时城上城下，炮火连天，人喊马嘶，乱成一片。

公主指挥攻城，不知不觉战袍已被炮火击中，着起火来。士兵看见，齐喊公主快下马灭火，公主不听，继续攻城，她不顾一切地冲向城门，众军后边紧随。白花公主冲到城门边，门紧闭不开，白花公主用枪一指，城墙就倒塌了，大军跟着公主冲进城里，守城元军有的投降，有的战死，有的逃走了。公主到了王宫，已经变成了火人。大伙要给公主灭火，这时公主身上的火不救自灭了，更为奇怪的是，公主身上没有一处烧伤。这时，忽见公主仰天大笑一声，从马上跌下来，众人忙去救扶，公主已经气绝身亡。

江海俊把公主埋在海郡王的墓地，他当上了国王，五个儿子也都当了大将军。这五个儿子都会造火炮，被称为"五虎神"。后来做火炮生意的铺子都供"五虎神"，那就是白花公主的五个儿子。

传说给公主送殡那天，本来天晴得好好的，凭空响起了雷声。从公主坟头飞起一只白天鹅，飞到天上去了。人们都说白花公主是天上白鹤仙女下凡，天鼓一响，又把她召回去了。

二〇一〇年五月

白花亭（唱词）

赵宇煌　搜集整理

目 录

白花亭（唱词）

赵宇煌　搜集整理

开　篇

混沌初开天地分，
三皇五帝盘古人。
伏羲卜辞分四象，
文王六爻定乾坤。
周公制礼明纲纪，
孔子兴儒正五伦。
春秋战国纷纷乱，
六合一统并于秦。
汉高祖斩蛇起义在芒砀，
唐太宗诛兄灭弟玄武门。
赵匡胤陈桥兵变归大宋，
阿骨打上京称帝国号金。
海陵王弑君篡位行暴政，
完颜氏宗族披祸众离心。
引出了白花点将一辈古，
几百年川流不息传至今。
众明公不嫌小子海青腿，①
请诸位坐稳身形听我云。
诸位，"白花点将"的故事在咱们这一带流传少说也有五六百年了。

------

① 指没拜过师，家传或自悟的。

237

元代有《百花记》，明代有《百花亭》，讲的都是这件事。清代又出现说唱《白花点将》，可是流传不广。小子虽是旗人，也懂得天地君亲师为大，也要拜祖师爷周庄王、文昌帝君。相不相^①，作比成样。小子虽然是没有正式拜师的海青腿，多亏几位瓢把子^②提携，也赶过屯场，蹚过明地。有的明公问了："你都使什么买卖？"我没有别的，长买卖短买卖都不到家，就是瓢把子传我一部《百花亭》唱本。有人说啦："你这不是撸别人的叶子吗？"是的，但我可不是原原本本地照搬，这里也有我自己的东西，我并不是走死路子，这样一来，买卖也收住了，买卖也响了。有一次我在江东还遇到"缠条"，唱了半个多月还叫我"翻头"，说我说的书"路子活"，他们听了很新鲜。当然，也有走背运的时候，一部书没等说完就托住买卖"开穴"^③。

不过，话还得说回来，我这部《百花亭》绝对与众不同。除了不唱，一唱就火。不信，请诸位稳坐金身，细听我慢慢地替那辈古圣贤俊，恭敬一段。

白花亭（唱词）

（一）

说的是关东有条松花江，
有一座古城就在江边上。
古城本属乌拉国，
乌拉国国主安西王。
安西王有个女儿年纪小，
白花公主世无双。
乌拉国风调雨顺万民乐业，
渔家乐农民富幸福安康。
常言说国有兴衰人有祸福。

---

① 相是内行，说书艺人术语，这句话的意思是"不是内行也装内行"。
② 同行的师兄。
③ 走人。

眼看着敌兵压境要动刀枪。
西边外有个强邻单祁国，
发兵东犯扰乱边疆。
安西王体弱多病心焦虑，
何人挂帅把敌防。
思前想后拿主意，
他打算女儿率兵上战场。
又怕年少难服众，
教场比武见弱强。
这日天高气爽风平浪静，
众将士披挂整齐进教场。
白花公主仔细看，
今天气氛不寻常。
金鼓齐鸣天地震荡，
人欢马跃斗志昂扬。
王爷台上传御旨，
文官武将听其详：
敌兵犯境国有难，
为御强敌选贤良。
演武场谁有本事来较量，
刀枪剑戟论短长。
胜者夺魁挂帅印，
统领三军保边疆。
小公主明白了父王心意，
他是要试一试我的胆量。
看看我文韬武略可曾长进，
出兵打仗是否妥当。
白花我自幼习文又练武，
通经史懂兵法腹内深藏。
我敢比木兰从军御强寇，
可不用隐真身女扮男妆。
今日夺得元帅印，
抗敌保国射天狼。

（二）

江海俊教军场上仔细观，
今日里实在不平凡。
旗幡招展遮大地，
金鼓齐鸣响震天。
人欢马跃军威壮，
刀枪剑戟放光寒。
安西王爷台上坐，
文官武将列两边。
台下一匹白龙马，
马上端坐女将一员。
年纪不过十五六，
美貌娇容似天仙。
不用人说知道了，
她就是白花公主到阵前。
江海俊一见心欢喜，
比武夺魁巧周旋。

（三）

小公主，江海俊两马相交，
他二人教场之上动枪刀。
公主她亮银枪如蛟龙出水，
江海俊鬼头刀地动山摇。
众三军擂鼓助战震天响，
二人斗法武艺高。
三军百姓看花了眼，
王爷王后乐滔滔。
这真是百里挑一英雄将，
唤上高台问根苗。

（四）

江海俊上将台跪在平川，
安西王开口把话言：
我问你家住哪里名和姓，
一身的好武艺何人所传？
家中老少共有几口，
渔猎农耕你会哪般？
江海俊叩罢头来把话讲，
口尊王爷听周全：
小民家住西山外，
姓江名海俊是单传。
上无兄来下无弟，
学艺就在广宁山。
师父全真有法号，
世上人称赛神仙。
学成回来为国出力，
比武挂号保家园。

（五）

王后听罢心喜欢，
急向王爷进忠言。
王爷呀，我看海俊品貌好，
文武兼备谈吐不凡。
虽然说取人不可以貌相，
奸佞辈怎能够超脱自然。
劝王爷以诚相待量才录用，
整朝纲创基业如渴求贤，
天下归心成大业，
保我乌拉千百年！
王爷赶快拿主意，
错过机会后悔难。

王后说完一席话，
安西王低头沉思满脑疑团。

（六）

巴总管在朝几十春，
出生入死屡建功勋。
雪染鬓发人已老，
体格健壮有精神。
扶保君王好几代，
三朝元老第一人。
现在是人老志不老，
为国操劳尽力尽心。
他见王后夸海俊，
站起离座把话云：
王爷王后休草率，
遇事审慎要求真。
江壮士虽然刀马好，
寸功未立难领三军。
家乡住址全不晓，
什么生计什么出身；
家中老幼有几口，
兄弟排行有几人？
选贤任能固然重要，
知根知底才能放心。
一时不慎看走了眼，
大权旁落颠倒乾坤。

（七）

王后她听了此话暗沉吟，
巴拉公声声直谏震耳门。
老铁头为何阻挠江海俊？

岂是我蒙蔽双眼贤愚不分！
有人怀疑他位高权重，
密谋王位城府深。
有道是画虎画皮难画骨，
知人知面不知心。
乌拉国的江山才稳固，
安西王府有坏人。
忘恩负义寻常事，
何况重任在一身。
巴拉王府把权掌，
一旦生变起祸根。
几代功业付东流水，
多年积蓄要化灰尘。
及早提防方为上，
以免身首两离分。
虽说谣言不足信，
有备无患拨雾驱云。
尊声王爷拿好主意，
重用新人提防老臣。

（八）

公主白花把话陈，
尊一声父王母后请听真：
巴总管在朝几十载，
开疆拓土立功勋。
平日里教儿练习弓马，
晚上读兵书又到夜深。
恃老居功可能有，
嫉贤妒能别当真。
心存异志更难置信，
误信谣言委屈老臣。
人说家贫出孝子，

国家危难显忠臣。
乌拉国要有巴拉在，
哪怕他强敌万马千军。
江壮士武艺好也可录用，
先从军校做进身。
安西王一听哈哈笑：
女儿之言正合吾心。
江海俊拨到你帐下，
封为校尉先管百人。

（九）

花有荫来月有影，
江水清澈清又明。
侍女心腹江花佑，
跟随公主数年工。
年纪不过十五六，
她与白花姊妹情。
月上林梢飞鸟静，
谯楼梆子打初更。
公主练兵一天整，
她要回到将台中。
伺候公主得安寝，
掌灯巡查百花亭。
白花女习文又练武，
兵书战策样样精通。
乌拉国的兵符掌握在手，
指挥安西王龙虎兵。
保家卫国开疆拓土，
建功立业青史留名。
前日收下了江海俊，
看此人武艺高强是个英雄。
将来能为我所用，

名扬四海建奇功。
一天的操练身疲倦，
人欢马跃各归营。
迈步就把点将台上，
忙忙来到百花亭。
公主正要把门进，
猛只见一条黑影往外冲。
公主冷丁吓一跳，
无名怒火往上升。
忽见花佑追出门外，
飞起一脚正踢中。
只听"哎哟"一声叫，
一个人被踢倒地川平。
公主上前仔细看，
这个人眼熟不陌生。
你道他是何人也？
江海俊躺在地上直哼哼。
侍女上前踢一脚，
快说！夜闯将台罪不轻！
举起钢刀便要砍，
公主这旁开了声：
不要杀来不要砍，
叫他仔细说分明。

（十）

江海俊只吓得胆裂魂销，
跪爬半步直求饶。
尊声公主暂息怒，
恕我残生这一遭。
小子我不是贼来不是盗，
更不是前来行刺试屠刀。
你给我三万三千虎豹胆，

也不敢仙人头上拔凤毛。
误入将台因醉酒，
稀里糊涂错登高。
披肝胆效忠心怎敢使诈，
为王爷为公主报效当朝。
小子句句真心话，
恳请公主把气消。
小公主看他哀求生怜意，
相貌俊雅谈吐清高。
看他不像奸险辈，
那你为何来上高？
潜身登台在今晚，
不说实话命难逃！
海俊说巴总管请我赴家宴，
酒后无德错把台当桥。
误闯禁地罪该当死，
请公主宽恕这一遭。

（十一）

小公主如醉如痴神情缥缈，
一颗芳心似火燎。
情窦初开如潮水，
闸门开放起波涛。
什么家规和国法，
师传祖训脑后抛。
终身大事自做主，
决心同他渡鹊桥。
叫声壮士你心地好，
又兼年少武艺高。
只要你忠贞不贰把父王保，
官高显爵就在今朝。
都说蟾宫月殿人难进，

我与你比翼双飞共度良宵。
天地有缘何用月老，
两心紧系自在逍遥。
单等到大功告成狼烟灭，
禀父王我与你缔结鸾交。
小公主一颗芳心投向江海俊，
但愿你勿负盟记住今宵。
好男儿必须有凌云壮志，
建奇功创伟业青史名标。

（十二）

江海俊结缘公主喜在眉梢，
老铁头怀疑我岂肯轻饶！
趁现在受宠幸兴高采烈，
见王爷进谗言暗放翎刀。
进宫廷上奏君王慌忙跪倒，
口尊声我主在上细听根苗：
巴总管设家宴把臣邀请，
谁知他怀奸计笑里藏刀。
频频劝酒把臣醉倒，
原来要借刀杀人忌我才高。
派家奴将我扔到百花厅上，
明明是私闯禁地命难逃！
多亏公主明大义，
识破奸谋把臣饶。
安西王一听冲冲怒，
骂一声铁头老杂毛！
自恃建国出过力，
又依辅佐有功劳。
嫉贤妒能罪非小，
暗害忠良应坐牢！

巴拉公被召到百花厅前，
安西王震怒不听良言。
铁头你依仗建国功劳大，
到老来嫉贤妒能为哪般？
你为何把海俊送到台上，
私闯禁地罪难宽，
王子犯法也当斩，
不管你冤来还是不冤。
你有何言快快讲，
午时三刻命难全！
巴拉公默然无语仰天叹，
昏王今日要杀咱。
为了一个后生辈，
不问青红信谗言。
我今撒手归西去，
看何人能保你江山。
人活百岁也是死，
何必乞求装可怜。
想到这里闭双眼，
心怀积忿咬牙关。
众人不敢讲情求救，
眼巴巴看着老臣命丧黄泉。
人不该死终有救，
有一人跪倒地平川。
口尊王爷莫动手，
微臣斗胆进良言：
巴总管有功无过天下晓，
出生入死三十多年。
劳苦功高为社稷，
耿耿忠心可对天！
王爷你误听流言将他斩，

岂不是人人自危个个心寒。
恳请王爷收回成命，
睁开眼睛辨辨愚贤。
安西王一听留神看，
原来是陈将军先锋官。
叫了声陈将军所言有理，
巴拉公虽有罪处理从宽。
撤掉总管，降为校尉，
日后立功再恢复官衔。
陈先锋仗义执言化风险，
老铁头见此光景好心酸。

（十四）

巴拉公逃过一劫心更忧，
安西王平白无故要杀我头。
全不念匡扶社稷保你三代，
打下了这片江山立国封侯。
就因为无名竖子把谗言进，
你就会翻脸无情将恩做仇。
陈先锋不避凶险舍命相救，
要不然一腔心血化做东流。
见海贼得意扬扬我痛心疾首，
望昏王怒气冲冲所为何由？
王爷你好坏不分枉坐金殿，
是怎么仇做亲来指马为牛。
我铁头虽然一死难瞑目，
就怕你三代基业一旦休！
今日贬我为校尉，
从此我闭门谢客不再应酬。
铁头他转身形要把台下，
白花女登上台来把他留：
巴公爷且慢回府第，

小女我见父王再把情求。

（十五）

白花女一见铁头百感生，
只见他仰天长叹老泪纵横。
无精打采要把台下，
忙叫公爷脚步暂停。
待我面见父王千岁，
问问他却为何事情。
安西王面前忙跪倒，
问一声为何要贬巴拉公？
安西王爷说一遍，
巴里铁头嫉贤妒能。
偷上将台是他主使，
江海俊夜晚私闯百花亭。
泄露军机不得了，
按律应当问斩刑。
公主说论罪当斩父王钦定，
明是非也该杀国法难容。
念老臣几代相随终身效命，
再念他对孩儿教诲之功。
开一面留生路仁至义尽，
更怜他一时糊涂大错铸成。
请父王收回成命官复原职，
留将来有外敌好上阵领兵。
安西王半晌无言心情烦乱，
叫女儿少管闲事赶快回宫。
安西王不听良言相劝，
到后来天塌大祸把命倾。

（十六）

乌拉国天下太平百姓安康，
风也调雨也顺国富民强。
马放南山刀枪入库，
渔樵耕读士农工商。
好日子没过三年五载，
转眼间敌兵压境要动刀枪，
单祁国兴兵犯境长驱直入。
前锋到达松花江，
白花女百花亭上把将点，
调集了五千铁甲马步儿郎。
公主出城破敌寇，
万众一心保家邦。
白花女离开王宫三两日，
却不料变生不测祸起萧墙。
江海俊结党营私乘机造乱，
闯宫院弑君杀害安西王。
这就是忠奸不分遭果报，
听谗言引来塌天祸一桩。
王爷被害国中乱，
谣言四起遍城乡。
江花佑舍身拼命把公主找，
趁混乱混出城过了松花江。
寻觅到公主大营报告凶信，
江海俊夺权篡位刺杀国王。
乾坤颠倒天下变，
社稷倾覆民遭殃。
小公主惊闻噩耗肝胆欲裂，
没想到我钟情之人是豺狼。
甜言蜜语将我骗，
害得我家破又人亡。
传令三军齐奋力，

杀退强敌返保家邦！

(十七)

一天的混战已天黑，
收集残兵突出重围。
单祁兵多又骁勇，
前有堵截后有兵追。
浴血奋战人马劳累，
退进树林暂解燃眉。
白花女默默无言心里有愧，
悔恨自责还是头一回。
忆往昔将台演武威风百倍，
看今日兵残将败痛我心扉。
说什么箭射飞鸦良缘巧遇，
谁想到都城失陷如听惊雷。
只恨我有眼无珠不识真伪，
却把那一颗诚心投向江贼。
他竟敢丧心病狂夺权篡位，
害死了父王千岁天地同悲。
亲人死国家破我心有愧，
驱强寇展宏图烟灭灰飞。
不甘心兴伟业功亏一篑，
咬牙关传将令今夜突围。

(十八)

将士们努力又齐心，
众三军为保家园奋不顾身。
敌兵败退逃回老家去，
大地上露阳光拨散乌云。
白花女心急火燎速把都城返，
却不料乌拉城堡紧闭四门。

陈先锋上前请令暂且扎寨，
先歇息解疲劳养养精神。
待士兵体力恢复战马健壮，
一鼓作气把贼吞！
白花公主认为有理，
吩咐声埋锅造饭点柴薪。
小公主眼望城头悔又恨，
葬送亲人我罪一身。
恨只恨百花亭上错把江贼认，
悔又悔定情盟誓种下祸根。
只爱他衣冠楚楚少年英俊，
怎知他阴险狡诈包藏祸心。
都怪我愚昧无知造下孽，
落了个城陷家亡父命归阴。
眼望着咫尺城关不能进，
安营扎寨守住江滨。
复国的担子千钧重，
报仇的情怀似海深。
百感交集纠结难尽，
气难平恨难消冤屈难泯。
千仇万恨说不尽，
白花不孝成罪人。
忽然一阵旋风过，
依稀显现父亡魂。
站在云端把女儿叫，
不要灰心振作精神。
奸贼一时阴谋得逞。
上天有眼看得真。
兴风作浪三五日，
难免血肉化泥尘。
安西王嘱毕飘然而去，
后跟着巴拉公三朝老臣。
霎时风住天高气爽，

影像消失无迹无痕。
白花跪倒尘埃地，
父王教诲儿谨遵。
为父报仇除叛逆，
扶保幼主整乾坤。
风云聚会乌拉国，
手刃江贼慰双亲。
公主祝毕忙传令，
万马奔腾夺城门。
转眼间四门被攻破，
江海俊闻风丧胆吓掉魂。
手下的虾兵蟹将全无用，
四散奔逃各把生路寻。
江海俊孤掌难鸣无处逃走，
只剩下单身一人被生擒。
这就叫多行不义必自毙，
善恶到头报应在身。
江海俊虚伪奸诈机关算尽，
落了个身败名裂斩首剖心。
善恶到头必有报，
因果循环警后人。
这就是白花点将一辈古，
千载流传直到今。

（终）

附录 白花公主（残篇）

松花江畔的乌拉街一带，百年来流传着这样一句民谣：

> 百花点将一十七，
> 巴里铁头死得屈。

几百年以前，时金朝后期，永吉乌拉街一带烽火连天，争斗不息，乌拉国十七岁的白花公主，带领数千兵马，在巴里铁头和江海俊两员大将保护下，一路上杀退追兵，过江来到了乌拉街。他们安营扎寨以后，动员当地民众，日夜挖土运石，筑起一座方圆几十里的土城。土城有三道城墙，城中央又堆起几丈高的土台，这就是流传至今，闻名遐迩的"白花点将台"。白花公主就在台上指挥练兵，夜晚又亲自巡营查哨，全体军兵将士们都钦佩这位年轻的女首领。

白花公主父亲老国王在一次抗敌战斗中受了重伤，不久死去。临终之前，把女儿白花公主托付给跟他南征北战大半生的心腹老将巴里铁头，让巴里铁头保护好公主，完成大业。

巴里铁头是女真人，年过半百，武艺高强又忠心耿耿，保着公主四路奔杀，打击来犯之敌，稳定了乌拉国的局势。巴里铁头作战勇敢，有勇有谋。有一次敌人来犯，白花公主领兵杀敌，刚一接触敌兵便败退下去，白花公主年轻没经验，不知其中有诈，便一马当先领头追来。巴里铁头看得明白，忙从后边赶上来，边跑边喊："穷寇不可追！公主，小心暗算！"一语未了，突然飞来一只响箭，直奔公主前心而来。就在这千钧一发之际，巴里铁头赶到了，说时迟，那时快，巴里铁头一伸手抓住了箭翎，救了公主。这时伏兵四起，杀声震天，包围了白花公主，巴里铁头东挡西杀，保着公主突围出去。从此白花公主更觉得这位老臣忠心耿耿，功高如山，就选拔他为领兵先锋官，将士们一致拥护，都认为公主用人得当，就有一个人不高兴，这就是江海俊。

江海俊是个汉人，早年从外地来投，没人知道他的底细。因其作战比较勇敢，武艺也好，被选为将官。开始他还温顺服从，谦虚谨慎，后来渐渐露出奸诈的本性，蛮横骄傲，甚至打起了白花公主的歪主意。这个障碍就是巴里铁头。今见公主封他为先锋官，心里更不服气。他常常背后散布，论武艺，我江海俊不比巴里铁头差；论才干，更比巴里铁头强；论相貌，自己年轻，巴里铁头根本无法比，为什么选他当先锋官，而不是选我江海俊！他想来想去，只想出一个原因，巴里铁头是女真人，而自己是汉人。从此，他总觉得巴里铁头像一块大石头一样压在他的头上，只有设法除掉巴里铁头，夺取先锋官大印，才能经常接近公主。江海俊是有心机的人，他恨巴里铁头，表面上却更加亲近巴里铁头，溜须吹捧，阿谀奉承，巴里铁头性情直率，根本想不到这是江海俊对他笑里藏刀。

（李青云讲述，以下失记）

后　　记

　　白花公主的故事在吉林地区，尤其是松花江一带已经流传好几百年了。从前是家喻户晓，人人皆知，并且形式多样，内容不同，是一个生动优美的民间传说故事。起先是口头流传，后来又有了本子。除了民间传讲之外，又走向文艺舞台，先后出现了戏剧、评书、大鼓等形式，广泛地融入社会。少数文人墨客，赋诗填词，著书撰文，予以弘扬。清末诗人兼书法家，被誉为"吉林三杰"之一的成多禄先生就在其《乌拉古台歌》中写道："乌拉部、贝勒家，层楼飞殿复丹霞，粉侯昆弟夸金兀术，雌将风流说不花。"然而，他在《重修乌拉圆通楼记》一文中却又这样说："乌拉城西北隅，有台耸峙，千百年迹也……而俗传侈为某女氏之点将台，语荒杳无稽。"两种说法看似矛盾，其实这是正统文人史家的通行观点，对于民间流传的历史故事和人物传说，正史上没有记载的，皆认为"荒杳无稽"。那么，"正史"上记述的就真实可靠吗？近来一位欧洲政治人物说了这样一句话："历史，是胜利者编造的谎言。"此话虽觉偏激，但也不无道理。

　　谎言掩盖真实的历史，古今中外并不鲜见。

　　那么，流传于民间的"白花公主"的故事是否真有其事，白花公主是否实有其人？如今吉林市乌拉满族镇旧街古城内的"白花点将台"巍然屹立，足以证明实有其人，而且也确有其事，只不过经过数百年的流传，异化了而已。虽然我们不能把它当作历史，那也是难能可贵的传统文化。

　　而我们家族却把它当作"祖先事迹"来看待。我们关注的不是传说故事的内容，历史的真伪，我们关注的是白花公主其人和"白花点将台"其物。传说中她是"完颜宗弼的女儿或妹妹"也好，"海陵王完颜亮的女儿或妹妹"也罢，这都无关紧要，也不去考证，我们认为她是金皇族完颜氏后裔，生存活动年代应在金末元初。因为我们原本是金代完颜氏，

257

祖先纳齐布禄改为纳喇氏是在元末明初，应该同白花公主的家族有渊源，但我们家谱上没有记载，只是历代口传，也属于"荒杳无稽"之类吧。

当我听到白花公主的传说与自己家族和祖上有某种关联之后，出于本能，就注意有关这方面的资料的搜集，听艺人和乡村父老们的讲唱，加上家族先辈们的重视，我把它看作同"家族秘史"同样重要。可惜，没能把我搜集到的全部保存下来，最早听到的不同版本已经记不起来了，所以出现故事一边倒的倾向性，这也同我过于侧重家族传讲的有关。

家传以外的本子中，我第一个关注的是杨殿全讲的《龙凤剑》，一九八六年交给我的长子宇辉整理，他大学毕业刚刚分配工作不久，单位分了一套一大一小两室的房子，条件尚可，他就按照我提供的材料，划定的框架，整理出来，之后放置起来，以待时机。过后忘却了。当我这次把《龙凤剑》纳入这本书里时，原整理稿已不全，最后的四分之一篇幅已找不到了，只好重补，以求完备。

《白花公主》是一个颇有影响的"说部"故事，近年来知道的人越来越少，有失传的危险。多元的社会，互联网的普及，现在的年轻人对传承民间文化多不感兴趣，"满洲书"（现在叫说部）的继承是个现实问题。我为了能使这一"非物质文化遗产"传承和延续，在家族内培养选拔继承人。虽然儿孙们都受过高等教育，但"说部"毕竟是他们陌生的领域，整理大型本子他们还驾驭不了，先从中短篇慢慢入门儿，我把几个"白花公主"的本子做了分工，每人负责一个，成绩尚可，一并作为异文收入书中，以免失传。女儿宇虹曾为我抄录《扈伦传奇》五十多万字的稿子，有了印象，有了整理说部的基础，故让她整理最长一部《白花点将》。大孙女赵月是医院护士，关心满族历史文化，交给她一个短篇《白花点将台》，完成得较为理想。另一个《百花亭》唱词，基本上是"照本抄录"。黑龙江大学毕业的小女儿宇婷和长医高专出身的长孙奇志，因整理长篇说部《乌拉秘史》，未让其介入这个项目。至此，我同省里签订合同负责推出四部书稿，全部完成了。手里剩下的几部，以后就寄希望于子孙们来继续了。

赵东升

二〇一五年十月